Johannes Heidrich

Mord

im

Seniorenstift

Der Kriminalroman

Mord im Seniorenstift

ist der **vierte** Krimi mit dem Protagonisten Kriminalhauptkommissar Franz Büchele

Wenn du stirbst, bleibt nichts mehr von dir übrig.

Es sei denn, du schreibst ein Buch.

Geschriebene Zeilen überdauern die Zeit in unseren versteckten Gedanken.

©Johannes Heidrich

Impressum

Bibliografische Information der Deutschen Nationalbibliothek:

Die Deutsche Nationalbibliothek verzeichnet diese Publikation in der Deutschen Nationalbibliografie; detaillierte bibliografische Daten sind im Internet über http://dnb.dnb.de abrufbar.

2. Auflage
Foto: Sonja Heidrich
Grafik u. Umschlag: Michael Utz / Benningen
Text und Idee: Johannes Heidrich
Alle Urheberrechte am Werk liegen beim Autor
© 2021 Johannes Heidrich

Dieses Buch ist auch als E-Book erhältlich
Herstellung und Verlag: BoD – Books on Demand, Norderstedt

ISBN: 978-3-7543-7368-2

FUNDSTÜCK

Hedwig und Sabine besserten sich seit Jahren mit dieser Putzstelle ihre kleine Rente auf. Es war nicht viel, aber immerhin waren sie zu dieser frühen Stunde nicht von nörgelnden Vorgesetzten umgeben. Ihre Aufgabe bestand nur darin, alles wieder in den Urzustand zu versetzen. Sabine war jedoch seit zwei Wochen abwesend, da ihr Bruder sie zu sich, in die Lüneburger Heide eingeladen hatte. Nächste Woche wollte Sabine wieder da sein.

Hedwig konnte diese Aufgabe auch ohne sie erledigen.

Mülleimer leeren, Tische und Boden wischen, Toiletten reinigen und auch das Auffüllen der Getränkeautomaten hatte man ihr aufgetragen. Carina, ihre junge Arbeitgeberin, war sehr zufrieden mit ihr.

Zugegeben, die Toiletten sahen oft widerlich aus. Aber nur dann, wenn mancher Gast vom vielen Alkoholkonsum die Kloschüssel verfehlte.

Nachdem sie ihr Auto in sternenklarer Nacht vor ihrer Arbeitsstätte parkte, stieg sie aus. Ein Blick auf die Armbanduhr zeigte ihr, dass sie gut in der Zeit lag. Hedwig begann zu grinsen, was aber eh keiner bemerkte. Es war halb fünf. Gemütlich umrundete sie ihren kleinen weißen Flitzer, blieb am Kofferraum stehen und schloss ihn auf. Sie griff sich die mitgebrachten Putzutensilien, streifte sich ihre Schürze glatt, griff in die Tasche und zog einen abgegriffenen Schlüssel hervor.

Ohne große Anstrengung überwand sie die Treppenstufen zur Eingangstüre. Sie drückte den Lichtschalter. Eine spärliche Beleuchtung ging an. Schon immer hatte sie die Beleuchtung für unzureichend empfunden. Aber beklagen konnte sie sich trotzdem nicht. Sie zauberte ein kleines Radio aus dem Putzeimer und stellte es auf den Tresen.

Es roch nach Schweiß. Aus der Küche drang ein unverkennbarer Fettgeruch, der auf den Verzehr von Pommes hinwies. Für die Putzfrau war dies morgendlicher Arbeitsalltag. Sie war eine ehrliche Seele. Nach etwa zwei Stunden Arbeit, Hedwig wischte gerade die Tische ab, viel ihr auf dem Boden etwas auf. Unter dem Tisch, nahe einem Stuhlbein, lag ein Handy. Gewissenhaft wie sie war, hob sie es auf, wischte mit dem Putztuch drüber und verfrachtete es in eine kleine Schale, die neben der Kaffeemaschine stand. Geldstücke, eine Brosche, ein Ehering mit Gravur, Visitenkarten und vieles mehr befanden sich darin. Viele der Besucher bemerkten oftmals nicht, wenn ihnen ein zehn Euroschein oder ähnliches auf den dunklen Boden fiel. Ihre junge Chefin Carina, die gemeinsam mit ihrem Mann Stefan diesen Pub führte, hatte beschlossen, stets alle Fundstücke zu sammeln. Sollte sich dann ein Besitzer melden, konnte sie es zurückgeben. Hedwig erschrak, als das Telefon kurz zu läuten begann, aber nach drei Klingelzeichen wieder verstummte. Schulterzuckend sah Hedwig sich um. Sie starrte durchs Fenster nach draußen. Hier, so abgeschieden im hintersten Teil des Industriegebietes, konnte einem so ganz allein, schon mal etwas gruselig werden.

Es war nicht mehr viel zu erledigen. Nur noch das kleine, eher stinkende Raucherabteil war noch zu reinigen und zu desinfizieren.

Zwei mickrige Tische und sechs Stühle bildeten in diesem kleinen Raum ein bescheidenes Assemblee. Hierher zog es diejenigen, die nicht in die Kälte raus wollten und nicht ohne Glimmstängel auskamen. Der Raum war daher nie hell erleuchtet, nur zwei UV-Leuchten gaben dem Raum etwas an Helligkeit.

Hedwig wischte eben noch den Tresen ab, als abermals das Klingeln des Telefons die Stille unterbrach. Sie zuckte zusammen.

Hedwig konnte sich keinen Reim darauf machen. Wer sollte um diese Zeit in einem Lokal anrufen? Verschüchtert sah sie aufs Display. „Carina Home" stand da geschrieben. Sie hob ab. »Carina? Hedwig am Apparat«, flüsterte sie schon ängstlich in den Hörer.

»Ja Carina, alles ok, muss nur noch die Raucherzone reinigen, dann bin ich fertig.«

Wieder lauschte sie in den Hörer.

»Nein, nichts Außergewöhnliches, ach doch …«, begann sie zu stottern.

»… ich habe ein Handy gefunden und es wie immer in die Schale gelegt.«

Nickend hielt sie sich weiterhin den Hörer ans Ohr.

»Ja, mache ich. Kein Problem, Carina. Dir auch noch einen schönen Tag.«

Hedwig wunderte sich noch über den Anruf ihrer Chefin. Niemals zuvor hatte sie angerufen. Weshalb heute? Schnell schob sie diesen Gedanken beiseite. Mit Putzlappen, einem Eimer und einer Folie für den Mülleimer bewaffnet, ging sie im Halbdunkel durch den Raum. Sie hasste das ultraviolette Licht der Raucherzone aber die jungen Leute standen wohl darauf. Beherzt griff sie mit der Hand nach dem Türgriff. Sie zog daran, machte einen Schritt ins Dunkel und verlor sofort auf etwas Glitschigem den Halt. Sie landete auf ihren Knien. Ihr erster Gedanke galt verschüttetem Bier und Pommes, das auf dem Boden eine ekelhafte Schmiere verursachte. Nichts von alledem sollte es sein. Ihre Knie und ihre Gummihandschuhe klebten förmlich am Boden.

»Igitt! So eine Scheiße«, entfuhr es ihr. Mit einer Hand hielt sie sich an einem Tisch und zog sich nach oben. Wegen der spärlichen Beleuchtung konnte Hedwig kaum was sehen. So bemerkte sie auch nicht, worin sie gelandet war. Wütend zog sie ihre Gummihandschuhe aus und griff nach ihrem eigenen Handy in ihrer Tasche. Irgendjemand saß in der Ecke am Tisch. Hatte ein Gast hier seinen Rausch ausgeschlafen? Sie lauschte während ihre Handybeleuchtung anging.
Ein Mann mit Hut saß am Tisch. Die Augen und Mund weit aufgerissen. Aber das schrecklichste sah Hedwig erst jetzt. Beide Arme lagen vor ihm auf dem Tisch. An seiner rechten Hand fehlten zwei Finger. Hedwig schluckte.

Vor ihm stand ein Glas, dessen Inhalt sie nicht ausmachen konnte. Aber eines erkannte sie, die fehlenden Gliedmaßen, Ringfinger und Kleiner Finger, hatte jemand ins Glas geworfen. Die Telefonlampe schweifte zurück auf den Fremden, ihm war die Kehle durchtrennt worden. Das Blut war auf den Boden gelaufen, was diese eklige Schmiere verursachte.

Hedwig kam langsam aus ihrer Schockstarre. Kreischend ließ sie ihr Telefon fallen und flüchtete nach draußen. Unaufhörlich schrie sie auf der Straße nach der Polizei.

Es schien für Kommissar Büchele der perfekte Tag zu sein. Dieser Sonntag, der 28. Juli 2019, würde ihm noch ewig in Erinnerung bleiben. Die Sonne strahlte vom Himmel und er stand pünktlich um neun Uhr, mit geliehenen Golfschuhen und sonstigem Equipment, auf dem satten Grün der Golfoase Dullinger Hof.

Er hatte von Brigitte und Gisela zu Weihnachten einen Entspannungsgutschein bekommen. Büchele schien spinnefeind mit dem Wort „Entspannung" umzugehen und rümpfte die Nase als er am Weihnachtsabend die Aufschrift des Umschlages las. Aber als er bemerkte, wohin diese Entspannung ihn bringen würde, konnte er nicht anders als zu lächeln. Es war ein Gutschein für einen Golf-Einführungskurs. *Steigen Sie ein in der Königsklasse der Entspannung, genießen Sie die Landschaft, die Gesellschaft von Freunden und seien Sie unser Gast auf der Golfoase Dullinger Hof.* So stand es zumindest auf dem beigelegten Prospekt.

Golf wollte er schon immer lernen, nur hat er dazu nicht die nötige Zeit und das entsprechende Kleingeld. Manchmal fragte er sich, woher der Pathologe Fröschle sie nahm, wenn er dann und wann von seinen Golffreunden und dem satten Grün schwärmte. Aber jetzt stand er selbst auf der Driving Range. Der Golflehrer Jürgen Notöhrlein schüttelte nur unverständlich mit dem Kopf, als er sah wie Büchele mit jedem Schwung den Golfball zu treffen versuchte. Dabei verschwand sein Schläger viel zu oft mit voller

Wucht im Grasteppich. Dabei wollte er den kleinen weißen Ball eigentlich nach vorne aufs Feld befördern. Brigitte, die schon länger auf der Golfoase spielte, war mitgekommen. Sie lächelte, während sie mit korrekter Körperhaltung ihren Ball gezielt nach einem gelungenen Abschlag in die Nähe des Loches beförderte.

Endlich hatte sie etwas, womit sie Büchele anscheinend überlegen war. Selbst sein Hausarzt Dr. Hugo Steinäcker, der unweit stand, konnte sich ein Grinsen nicht verkneifen und lief zu Büchele hinüber. Büchele schob sich seinen Strohhut in den Nacken, während er von einem Bein auf das andere tippelnd hin und her schwang.

»Leicht schwingen, Franz«, rief ihm Dr. Steinäcker zu, als er ihn fast erreicht hatte. Franz Büchele versuchte sich zu konzentrieren. Ging leicht in die Knie, fixierte die Fahne an und drehte sich wie es sein Golflehrer ihm schon tausendmal gezeigt hatte. Büchele holte zum Schlag aus.

Wuchtig traf der Golfschläger den Ball, der blitzartig vom kleinen „Tee" gehoben wurde. Er flog in hohem Bogen in Richtung Fahne. Selbst Kommissar Büchele konnte es nicht glauben. Er bemerkte, wie jeder der Anwesenden, dem durch die Luft sausenden Ball mit den Augen folgte.

Hart schlug er zwei, drei Meter vor der Flagge auf und holperte über den frisch gemähten Rasen. Verwundert sahen alle Büchele an. Keiner hatte von dem sonst so ungehaltenen Beamten so einen Schlag erwartet. Mit einem verschmitzten Lächeln sah er zu Brigitte. Erst dann strahlte er seinen Hausarzt Dr. Steinäcker, mit dem er schon Jahre persönlich bekannt war, an. Aber Büchele wäre nicht Büchele, wenn er noch schulterzuckend seinen schwäbischen Senf dazugab.

»Ha no, glernt isch ebe glernt.«

Irritiert über so viel Glück sah selbst Bücheles Golflehrer zu ihm herüber als sein neues Handy in seiner Tasche zu klingeln begann. Missmutig nahm Büchele es aus der Tasche, drückte eine Taste und hielt sich das kleine Gerät ans Ohr. Er holte tief Luft. Murrend kam nur ein: »Büchele« von ihm, während jeder um ihn herum nur stumm in seine Richtung blickte.

»Wie, Mord?«, kam es von ihm.

»Ja Max, aber des hat doch no Zeit bis Montag. Die Person isch doch scho lang dod, oder?«

Franz hörte seinem Kollegen am anderen Ende genau zu.

»Ja, besorg die Papiere vom Seniorenstift und ruf unsern Staatsanwalt Krümmbusch an, ob der scho was vorliege hat, dann hen mir was am Montag und kenne ohfange uf'em Friedhof zu grabe. Nein, ich bin net beim Esse, ich bin mit Brigitte und em Hugo uf'em Golfplatz. Noi, Bruno Fröschle isch net do. Ja, ok. Bis morgen.«

Kommissar Büchele schob das Gerät wieder in die Tasche zurück, als er die Ruhe bemerkte, die ihn umgab. Keiner sagte ein Wort. Büchele versuchte dieses Rätsel mit einem kurzen: »Des war die

Dienschtstell, aber nix was ned bis Montag warte kann. Kenne mir weiterspiele?«, zu entwirren.

Brigitte, die stets auf ein mit französischem Akzent ausgesprochenem und eher schwäbisch klingendem „Brischitt" bestand, ergriff den Beamten am Ärmel und zog ihn näher an sich heran. In leisem Ton flüsterte sie ihm etwas ins Ohr. Büchele zeigte sich wenig erfreut darüber. Sofort gab er ihr unumwunden seine Meinung, zu dem von ihr angeführten Punkt, zu verstehen.

»Brigitte, jetzt isch aber gnug. Nur weil irgend so ein missmutiger Griffelspitzer koi schwäbisch kann, werd i zumindest in meiner Freizeit so schwätze wie mir die Gosche gwachse isch. Verstehsch mi?«

Beruhigend versuchte Brigitte Kohlmarx auf ihn einzuwirken, indem sie mit ihrer Hand liebevoll über seinen Arm streichelte.

Selbst Dr. Hugo Steinäcker rückte sich unruhig seine kleine Nickelbrille zurecht, ehe er zu sprechen begann.

»Franz, ist ein Mord geschehen, kann ich helfen?«

Desinteressiert über so viel Aufmerksamkeit nur wegen eines Telefonates winkte Büchele ab.

»Kein Plan, Hugo. Irgendeine Frau Kressmann aus dem Seniorenstift Neckarwasser ist vor Weihnachten gestorben. Da anscheinend die arme Frau mit 86 Jahren noch topfit aussah, glaubt einer der Angehörigen an Mord. Mehr kann ich auch nicht sagen. Die Exhumierung nächste Woche wird mehr ergeben. Kanntest du die Dame? Du machst doch auch die Betreuung im Seniorenstift?«

»Ja«, entgegnete ihm sein Hausarzt etwas trocken.

»Ich habe hunderte von Patienten, da kenne ich nicht jeden einzelnen näher. Und was den Totenschein betrifft muss ich auch passen. Von Ende November bis Heilige Drei Könige war ich in Norwegen. Aber wenn es dir hilft mache ich mich über den Arzt, der den Totenschein ausgestellt hat, kundig. Vielleicht war es einer der ansässigen Kollegen oder eine Aushilfe aus Heilbronn. Ich gebe dir Bescheid, wenn ich Ergebnisse habe, ok?« Büchele nickte zufrieden.

Der junge Golflehrer, der sich aus der Diskussion herausgehalten hatte, sah auf seine Uhr.

»Können wir weiterspielen oder machen wir Feierabend für heute?«

Büchele wollte natürlich das Geschenkangebot von seinen Freunden voll auskosten und gab nur ein Kurzes: »Herr Notöhrlein, wir spielen weiter«, als Antwort auf seine Frage an den Golflehrer zurück. Die ersten zaghaften Versuche, das Golfspiel zu erlernen, hatten Spaß gemacht. Es war, wie ihnen der Besitzer der Golfoase prophezeite, ein entspannender Tag. Büchele sah sich um. Hier übten selbst Kinder schon ihre ersten Abschläge und wurden so dem Golfsport ein Stück nähergebracht.

Nach einem kurzen Imbiss im angrenzenden Bistro fühlte es sich an, als würde die Zeit für Minuten stehenbleiben. Büchele zog die frische Luft herzhaft in seine Lungen.

»Ah, tut das gut.«

Brigitte lächelte ihn augenzwinkernd an.

Kommissar Büchele sah wortlos auf die Uhr. Es war an der Zeit seinen freien Tag abzubrechen und zur Dienststelle zu fahren. Vielleicht hatte ja Max inzwischen mehr erfahren. Aber wie schon so oft, sollte der Alltag sie in den nächsten Wochen und Monaten in ungeahnte Konflikte stürzen.

Brigitte setzte Büchele mit ihrem roten Cabrio, eine halbe Stunde später, am Eingang des Heilbronner Polizeipräsidiums ab. Sie fuhr lächelnd zu ihrem eigenen Arbeitsplatz bei Ländle TV, das nur wenige Kilometer entfernt lag.

In seinem Dezernat angekommen, sah er sich um. Das Büro war leer. Nur ein kleiner gelber Zettel lag auf seinem Schreibtisch.

-Obduktion wurde durch den Staatsanwalt für Montagmorgen angeordnet. Die Stadtverwaltung Abteilung Bauhof, wird unter Leitung von Herrn Udo Welsch den Sarg ausgraben. Wir sehen uns morgen früh. Gruß Max. PS: Wünsche dir noch einen schönen Sonntag. Max.-

Franz schüttelte den Kopf. Und wegen diesem Zettel war er ins Präsidium gefahren? Sicherlich, für Brigitte gab es einiges beim Sender zu tun, aber für ihn schien der Sonntag gelaufen zu sein. Er durchwühlte seine Taschen und fand was er suchte: Sein neues Handy. Freunde hatten es ihm geschenkt, um seinen schon nervigen Spruch »Kann ich mal dein Handy haben, ich habe keines«, zu umgehen. Sein Handy lag kurz in seiner Hand, bevor er es ausschaltete und grinsend in die unterste Schublade seines Schreibtisches beförderte.

Er drückte eine Kurzwahlnummer auf seinem Dienstapparat und bestellte sich ein Taxi, welches ihn nach Hause zum Anwesen Weinvilla Fischer chauffierte.

Der nächste Tag schien nicht besser oder schlechter zu werden als alle anderen davor. Franz kam etwas früher als gewohnt ins Präsidium und setzte sich hinter seinen Schreibtisch. Etwas unwillig trommelte er mit seinen Fingern auf seinem Schreibtisch herum. Jeder der Ankommenden bemerkte sofort Bücheles Anspannung und versuchte sich nach einem kurzen »Guten Morgen Chef«, sofort in eine andere Ecke des Dienstzimmers zu verziehen. Ein morgendlicher Kontakt mit einem angespannten Vorgesetzten hatte oftmals ungeahnte Konsequenzen. Nur einen störte es wenig wie Kommissar Büchele drauf war. Sein Freund und Kollege Max Krüger.

Als er auf Franz zusteuerte, hörte augenblicklich das laute Trommeln der Finger auf seinem Schreibtisch auf.

»Guten Morgen Franz«, dabei streckte er ihm lächelnd seine Hand entgegen.

Ehe sich seine Lippen bewegten, schob auch dieser seine Hand nach vorn.

»Hallo, Max.«

Krüger setzte sich wie gewohnt ihm gegenüber. Griff in die seitliche Schublade und holte einen Schreibblock, sowie andere Schreibutensilien hervor.

Franz, der immer noch entspannt vor ihm saß, hob den gelben Zettel vor sich auf. Stütze sich mit den Ellenbogen ab und begann ruhig und gelassen zu reden.

»Was soll dieser Zettel, sowie der Anruf von gestern bedeuten?«

Max verschränkte die Arme vor seiner Brust und wippte auf seinem ausgeleierten Bürostuhl langsam vor und zurück.

»Du kannst doch lesen und alles andere Relevante hatte ich dir am Telefon berichtet. Franz, was ist daran so schwierig zu verstehen?«

Büchele fuchtelte mit dem Zettel noch kurz vor ihm herum, bevor er seine Frage in Worte kleidete.

»Na ja, auf dem Friedhof eine alte Dame auszugraben, finde ich in diesem Fall ein bisschen übertrieben. Du nicht?«

»Wir sind nicht die Angehörigen, Franz. Und der Staatsanwalt hat einem Verdacht, bzw. einer Anzeige wegen Mord stattgegeben. So einfach. Aber nun ja, ich muss dir Recht geben. Den Angehörigen geht es ums Geld nicht um die arme Frau. Denn jetzt wird es spannend, Franz. Die verstorbene Frau Kressmann hat vor ihrem Tod einiges an Geld einem Gnadenhof für Tiere vermacht.«

Franz sah ihn an.

»Meinst du die Tiermafia steckt dahinter?«

Krüger winkte ab.

»Ich denke die Verwandten sind nur scharf auf Omas Geld. Denen ist doch eigentlich egal, woran sie gestorben ist. Aber so haben sie einen Grund die Sache aufzurollen.«

Zwischenzeitlich war auch Lilly Hansen an den Tisch ihres Chefs gekommen.

Franz sah sie an.

»Wenn ich mich richtig erinnere, hast du doch letztes

Jahr unentgeltlich in einem Pflegeheim ausgeholfen. War das nicht im Seniorenstift Neckarwasser?«

»Ja Chef, war in meinen Urlaubstagen. Wieso fragst du?«

»Dann kennst du dich doch dort aus, oder?«

»Denke schon, wieso?«

»Vielleicht sind deine Hintergrundinformationen noch hilfreich. Warten wir mal ab. Aber jetzt dürfte erst die Exhumierung und die Obduktion der alten Dame Vorrang haben. Max, wir beide fahren zum Friedhof und sehen wie weit die Herren dort sind, ok?« Angekommen, wunderten sich die Beamten. Kaum jemand war anwesend. Von weitem sah man ein ausgehobenes Grab. Keine zwanzig Meter davon entfernt stand ein Gemeindemitarbeiter und belud sein Fahrzeug mit Gerätschaften. Büchele sah Max an. Ohne ein Wort schritten sie zügig auf den in Orange gekleideten Mann zu. Der Arbeiter hatte sie nicht kommen hören, war er doch mit dem Beladen des Fahrzeuges beschäftigt und wandte ihnen dabei den Rücken zu. Die Beamten warteten etwas und machten sich mit einem Räuspern bemerkbar. Der Arbeiter hielt noch eine Schippe in der Hand und drehte sich erschrocken um. Büchele und Krüger traten wie Synchronschwimmer gleichzeitig einen Schritt zurück, ehe das Ende der Schaufel vor ihren Köpfen vorbeizischte. Selbst erschrocken, kam wie erwartet eine Entschuldigung von ihm.

»Heiliger Bimbam, haben Sie mich erschreckt.« Büchele lächelte unverhohlen und griff in seine

Tasche, zog seinen Dienstausweis hervor und hielt ihn dem Gemeindearbeiter vor die Nase.

»Mein Name ist Franz Büchele von der Mordkommission aus Heilbronn. Und dies ist mein Kollege ....«

Noch bevor Büchele zu Ende gesprochen hatte, begann der Arbeiter seinerseits zu grinsen und zeigte auf sein Namensschild. Wie er oftmals in James Bond Filmen es gesehen hatte fuhr er fort.

»Welsch, mein Name ist Welsch, Udo Welsch und ich arbeite bei der Gemeinde. Ich bin für die Blumen und noch einiges mehr verantwortlich. Was kann ich für Sie tun, Herr Geheimrat?«, witzelte er herum. Kommissar Büchele, der solche Schlagfertigkeit schätzte, gab ihm die Hand.

»Herr Welsch, wir sind hier, um einer Exhumierung beizuwohnen.«

Franz griff in seine Hosentasche und zog einen Zettel aus der Tasche.

»Genauer gesagt, die einer Frau Kressmann.«

Herr Welsch hob seine Mütze an und kratzte sich kurz am Kopf.

»Herr Kommissar, da sind Sie zu spät dran.«

»Zu spät?«, kam es von Krüger, der bis dahin wortlos zugehört hatte.

»Zu spät, was soll das bedeuten?«

»Na ja, zu spät eben. Wir hatten heute Morgen um acht alles vorbereitet. Kurz danach kamen der hiesige Bestatter und einige Polizeibeamten vorbei. Aber Herr Kommissar, wenn ich es noch gut im Gedächtnis abgespeichert habe, war auch noch ein Staatsanwalt dabei. Aber dessen Namen hatte ich nicht verstanden als er sich mit meinem Chef unterhielt. Na ja, …«, dabei wies er auf die leere Grube.

»… jetzt haben sie den Sarg in die zuständige Pathologie gebracht. Wir sollten nur die Grabstätte sichern damit keiner reinfallen kann, mehr nicht.«

Büchele stierte auf seinen gelben Zettel. Der Mann hatte Recht. Inzwischen war es fast elf. Sie hatten sich in der Zeit vertan.

»Macht nichts«, bedankte er sich bei ihm. Gekonnt versuchte er seinen eigenen Fehler zu überspielen.

»Wir wollten nur sehen ob alles glatt läuft. Danke.«

Zügig gingen sie zu ihrem Dienstwagen zurück als Krügers Telefon klingelte.

»Krüger«, antwortete er schroff als er die grüne Taste drückte. »Ist ok, wir sind unterwegs.«

Als sie beim Auto angekommen waren sah Büchele ihn an.

»Auf dem Revier wartet der Sohn der Verstorbenen auf uns.«

»Wieso?«

»Weiß ich auch nicht. Rainer meinte nur am Telefon, der Sohn würde sich aufführen als ginge es um Leben und Tod!«

Franz schnaufte kurz durch.

»Was kann so wichtig sein, dass man eine 86-Jährige ausgraben lässt? Fahr los, dies ist wichtiger als hier vor einem leeren Grab zu stehen. Hören wir uns an was der Sohn zu berichten hat.«

Franz gab mit Handzeichen zu verstehen, dass Max nun endlich fahren sollte. Er nickte und startete den Wagen.

Bevor die beiden Beamten die Türe ihres Dezernates erreicht hatten, hörte man schon auf dem Flur eine laute, aufgeregte, männliche Stimme.

Franz öffnete die Tür und trat hinein. Dicht gefolgt von Max. Noch bevor er seinen Strohhut vom Kopf ziehen konnte, bemerkte er wie sofort Ruhe in den Raum einkehrte und alle Blicke sich ihm zuwendeten. Ohne zu zögern ging Franz unbeeindruckt zu seinem Schreibtisch und setzte sich.

Rainer Kaufmann, der letztes Jahr zum Kommissar befördert wurde, schien mit dem Fremden etwas gestresst zu sein und schob ihn in Richtung seines Vorgesetzten. Franz stand auf, umrundete seinen Schreibtisch und ging auf den Fremden zu. Ohne zu zögern griff er nach dessen Hand und schüttelte sie.

»Ich bin Hauptkommissar Büchele, und Sie?«

Völlig überrascht sah ihn der Fremde an und drosselte seine laute Stimme. Jetzt schien er eher eingeschüchtert als aufgebracht zu sein. War es die stattliche Größe des Beamten die ihn innehalten ließ? Zumal der Fremde Franz kaum bis zum Kinn ging.

»Mein Name ist Rüdiger Kressmann. Ich bin der Sohn der Verstorbenen, die Sie heute Morgen ausgegraben haben. Verstehen Sie? Ich fordere Genugtuung, Herr Kommissar. Meine arme Mutter wurde ermordet.«

Jetzt erhob er wieder seine Stimme etwas lauter.

»Und der Dieb und Mörder läuft noch immer frei herum. Der treibt bestimmt im Pflegeheim noch immer sein Unwesen. Tun Sie was!«

Franz vernahm einen leichten Unterton in der Stimme von Rüdiger Kressmann.

Er lotste ihn zu seinem Schreibtisch, zog den Stuhl etwas zurück und meinte nur gelassen: »Jetzt setzen Sie sich bitte und erzählen Sie mal Herr Kressmann. Was liegt Ihnen auf der Seele und wieso denken Sie, dass Ihre Mutter umgebracht wurde? Und weshalb Dieb? Sie sagten doch eben Dieb, oder nicht?«

Rainer schob Franz eine Akte auf den Tisch. Während der Besucher sich sammelte und in seinen Taschen kramte, überflog Franz die Akte, die nur wenige Seiten enthielt.

»Hier!«

Barsch warf Rüdiger Kressmann den Brief eines Notars, Büchele auf den Tisch. Franz blickte ihm in die Augen, ehe er den Brief las. Immer wieder sah er, sofern er einige Zeilen gelesen hatte, zu ihm hoch.

»Wenn ich diesen Brief richtig deute, ist doch alles eindeutig. Aber ich bin ja kein Rechtsanwalt oder Notar. Hier steht, beim Ableben Ihrer Mutter, bekommen Sie die drei Häuser ihrer Mutter und alle sonstigen Grundstücke. Und eine gewisse Frau Ziegler, eine Lebensversicherung in Höhe von 30.000 Euro. Diese Summe muss Frau Ziegler, im Namen Ihrer Mutter, einem Gnadenhof für Tiere stiften. Was soll daran falsch sein? Vielleicht hätte sie es gleich testamentarisch dem Gnadenhof vermachen können.

Ich weiß es nicht. Aber ist spenden für Tiere verboten, oder hat sich die Frau bereichert, Herr Kressmann? Schließlich hat Ihre Mutter Ihnen fast alles andere vermacht. Stellen Sie sich vor, Sie hätten nur die Lebensversicherung bekommen und der Gnadenhof die Häuser und Grundstücke? Und deshalb wird die arme Frau exhumiert? Schämen Sie sich!«

Rüdiger Kressmann blieb kurz die Luft weg.

Aus seiner anderen Tasche zog er einen handgeschriebenen Zettel hervor, der den Briefkopf des Seniorenstiftes Neckarwasser trug. Kommissar Büchele sah, dass das kleine Blatt Papier mit Füller beschrieben worden war. Mit gut leserlicher Schrift standen da vier Wörter:

Mord ist seine Antwort.

Franz schüttelte den Kopf.

»Sie glauben doch nicht allen Ernstes, dass dieser Zettel beweiskräftig ist? Da warten wir doch besser die Autopsie ab.«

Franz vermochte absichtlich, den Gedanken seines Gegenübers nicht zu folgen. Er bekam so einen bestimmenden Gesichtsausdruck und seine Stimme nahm etwas an Härte zu. Sofern man es so sagen konnte.

»Und Herr Kressmann. Wie der Totenschein besagt, so sei Ihre Mutter bis ins hohe Alter geistig agil gewesen und an Herzversagen gestorben. Dabei möchten wir es doch zu diesem Zeitpunkt auch belassen. Aber ok, wir gehen Ihren Vermutungen auf den Grund. Nur im Moment müssen wir dazu noch andere Spuren auswerten. Aber jetzt entschuldigen Sie uns höflichst, wir müssen auch unser Alltagsgeschäft erledigen. Sie hören von uns, auf Wiedersehen.«

Angespannt sah er ihn an.

»Rainer, bring bitte den netten Herrn zur Pforte, danke.«

Rainer wies mit einer Hand zur Tür, was Herrn Kressmann unmissverständlich signalisierte, dass er unerwünscht sei. Wortlos folgte er dem Beamten zur Tür.

Mit einem Seufzer begab sich Franz zu seinem Schreibtisch.

Dabei hielt er noch immer das kleine Blatt in Händen, welches Rüdiger Kressmann so aufgeregt hatte. Zugegeben, der kleine Satz: „**Mord ist seine Antwort**", klang nicht gerade aufmunternd. Aber woher kam der Zettel? Was hatte er zu bedeuten? War es eine Gesprächsnotiz, oder hatte die Verstorbene wissentlich die Zeilen aufgeschrieben, um jemanden zu warnen?

Franz stand auf und sah zu Lillys Arbeitstisch hinüber. Genau in diesem Moment blickte die zierliche Beamtin zu ihm herüber. Ohne Worte winkte er sie zu sich an den Tisch.

»Franz, was kann ich für dich tun?«

Büchele verschaffte sich einige Sekunden Zeit, als er ein: »Kommissar Kaufmann, zu mir bitte!«, durch den Raum rief. Rainer, der eben an der Kaffeemaschine hantierte, fuhr zusammen. Schnell, doch ohne ängstlich zu wirken ging er raschen Schrittes zum

Tisch seines Chefs.

»Chef, was liegt an?«

Franz ignorierte Rainers Frage zunächst und wandte sich Lilly zu.

»Lilly, wir hatten doch darüber geredet.«

Lilly unterbrach Franz abrupt.

»Franz, worüber haben wir geredet? Wir reden täglich viel. Geht es ein wenig präziser?«

Franz überhörte förmlich Lillys kleine aufsässige Art, die je nach Tagesform unterschiedlich ausfiel.

»Lilly, du bist doch freiwillig an einigen Tagen im Jahr im Seniorenstift. Gibt es da was wo dir auffiel. Oder sagen wir mal so: Viel dir da etwas Ungewöhnliches auf? Etwas wo du sagen würdest das geht gar nicht?«

»Chef, es gibt im Seniorenstift erhebliche Unterschiede was die Pflege und Unterbringung anbelangt.«

Franz horchte auf.

»Es ist nicht wie du es dir vorstellst. Nein, die Einrichtungen, besser gesagt Häuser, haben die Form eines L. Ein Haus ist betreutes Wohnen und das andere das Pflegeheim. Beide zusammen ergeben das Seniorenstift Neckarwasser. Als Betreutes Wohnen werden dort wie überall Wohnformen bezeichnet, in denen Menschen Unterstützung finden, die je nach Lebenssituation unterschiedlich sind. Sofern sie können, dürfen sie sich selbst versorgen, zum Einkaufen gehen etc. Und das Pflegeheim daneben, ist eine Einrichtung, in der pflegebedürftige Menschen ganztägig oder nur tagsüber oder nur nachts untergebracht und unter der Verantwortung professioneller Pflegekräfte gepflegt und versorgt werden. Darüber hinaus gibt es natürlich auch noch die Altenpflegeheime wie im Seniorenstift Neckarwasser. Hier darf niemand der alten Herrschaften ohne Einwilligung raus. Zumal sie oftmals gehbehindert oder Demenz sind und wirklich Pflege rund um die Uhr benötigen. Alles verstanden Franz? Was aber deine Frage betrifft, so kann ich nichts Auffälliges darüber berichten. Nur ...«

Lilly machte eine kurze Pause bevor sie weiterredete.

»... viele Leute kaufen sich eine Wohnung im betreuten Wohnen. Was meiner Meinung nach nicht das Wahre ist. Solltest du nämlich pflegebedürftig werden, bist du dort völlig falsch und musst ins Alten-pflegeheim. Schon deshalb bieten die Einrichtungen, sozusagen eine *-Probeliegewoche-* an. Da kannst du schon in deinem Alter entscheiden ob es dir gefällt.«

Franz winkte überfordert ab. Das Thema *-älter werden-* und dann auch noch ein Pflegefall sein, bescherte ihm ein unbehagliches Gefühl. Schnell wische er den Gedanken daran aus seinem Gedächtnis.

»Alles klar«, wiegelte er kurz ab und wandte sich Rainer zu, der stumm neben Lilly stand.

»Rainer, gehen wir es mal so an. Du versuchst bei unserem guten Pathologen Dr. Fröschle was zu erfahren. Ich glaube zwar nicht, dass es so schnell geht, aber häng dich trotzdem mal ans Telefon. Und sammle Informationen über die Verstorbene und deren Sohn. Und du Lilly ...!«, dabei wandte er sich ihr kurz zu.

»… Lilly, du versuchst bitte, etwas über Frau Ziegler zu erfahren. Mach dich doch auch beim Notar schlau. Sollten wir etwas Amtliches benötigen rufen wir beim Staatsanwalt Krümmbusch an, ok?«

Rainer und Lilly nickten und verschwanden von Bücheles Schreibtisch. Nur Kollege und Freund Max Krüger sagte kein Wort und sah Franz an.

Franz kannte den Blick seines Freundes.

»Jetzt spuck's scho aus.«

»Na ja, ich würde mal abwarten was geschieht. Wenn ich bis dato alle kümmerlichen Argumente so sehe, haben wir nichts was für einen Mord spricht. Eher für einen Mordversuch. Wenn überhaupt. Nur in diesem Fall gab es nicht den Funken eines Anhaltspunktes, der dafür sprach, dass die arme Dame gewaltsam ums Leben gekommen ist.«

Max hob beide Arme in die Höhe.

»Die Behauptung, dass ein Gnadenhof für Tiere eine kleine Summe ihres Vermögens bekommt, ist nun wirklich kein Grund sie zu ermorden. Eher sieht es für mich so aus, als würde der Sohn alles an sich reißen was Geld bedeutet. Habe ich nicht Recht?«

Franz nickte.

»Du hosch Recht, aber der Zipfel von Sohn hat oi Ozeig gmacht und die isch beim Staatsanwalt glandet. Muss ich mehr dazu sage?«

Franz schien auch über diesen Zustand etwas missmutig zu sein und kramte in seinen Unterlagen herum.

»Aber wir warten den pathologischen Bericht ab.

Weiterhin werde ich auch noch einen gesonderten toxikologischen Bericht anfordern. Aber wie ich unseren Bruno Fröschle kenne, wird der ihn ohnehin zur Dienststelle einreichen. Somit …«

Franz schnaufte kurz aus bevor er mit einem Rums die Schublade seines Schreibtisches zuschob.

»… somit können wir nur abwarten.«

Wie erwartet lag das Ergebnis der Recherche erst nach einigen Tagen vor. Nur der pathologische Bericht ließ auf sich warten. Franz sah auf die Uhr. Ungehalten ging er die vorliegenden Details an der Pinnwand mit seinen Dokumenten, die er in Händen hielt, durch. Max, der hinter ihm stand zeigte auf ein Detail was jemand an die Pinnwand gekritzelt hatte.

-Mehrere Spender-, stand in Großbuchstaben auf einem angeheftetem Blatt Papier. Max erkannte die Handschrift. Der Jungkommissar Rainer Kaufmann stand eben noch ganz relaxt am Drucker als sein Name laut und deutlich durch das Büro hallte. Max, der gute zehn Meter entfernt von ihm stand, winkte ihm.

»Rainer, hättest du kurz Zeit für uns?«

Sofort spannte sich sein Körper an. Hatte er einen Fehler begangen, etwas vergessen? Zügig eilte er, ohne zu zögern auf Max und Franz zu, die immer noch auf die Pinnwand starrten und diskutierten. Sekunden später, genau in diesem Moment, als Rainer an sie herantrat verstummte die Diskussion. Max nahm ihn beim Arm und zeigte auf das beschriebene Blatt.

»Ist doch deine Handschrift, oder?«

Zögerlich nickte Rainer. »Ja wieso?« Max lächelte ihn

an. »Dann erkläre uns doch was -*Mehrere Spender*-bedeutet.« Rainer sah aus den Augenwinkeln heraus, wie nicht nur Max auf seine Antwort wartete, sondern auch Franz Büchele sein Vorgesetzter ihn stumm, aber mit leicht zusammengekniffenen Augen ansah.

»Na ja. Ich war beim Notar und der bestätigte mir, dass einige Heimbewohner, die entweder alleinstehend oder mit ihren Verwandten nicht klarkamen, spendeten. Und dies betraf nicht nur Neckarwasser. Er habe jährlich mit unzähligen Überschreibungen oder Spenden dieser Art zu tun. Näheres durfte er mir als vereidigter Notar natürlich nicht anvertrauen. Nur so viel: Lebensversicherungen, Geldbeträge oder selbst Häuser, sind schon des Öfteren dabei gewesen. Ob Kirchen, Clubs oder gemeinnützige Institutionen alles sei rein rechtlich erlaubt.«

Franz ergriff das Wort.

»Schön und gut, aber welcher Mensch vererbt jemandem was, zumal dieser es dann spenden muss?«

»Auf diese Ungereimtheit hatte ich ihn auch angesprochen, Franz. Es gibt einen plausiblen Grund, den er mir auch erläutert hat. Ein Testament kann man anfechten sofern es einen selbst betrifft. Ist aber laut Gesetz eine weitere Person nur eine Zwischenstation, so kann das Testament im Falle einer Spende oder Schenkung nicht angefochten werden. Franz, frage mich aber bitte nicht nach dem wieso und warum. Ich bin kein Rechtsanwalt oder Notar. Nur Polizist.«

»Leuchtet ein«, kam es unverhohlen zurück.

»Chef, noch was solltest du wissen. In den letzten

fünf Jahren kam dies viermal vor und immer war ein Geldbetrag oder eine Lebensversicherung auf die Frau Ziegler ausgestellt, die postwendend den Betrag weitergeleitet hat. Nach meinen Recherchen waren dies insgesamt 350.000 Euro. Aber, wie hast du gesagt: Spenden ist nicht strafbar.«

Krüger und Büchele holten Luft.

»Eine stattliche Summe. Auch ohne Befund der Rechtsmedizin sollten wir der Dame und dem Gnadenhof einige Fragen stellen«, dabei zeigte er auf Max und sich selbst.

»Wir nehmen uns den Bauernhof, oder besser gesagt den Gnadenhof vor. Rainer, du und Lilly ihr besucht mal die Frau Ziegler. Mal sehen was dabei rauskommt.«

Franz schien etwas unruhig zu sein, während er vom Beifahrersitz aus versuchte dem Weg zu folgen, den Max hinter dem Steuer gewählt hatte. Es dauerte und dauerte. Endlich, ein kleines Schild mit dem Hinweis auf einen Gnadenhof für Tiere, erschien am Wegesrand. Max nickte seinem Kollegen zu. Gesäumt von einer kleinen Baumreihe zog sich der Weg hin. Plötzlich erschien eine offene, weiträumige Landschaft, mit einem Bauernhof in deren Mitte. Es sah aus wie gemalt. Ein Haupthaus sowie weitere Stallungen und Weiden konnte man auf den ersten Blick erspähen. Es schien im Vergleich zu einem konventionellen Betrieb nichts anders zu sein.

Max stoppte den Wagen gut 100 Meter vor einem Schlagbaum, der wohl das Gelände zur Weide abgrenzte. Franz sah aus dem Fenster. Mit einem Muhen kamen zwei etwas ältere Kühe auf den abgrenzenden Zaun zu. Franz rührte sich nicht vom Sitz. Hatte er doch schon einmal vor langer Zeit Bekanntschaft mit einem Bullen gemacht. Und dieser Eindruck blieb alles andere als positiv in seinen Gedanken hängen. Stumm blickte er zu Max, der ihn angrinste. Ihm fiel die unheimliche Begegnung Bücheles mit dem Bullen wieder ein. Vorne schien sich auch was zu bewegen. Jemand winkte ihnen zu. Man hörte zwar nicht was die Person ihnen zurief, aber es schien positiv gemeint zu sein. Max stieg aus. Er ging auf die Schranke zu, die eher Pro-Forma verschlossen war. Kein Schloss, kein Riegel, einfach eine Schranke, die einem Schlagbaum glich. Aufmerksam registrierte Büchele vom Fahrzeuginneren aus, die an einem Pflock angebrachten Briefkästen. „Gnadenhof Tierwohl" konnte er gerade noch entziffern, als Max den Schlagbaum anhob und zurückkam.

»Der Besitzer winkt uns. I hab zwar net verstande was er moint, awer der scheint freundlich zu sei.«

Franz nickte nur. Sekunden später rollte ihr Wagen auf den Hof und blieb neben dem fremden Mann in Gummistiefel stehen.

Franz schälte sich aus seinem Sitz und griff sich an den Rücken als der Fremde auf ihn zukam. Er hatte Bücheles Dilemma bemerkt als er ihm die Hand reichte.

Es war eine außerordentlich freundliche Begrüßung.

»Willkommen auf dem Gnadenhof Tierwohl, dem

Land von Bauer Christian Bommbel.« Dabei zeigte er auf sich selbst.

Franz beruhigte diese offene und doch ehrliche Art. Indes er zum Reden ansetzte, um sich vorzustellen, aber nicht dazu kam. Bauer Bommbel hatte wohl etwas anderes erwartet und zeigte auf Bücheles Rücken, den der Beamte noch immer mit seinem Handrücken massierte.

»Sie kommen bestimmt wegen der Rückenkur mit Salbeitee und Ziegenmist. Stimmt's?«

Max grinste Franz an, der sich noch immer mit einer Hand am Rücken hielt. Aber sich doch bei seinem Schmerz von Bauer Bommbel ertappt fühlte. Mit einer abschweifenden Handbewegung spielte er seine Schmerzen herunter. Unbedacht, so als könnte er kein Wässerchen trüben, sah er in die Runde. Mit einem Griff in seine Jackentasche zauberte er seinen Dienstausweis hervor, bevor er auf das Angebot vom Bauern zurückkam.

»Leider nein, Herr Bommbel, wir sind dienstlich hier. Ich bin Kriminalhauptkommissar Franz Büchele und der nette Kerl neben mir ist Kriminalkommissar Max Krüger. Aber wenn es mit Hühnermist auch funktioniert, den hätten wir auch bei uns auf dem Hof.«

Bommbel lauschte den Ausführungen vom Büchele. Irgendwie irritiert, sah er den Beamten an. »Auch ein Hof? Wo?«

»Weinvilla Fischer«, kam es zügig vom Beamten. Bommbel grinste.

»Na, wenn es so ist, grüßen Sie bitte, wenn Sie sie sehen, Gisela Kreuzer von mir.«

Jetzt zwinkerte der Bauer Büchele an.

»Und wenn Sie bei der Frau zu Wort kommen, bedanken Sie sich bei ihr in meinem Namen, für den guten Tipp mit den Legehennen. Sagen sie einfach Christian Bommbels Legehennen haben jetzt die besten Eier. Aber das allerbeste war unser Saunawochenende im Harz. Sie weiß dann schon wer und was gemeint ist.«

»Sie kennen Gisela? Und Sie waren mit ihr in der Sauna?«

Büchele viel aus allen Wolken. Noch bevor er darüber nachdachte, scherzte Bauer Bommbel weiter.

»Das ist schon fast vierzig Jahre her, Herr Kommissar.«

Max ergriff das Wort.

»Herr Bommbel, aber weswegen wir hier sind, hat wohl einen anderen Grund.«

»Stimmt«, warf Franz hinterher um sofort seine Lippen gekünstelt auf und ab zubewegen.

»Wir ermitteln noch nicht und dies sollte sich auch nicht so gestalten. Aber dennoch muss ich Sie einiges fragen.«

»Nur zu. Fragen Sie.«

»Kennen Sie eine Frau Kressmann? Oder besser formuliert, kannten Sie die Dame?«

Die Stimmung wurde irgendwie etwas betrübt, währenddessen Bauer Bommbel seine Mütze vom Kopf zog. Es schien als würde ihm an dieser Person mehr gelegen zu haben als Büchele vermutete.

»Kommen Sie mit, meine Herren, ich führe Sie herum und zeige Ihnen alles.«

Krüger und Büchele folgten ihm und lauschten seinen Worten, die er zu jedem Gebäude, jedem Gehege und sogar zu jeder kleinen Umzäunung gab. Nach wenigen hundert Metern sah man eine im Bau befindliche Halle. Sie glich mehr einem überdimensionierten Holzhaus als einem Stall oder Getreidehalle.

»Hierher, Herr Kommissar, werden uns Tiere gebracht, die vor Schlachtungen gerettet wurden, oder denen ein Gnadenbrot für die Dienste am Menschen zusteht. Dort drüben: Gänse, Ziegen und auch ein Lama, ist bei uns zuhause. Rechts auf der Weide stehen vier Kühe, die keine Milch mehr geben aber unseren Respekt verdienen. Deshalb brauchen die doch nicht gleich auf den Schlachthof, oder?«

Büchele zuckte mit den Schultern.

»Na ja, wir haben Altenheime.«

»Und wir werden auch nicht zum Schlachter und auf die Speisekarte geführt. Wobei es bei uns manchmal besser zugeht wie in einem Pflegeheim. Sehen Sie sich doch um. Wir sind ein Verein und kommen nur so über die Runden. Wir sind über jede Spende und Hilfe dankbar. Ob sie fünf Euro für Futter spenden oder einen Tag zum Arbeiten kommen, ist uns egal. Dort drüben …«, jetzt zeigte er auf eine Gruppe von Kindern die weit weg wohl ihren Spaß haben.

»… die Kids kommen von Schulen, helfen uns einen Nachmittag und lernen so die Tiere kennen. Und was noch wichtiger ist, den Umgang mit dem Alter.«

Max sah Bommbel an, der etwas abgeschweift war.

»Aber um auf ihre Frage einzugehen, folgen Sie mir bitte.«

Max und Franz folgten ihm in eine, noch im Rohbau befindliche Halle.

»Natürlich kannte ich Frau Kressmann. Sie war oft hier, genoss die Natur und die Tiere. Sie sagte uns auch, dass sie spenden wolle. Aber dass es so viel war, hatte sie uns verschwiegen. Doch mit ihrem Geld erfüllen wir ihr den Wunsch nach einer winterlichen Holzhalle. Sie träumte davon, dass es alle Tiere hier im Winter warm haben sollten. Und so wird es geschehen.«

»Wunderten Sie sich nicht, dass die Summe von einer anderen Person gespendet wurde?«

»Sie meinen von Frau Ziegler? Nein, nicht im Geringsten. Frau Kressmann hatte uns darüber informiert. Viele Leute tun dies, um den bösen Verwandten ein Schnäppchen zu schlagen. Und wenn der Fiskus noch Fragen gehabt hätte, oder hat, so kann man immer noch lebende Personen befragen, Herr Kommissar.«

Das leuchtete dem Beamten ein. Christian Bommbel ging weiter und winkte den beiden Beamten, die etwas langsamer gingen.

»Kommen Sie, ich möchte ihnen was zeigen.«

Abseits des Hauses blieben sie vor vier Reihen mit großen Schottersteinen stehen. Aufgereiht wie auf einer Schnur lagen sie sorgsam in Reih und Glied.

Bommbel schob einen von ihnen beiseite und bückte sich. Mit den Händen beseitigte er den Boden und zog ein Marmeladenglas aus dem Boden.

»Hier haben Sie ihre Antwort.«

Beherzt schob er es in Bücheles Gesichtsfeld. Auf einem innliegenden Zettel, war der Name Kressmann, in leuchtend roter Schrift auf ein Stück Papier aufgebracht worden. Sekunden später zog Bommbel es zurück und platzierte es wieder in der Erde und schob den Stein davor.

»So würdigen wir unsere Spender. Noch Fragen Herr Kommissar?«

Franz holte tief Luft. Ihm war klar geworden, dass sich hier niemand am fremden Eigentum der Verstorbenen bereichert hatte. Im Gegenteil.

»Haben Sie vielen Dank Herr Bommbel für die Ausführungen. Aber ich sehe wir sind hier vollkommen mit unseren Recherchen deplatziert. Sie haben meinen Respekt. Und wenn wir Ihnen helfen können, dann lassen Sie es uns wissen. Aber bis dahin müssen wir leider wieder an den Schreibtisch. Obwohl wir die Natur lieben.«

Während sie zum Wagen gingen, schrie ihnen Bommbel wohl spaßhaft hinterher:

»Die Ziegenmistkur gibt es gratis dazu, Herr Kommissar.«

Von weitem winkte er ihnen noch hinterher.

Auf der Rückfahrt ins Dezernat, blieben beide Beamte nachdenklich und fast still. Nur ein einziges Mal musste Franz seinen Gedanken Luft machen.

»Ein Mann mit Idealen, für die es sich zu leben lohnt.«

Max, um eine Antwort nicht verlegen nickte.

»Und davon gibt es viel zu wenige Menschen.«

Max hatte das Dienstfahrzeug bei der Fahrbereitschaft abgegeben und war Franz ins Büro gefolgt. Eifrige Beamte sortierten, telefonierten oder bemühten sich sonstige Arbeiten zu erledigen, die mit noch nicht erledigten Fällen zu tun hatten. Aber Franz stand unbeeindruckt hinter seinem Bürostuhl und vollführte Gymnastikübungen. Max steuerte auf ihn zu. Leise flüsterte er ihm etwas ins Ohr, was Franz bei seinen Übungen innehalten ließ.

»Mein Rehakurs geht ebbe erscht in vierzehn Tag weiter. Sommerpaus ebbe. Was soll i tue? Der Rücke bloogt me scho. Und der Kurs left nur noch zwoi mol. Moinsch i soll mir vom Amtsarzt e neus Rezept schreibe lasse?«

»Ha no. Wenns guet tut. Wieso net?«

Irgendwie hatte Büchele die Lust an der Übung verloren und setzte sich auf den Stuhl als sich die Bürotür öffnete. Lilly und Rainer traten ein.

»Chef, wir sind erst jetzt zu der besagten Frau Ziegler durchgedrungen.«

»Durchgedrungen?«

»Ja Chef, ist eine Metapher. Wir mussten uns von Etage zu Etage im Seniorenstift Neckarwasser durcharbeiten bevor wir die gesuchte Person im betreuten Wohnen fanden.«

»Wie! Die wohnt dort?«, wollte Krüger wissen, noch

bevor Büchele reagieren konnte.

»Max, quatsch. Ich habe mich vielleicht falsch ausgedrückt, sorry. Die Dame hat dort eine Sitzgruppe
und macht mit den Damen und Herren Gruppen-
gymnastik. Nur donnerstags. Heute ist doch
Donnerstag, oder? Also donnerstags hat sie im
Seniorenstift Neckarwasser Einzeltherapie. Bis wir sie
gefunden haben war schon so ein Akt, sag ich euch.«
Lilly griff ein bevor ihr netter Kollege ausschweifend
ausholte.

»Ich glaube Frau Ziegler ist so jungfräulich wie ein
Babypopo. Sagt man doch so, oder nicht?«

»Lilly, wie kommst du darauf?«

»Der ganze Verein lobte sie. Die Schwestern, die
Insassen. Selbst ein Masseur, ihr Kollege sozusagen.
Alle haben lobende Worte für Frau Ziegler übrig.
Wenn einer fehlt oder jemand nach ihr fragt, Frau
Ziegler ist immer mit einem Lächeln zur Stelle. So die
Aussagen. Selbst letztes Jahr sprang sie oftmals für eine
kranke Kollegin ein. Nur einer, Pfleger Georgy, der
meinte, sie wäre zu menschlich zu den Alten. Er
mochte sie weniger. Aber dies war auch schon die
Ausnahme.«
Franz sah Lilly und Rainer an.

»Und was treibt sie sonst? Was hat sie gelernt? Wie
sind ihre Vermögensverhältnisse?«
Rainer wusste, dass sein Chef nach solch Dingen
fragen würde und zückte sein Tablet.

»Sie hat einen Mann und ein Kind. Sie ist eine
studierte Sporttherapeutin und einiges mehr. Sie hat in

Physiotherapie auch etliche erweiternde Kurse belegt. Frau Ziegler ist auch sozial engagiert. Will heißen, die Stunden im Neckarwasser gehen sofort als Spende an gemeinnützige Intuitionen. Und abends betreibt sie mit ihrem Mann einen Pub in Güglingen, der gut läuft. Deshalb hat sie auch tagsüber, dreimal die Woche Zeit. Diese Frau ist ein Engel und finanziell gut aufgestellt. So wird sie auch beschrieben. Unser Engel, Frau Ziegler hat immer ein offenes Ohr für uns.«

Franz lief dies zu glatt. Welcher Mensch konnte schon durchweg freundlich sein? Er dachte dabei wohl auch an sich.

Aber was hatten sie erwartet? Auf eine dunkle Machenschaft zu stoßen? Dabei ging es nur um das Ableben einer Frau, die Gutes getan hatte. Franz konnte nicht mehr tun als den Obduktionsbefund von Dr. Fröschle abzuwarten ehe er reagieren konnte. Es sollten jedoch noch zwei Tage vergehen.

Der Pathologe Fröschle verließ seine Wirkungsstätte, um Franz höchst persönlich seine Erkenntnisse in Form eines Schnellhefters vorzulegen. Noch auf dem Flur traf er ihn und folgte ihm ins Büro. Büchele sah sich den Ordner erst gar nicht an und forderte ihn auf, im Beisein seines Teams den Sachverhalt auf gebräuchlichem Deutsch zu erklären.

»Hüftgelenk rechts, Franz. Die Verstorbene hatte so circa vor drei Jahren, ein relativ neues Hüftgelenk rechts bekommen. Aber mehr gibt es nicht. Die Dame ist schlicht und ergreifend an Altersschwäche gestorben. Keine Fremdeinwirkung in keinerlei Art.

Selbst ihre Blutwerte und der DNA-Befund waren unauffällig. Somit ist die Dame offiziell nicht gewaltsam zu Tode gekommen.«

Irgendwie beruhigte Büchele diese Aussage. Wer sollte auch schon in seinem Bezirk alte Herrschaften ums Eck bringen, und wieso? Franz bedankte sich mit einem langen Händeschütteln bei seinem Freund und Kollegen und wusste ebenso was jetzt zu tun sei.

»Meine Damen und Herren, sorgen wir dafür, dass Frau Kressmann wieder ihre letzte Ruhe erhält. Informieren Sie die Stadtverwaltung. Die sollen alles Nötige veranlassen. Und Rainer, du schreibst dem Sohn einen netten Brief mit Befund vom Pathologen. Ach ja, Lilly du darfst unserem Staatsanwalt Krümmbusch die Nachricht überbringen. Aber sei vorsichtig. Grins nicht zu viel.«

»Wird erledigt, Chef.«

Büchele ließ seinen Freund Bruno Fröschle noch nicht gehen und zog ihn beiseite.

»Bruno, was denksch. Bekomm ich vom Amtsarzt e neus Rezept für Rehasport?«

Bruno lächelte ihn an und tätschelte freundschaftlich seine Wange.

»Klar doch, Franz. Ist doch gleich Feierabend. Gehe doch kurz beim Amtsarzt vorbei und lass dir ein Rezept ausstellen. Danach gönnst du dir einen starken Kaffee in einem Bistro. Die Sonne scheint. Was willst du mehr?«

Franz verstand Fröschles seltsame Anwandlung nicht, aber folgte trotzdem seiner Empfehlung.

Mit seinem neu ausgestellten Rezept in seiner Tasche, suchte er sich unweit seines, leider vollbesetzten Stammcafés, in einem angrenzenden kleinen Bistro einen Platz.

Da hier nur noch wenige Plätze frei waren, sah Franz zu einem Herrn mit Spitzbart und Hut, der hinter einem Laptop saß und tippte. Es schien so als hätte er den Tisch für sich allein.

Franz ging auf ihn zu.

Freundlich fragte er ihn: »Ist hier noch frei?«

Mit einer Handbewegung und einem: »Bitte, nehmen Sie doch Platz«, bestätigte der Fremde Bücheles Anfrage.

»Danke.«

Franz sah sich um. Mit einem Wink machte er die freundliche Bedienung auf sich aufmerksam und bestellte sich einen Kaffee. Gewissenhaft studierte Franz seine Umgebung während er an seiner Tasse nippte. Eine Schar Jugendlicher, die wohl gerade auf dem Schulweg war, kam mit lautem Gejohle an seinem Tisch vorbei. Franz schüttelte den Kopf. Dies blieb nicht unbemerkt. Der Fremde, der ihm gegenüber saß, hob kurz den Kopf und blickte hinter seinem aufgeklappten Laptop hervor.

»Mögen Sie keine Jugendlichen?«

Büchele hatte nicht damit gerechnet, dass sein Gegenüber ihn aus dem Augenwinkel heraus beobachtete. Ohne zu antworten betrachtete er den Fremden. Dennoch blieb er ihm eine Antwort schuldig. Ein aufgeklapptes Laptop, ein Notizheft und

Bleistifte lagen neben Bücheles Gegenüber. Aber wieso sollte er ein Gespräch mit einem Fremden beginnen. Schließlich wollte er nur in Ruhe seinen Kaffee trinken und sich entspannen. Immer wieder stierte er fast schon unverhohlen zu seinem Lieblingslokal nach gegenüber. Es war brechend voll. Sein Stammplatz war von einer Mutter belegt, die versuchte ihrem Sprössling mit der Kuchengabel ein Stück Erdbeertorte zwischen seine kleinen Zahnreihen zu schieben. Ohne Erfolg. Immer wieder spuckte er das ihm angebotene Kuchenstück aus. Büchele grinste. Erst als der Fremde wieder eine Konversation mit dem Kriminalbeamten versuchte sah dieser zu ihm. Kein Zucken, keine Anzeichen auf eine Bewegung, bemerkte Büchele an ihm. Nur das Geräusch von einer Tastatur war zu hören. Unbeeindruckt begann dieser zu reden.

»Als Eltern hat man es nicht leicht. Und Erdbeerkuchen ist nicht jedermanns Ding. Oder sind Sie anderer Meinung?«

Franz war überrascht. Wie hatte er dies gemacht. Der Fremde war ja kaum hinter seinem Laptop zu erkennen. Erst als er es mit langsamer Bewegung zuklappte, sah Büchele ihm zum ersten Mal in die Augen. Franz war überrascht als der Fremde ihm seine Hand entgegenschob.

»Heidinger. Horst Heidinger.«

Büchele konnte nicht anders und gab, was sein Anstand ihm wohl befahl, dem Unbekannten die Hand. Franz holte Luft und wollte sich vorstellen, aber Heidinger kam ihm zuvor.

»Sie sind Herr Büchele, stimmt's?«

Jetzt wurde Büchele, dem die Überraschung ins Gesicht geschrieben stand, etwas mulmig.

»Sind Sie ein Stalker?«

»Ne, gewiss nicht Herr Büchele, eher ein guter Beobachter. Ist doch ganz einfach. Ich sitze öfters hier, vielleicht haben Sie mich letzten Sommer ja mal gesehen. Aber egal. Und Sie sitzen dort drüben im Café, trinken zwei Tassen Kaffee und essen ein Croissant. Liege ich richtig?«

Franz schob seinen Hut ein wenig zurück. Dies machte ihm ein wenig Unbehagen.

»Jetzt nicht böse sein, Herr Büchele. Ihren Namen habe ich von der netten Bedienung, die Sie übrigens als Stammgast bezeichnete. So einfach ist es mit der Beobachtungsgabe.«

Franz beruhigte sich ein wenig und ging genauer ins Detail.

»Sind Sie ein Privatdetektiv? Na ja, die Notizen könnten auf so etwas Ähnliches schließen. Oder von der Presse?«

Heidinger begann zu Lachen.

»Weder noch. Aber zum Teil beides. Ich bin Buchautor. Und nennen Sie mich doch einfach Horst.«

Wieder streckte Horst Heidinger ihm freundschaftlich die Hand entgegen.

»Es stimmt, mein Name ist Büchele, Franz Büchele. Na ja, einfach Franz.«

Jetzt erst, Franz konnte es sich selbst nicht erklären, fühlte er sich wohl. Keine Ahnung weshalb, aber Horst strahlte etwas aus, was Franz sich nicht erklären konnte. Vielleicht war es die Vertrautheit, seine Beobachtungsgabe oder vielleicht die Unbekümmertheit?

»Worüber schreibt so ein Buchautor? Liebesgeschichten vielleicht, oder etwa Science-Fiction, Thriller?«

Horst begann zu grinsen.

»Krimis, Franz. Hat von allem etwas. Was nicht einfach so daher gesagt ist. Die Recherche ist auch ganz wichtig. Ich besuche Bibliotheken. Lese über Dinge, die ich benenne, viel nach, besuche die Polizei und auch die Pathologie. Was soll ich dir sagen, eben wie bei dir nur mehr fiktiver. Du bist doch bei der Polizei, oder liege ich daneben?«

Franz schien dies ein wenig zu weit zu gehen.

»Herrschaftszeiten au noch e mol. Steht des uff meinera Stirn? Oder woher weiß du des jetzt?«, entfuhr es ihm in Schwäbisch. Horst verschränkte die Arme gemütlich vor seinem kleinen Bauchansatz. Mit einem Finger zeigte er auf Bücheles Brusttasche, in dem ein Briefkuvert steckte.

»Ist keine Hexerei, Franz. Oben auf deinem Briefkuvert steht KHK Franz Büchele. Nun ja, du bist Franz Büchele und das KHK kann Kriminalhauptkommissar bedeuten. Ist aber auch nur eine fifty-fifty Chance gewesen.«

Franz griff sich an die Brusttasche und zog das Kuvert hervor.

»Du könntest bei uns anfangen. Deine

Beobachtungsgabe ist wirklich beeindruckend.«

Horst winkte ab.

»Füge ich meiner To-do-Liste fürs nächste Leben bei. Kommt dann gleich nach Pilot und Bergsteiger. Aber vorerst bleibe ich noch bei meinen Krimis und schwing lieber ab und an den Schläger beim Golfen.

Büchele spitzte die Ohren.

»Du spielst Golf?«

»Ja wieso, du auch?«

Büchele tat zaghaft verstohlen.

»Habe erst ein paar Schläge geübt. Aber Spaß macht es schon. Mal sehen vielleicht wird mehr daraus. Habe eben wenig Zeit, wenn du verstehst.«

Horst nickte zustimmend, währenddessen Franz den letzten Schluck aus seiner Kaffeetasse nahm. Horst schob Franz seine Visitenkarte zu.

»Für alle Fälle. Man weiß ja nie. Vielleicht kommst du auf eine meiner Vorlesungen. Oder wir sehen uns hier wieder zum Plauschen.«

Franz war dankbar darüber einen neuen Gesprächspartner gefunden zu haben und verabschiedete sich.

»Wir bleiben in Verbindung«, war das, was Horst noch von dem Beamten vernahm, ehe Büchele eilig in der Menschenmenge verschwand.

TODESSEHNSUCHT

Die schwülen Tage hatten immer wieder kalte Luft mit sich geführt, so dass die Tage oftmals Gewitter übers Land hereinbrachen. Regengüsse, die kurz aber heftig waren. Sturmböen, die alles was nicht gut befestigt war durch die Gegend wirbelten und mit sich rissen. Überflutete Keller und umgeknickte Bäume und Regen schienen diese Woche an der Tagesordnung zu sein. Am hellen Tag war dies ja noch erträglich und wenn es zu dämmern begann konnte man es auch noch hinnehmen. Aber nachts sah alles anders, fast schon gespenstisch aus.

Im Dunkel dieser Nacht schlugen die Kastanien und Ahornbäume mit ihren Ästen unaufhörlich gegen die Fenster des Pflegeheims. So, als wollten sie sich einen Weg ins Gebäude bahnen. Wie mit langen Ruten peitschte der Wind das Gehölz gegen die Glasfenster. Da war es mehr als verständlich, dass einige Bewohner in der Dunkelheit in Panik gerieten und ständig nach dem Personal klingelten.

Zehn Uhr abends. Die Nachtschicht des Seniorenstiftes Neckarwasser hatte gerade ihre Arbeit aufgenommen. Anders als im anliegenden Bau, indem das betreute Wohnen untergebracht war, bedeutete dies im Pflegeheim Stress pur. Wenig Personal und eine Menge Arbeit. Immer wieder drückte einer der Bewohner den Notfallknopf. Entweder wegen Schmerzen oder aus Panik. Zaghafte Blitze erschienen am Himmel und entluden sich mit lautem Gepolter.

Man sah wie schnell die Wolken am hell leuchtenden Mond vorbeizogen.

Anfangs schien alles ruhig zu sein. Der Flur zu den Patientenzimmern war nachts wegen einer Zeitsteuerung nur sporadisch beleuchtet. Der Wind pfiff ums Gebäude und die hin und her tanzenden Äste vor den Fensterscheiben, warfen ein gespenstisches Schattenbild ins Innere des Gebäudes. Erst als das Personal die Beleuchtungstaste drückte, verschwand das unheimliche Gebilde von den Wänden.

Ständig leuchteten Zimmernummern im Bereitschafts-zimmer auf. Kaum hatte Ingrid Paulson sich gesetzt und ihr mitgebrachtes Brötchen ausgepackt, ging schon wieder eine Lampe an. Sie hatten zu zweit Bereitschaft. Sie und Daniel Knecht waren ein eingespieltes Team. Ingrid nahm den linken, er den rechten Gang. Und wenn es irgendwo stressig wurde, halfen sie sich gegenseitig. Was sie nicht mochten, war das sporadische Erscheinen ihres Chefs. Er kam und ging wie er es für richtig hielt, um nach seinem Personal zu sehen. Zwar war der Eingang nie ver-schlossen, und sie hatten eine Überwachungskamera für diesen Bereich. Aber dies brachte wenig, wenn jemand genau zu dieser Zeit durch die Pforte schritt, wenn beide zu Patienten unterwegs waren. Aber so waren nun mal die Vorschriften.

Daniel schloss eben Zimmer 18 auf und drückte die blinkende Zahl vor der Türe aus, als Ingrid im gegenüberliegenden Flur aus der Toilette kam und auf ihn zulief. An der Treppe trafen sie sich. Daniel grinste.

»Tolles Wetter oder nicht?«

Er wusste, dass Ingrid sich nachts vor Unwetter fürchtete.

»Blödmann. Scheiß Wetter!«

»Wieso? So haben wir nichts anderes vor. Und sich auszumalen was man machen könnte, wenn wir nicht Dienst hätten, ist doch auch blöd«, konterte er.

»Ich mag eben keine Stürme. Und Unwetter schon gar nicht.«

Instinktiv sah sie auf ihre Uhr.

»So ein Mist, erst Zwei.«

Kaum hatte sie dies gesagt zuckte wieder ein Blitz durch die Nacht und entlud sich diesmal mit einem ohrenbetäubenden Knall. Ingrid zuckte zusammen und machte einen Schritt auf Daniel zu. Ängstlich hielt sie sich kurz an seinen Schultern fest und sah in den Flur, aus dem Daniel gekommen war. Der Blitz muss in der Nähe eingeschlagen sein. Die Beleuchtung schien für einen Wimpernschlag ausgegangen zu sein. Ruckartig schob sie ihn wieder von sich und zeigte in den dunklen Flur.

»Was war das?«

»Was war was?«, fragte Daniel.

»Dort hinten im Flur. Ich habe was gesehen. Sah aus, wie wenn jemand in eines der Zimmer gegangen ist.«

Daniel begann zu lachen.

»Du bist ein kleiner Angsthase. Glaubst du unsere Pflegepatienten stehen so einfach auf und gehen von

Zimmer zu Zimmer? Du spinnst wirklich. Ist nichts anderes als die Äste, die hinten ans Fenster schlagen. Sieh hin.«

Mit dem Finger zeigte er in die Richtung, in der Ingrid anscheinend etwas gesehen hatte.

»Klar, sieht es etwas gruselig aus. Sollen wir nachsehen damit du beruhigt bist?«

Zögerlich sah sie ihren Kollegen an und nickte.

»Mach du bitte. Ich bleibe hier stehen, ok?«

Daniel begab sich langsam in den von ihr angegebenen Bereich. Am vorletzten Zimmer blieb er stehen und zeigte auf das Zimmer. Ingrid nickte ihm von weitem zu. Er legte seine Hand an den Türgriff. In dem Augenblick schlug schon wieder in der Nähe ein Blitz ein. Plötzlich gingen alle Beleuchtungen aus. Stromausfall. Totale Finsternis im Raum. Daniel wusste, dass Ingrid in der Dunkelheit in Panik geriet.

»Keine Panik. Ingrid bist du noch da?«

»Ja, ich rühr mich nicht vom Fleck. Was ist passiert?«

Daniel versuchte im Dunkel auf sie zuzugehen. Entspannt zog er sein Handy aus der Tasche, schaltete die kleine Taschenlampe an und lief weiter auf sie zu.

»Keine Panik. Das Notstromaggregat läuft in einer Minute an. Bleib ruhig. Wir haben dann zumindest eine Notbeleuchtung.«

Als er bei ihr ankam hörte man wie mit lautem klack, klack klack, die Notbeleuchtung ihren Dienst aufnahm. Daniel nahm seine Kollegin wieder bei der Hand und lief mit ihr nach unten ins Dienstzimmer. Der Computer verlangte nach einem Kennwort und alle

Lämpchen der Zimmer brannten. Was aber nach einem Stromausfall nichts Außergewöhnliches war.

Durch die anliegende Eingangstür sah er, wie gegenüber im Block Betreutes Wohnen, eine ähnliche Situation entstanden war. Alle Zimmer lagen im Dunkeln. Daniel beugte sich über die Tastatur.

»Mist! Wir müssen beim System ein Reset vornehmen, bevor der reguläre Strom sich wieder zuschaltet, wenn er sich irgendwann zuschaltet.«

Ingrid verstand nur noch Bahnhof.

»Daniel, rede mit mir. Wieso Reset und woher verdammt nochmal weißt du dies alles?«

Daniel sah sie an.

»Ist doch nicht so schwierig. Ich weiß dies, weil ich bei der freiwilligen Feuerwehr bin und wir solche Dinge üben. Und was dabei wichtig ist. Wir haben zwar keine Bewohner, wo an Maschinen hängen, aber in Krankenhäusern ist dies der Fall. Also, lass es uns einfach durchspielen bis der Strom in ein paar Minuten wiederkommt und sich die Notstromaggregate abschalten. Du fährst den PC hoch und wir machen einen Reset. Danach sehen wir nach, wie es den Heimbewohnern geht.«

Plötzlich klingelte das Telefon. Ingrid hob ab als sie die Nummer sah.

»Ja, Chef?«

Ingrid startete den PC und gab nebenbei ihr Kennwort ein.

»Ist klar, Chef. Wir haben alles im Griff. Nur der Strom ist ausgefallen.«

Daniel gab ihr leise ein Zeichen, dass er nach oben zu den Zimmern ging und verschwand.

»Ja, Chef. Kein Problem, bis später.«

Ingrid schrie Daniel, der schon fast die obere Etage erreicht hatte, laut hinterher.

»Chef ist unterwegs!«

Daniel, der die letzte Treppenstufe hinter sich gelassen hatte, sah nach unten.

»Mach die Notfallleuchten der Nummern bitte aus und komme hoch. Wir sehen nach ob alles ok ist.«

Von unten nickte sie ihm zu und verschwand kurz im Bereitschaftsraum. Zügig folgte sie ihm nach oben und gemeinsam betraten sie den fahl beleuchteten Flur. Ingrid grinste.

»Prüfen wir alle Zimmer? Oder können wir die auslassen, in denen jemand schnarcht?«

Nickend bestätigte Daniel die vorgeschlagene Vorgehensweise. An der ersten Tür drückte er die Türklinke langsam nach unten. Zaghaft betraten sie das Zimmer und prüften ob der Bewohner schlief. Daniel streckte wortlos den Daumen nach oben. Beide verschwanden wieder leise. Nächste Tür. Auch hier war alles ok. Zimmer 4 ließen sie aus. Schon durch die geschlossene Tür hörten sie Frau Maschek schnarchen. Sechs Zimmer lagen noch vor ihnen, als Ingrid einen Luftzug verspürte und ein Pfeifen von unten vernahm. Vermutlich war die elektronische Verriegelung des Notausganges beim Blitzeinschlag geöffnet worden. Daniel hatte dies auch bemerkt.

»Ich sehe nach.«

Zügig folgte er der hinteren Treppe abwärts. Sekunden später hörte das Pfeifen auf. Ingrid hörte, wie er hechelnd die zwanzig Stufen nach oben lief und kurze Zeit später wieder an ihrer Seite stand.

»Stromausfall. Der Notausgang stand durch den Stromausfall offen. Kein Problem. Alles ok. Machen wir weiter?«

Ingrid nickte. Ohne zu zögern öffneten sie die nächste Türe und sahen nach dem Bewohner. Alles schien wie immer zu sein. Bis Daniel aus dem Fenster sah. Drüben im anderen Trakt, war Polizei vorgefahren. Schulterzuckend sah er Ingrid an.

»Los komm lass uns weitermachen.«

Noch drei Zimmer lagen vor ihnen als Ingrid, Daniel stoppte. Sie zeigte auf das Zimmer, welches sie vor Minuten kontrolliert hatten.

»Herr Breitenbach schnarcht doch jede Nacht. Hörst du was?«

Daniel verneinte.

»Wir waren doch drin. Ist dir was ungewöhnliches aufgefallen?«

Ingrid verwarf den Gedanken.

»Nein, nicht wirklich.«

Sporadisch betraten sie die übrigen Räume und verschlossen die Türen danach wieder sorgsam hinter sich.

»Daniel, irgendetwas stimmt hier nicht. Ich habe vorhin einen Schatten vor dem Fenster, am Ende des Korridors gesehen. Ich schwöre es.«

»Ingrid, du siehst doch wieder Gespenster. Wir haben

alle Räume geprüft. Jeder der Bewohner schläft genüsslich, trotz Gewitter. Ist doch ein gutes Zeichen, oder nicht? Die einen schnarchen, die anderen liegen auf der Seite. Wie ich übrigens auch schlafe. Und einige haben ihr kleines Kissen auf der Brust.«

»Mir ist das zu genüsslich. Einige müssten doch bei diesem Wetter in Panik geraten. Zumindest war es so letzten Sommer als wir ein ähnliches Gewitter hatten. Aber heute? Nichts. Ist schon etwas sehr schräg, oder was denkst du? Ich habe hierbei kein gutes Gefühl. Und wenn ich an den Schatten denke, den ich vorhin gesehen habe, noch weniger.«

Daniel sah seine Kollegin an.

»Was denkst du, wird passieren, wenn nachher der Chef eintrifft?«

Ingrid zuckte kurz mit den Schultern.

»Weiß nicht, Daniel. Aber wenn was passiert ist sind wir dran.«

Daniel wirkte etwas ungehalten.

»Die Alten haben alle ihr Schlafkissen auf dem Bauch und schlummern. Sollen wir sie wecken?«

Ingrid horchte auf.

»Sagtest du „Schlafkissen auf dem Bauch"? Natürlich Daniel, das ist es. Ich kann mich nicht daran erinnern, wann jemals einer von ihnen ein kleines Kissen auf dem Bauch hatte. Vielleicht Zufall, vielleicht stimmt es auch und ich träume nur. Wir sehen nochmals nach. Erinnerst du dich noch bei wem es so gewesen ist?«

Daniel nickte und nahm sie bei der Hand. Angekommen öffneten sie die Tür. Tatsächlich, die

Bewohnerin schlief angeblich mit einem kleinen, quadratischen Kissen auf ihrem Bauch ganz friedlich. Sie mussten nicht näher herangehen und kontrollierten das nächste Zimmer. Auch hier dasselbe. Schon beim Öffnen des Raumes sah man das Kissen auf der Brust der Bewohnerin, wobei ihre Arme friedlich neben dem Körper lagen. Ingrid glaubte zu träumen. Schließlich betraten sie das letzte Zimmer. Auch hier sah man vom Eingang aus das Gleiche. Plötzlich legte jemand seine Hand auf Daniels und Ingrids Schulter.

»Gibt es Probleme?«

Wie von der Tarantel gestochen wirbelten beide herum. Ihr Chef stand in voller Größe hinter ihnen und lächelte sie an.

»Verdammte Scheiße! Chef wir hätten tot umfallen können.«

»Jetzt mal nicht übertreiben. Sie beide schleichen doch hier rum, wie ich sehe. Was liegt an?«

Ingrid holte Luft.

»Chef, hier stimmt was nicht.«

»Sehe ich auch. Der Strom ist weg und wir haben nur Notbeleuchtung.«

»Nein Chef. Bei den Heimbewohnern stimmt etwas nicht. Eben wollten wir noch dieses letzte Zimmer am Ende des Ganges kontrollieren, dann sind Sie aufgetaucht.«

Herr Schatz, der Leiter dieses Hauses nickte ihr zu. Als sie durch das Fenster zum Hof sahen und überall Blaulicht zu sehen war. Die Feuerwehr war eingetroffen. Vermutlich hatte es Bäume umgerissen oder Strommasten beschädigt. Draußen tobte noch immer das Unwetter. Kein Grund, für die drei, nicht ihr Vorhaben umzusetzen. Herr Schatz sah auf das Namensschild neben der Tür.

»Dann lassen Sie uns Ihren Verdacht prüfen und reingehen. Mal sehen, was Herr Bender, der Bewohner dieses Zimmers wohl dazu zu sagen hat. Sie voran.«
Als Ingrid die Türe geöffnet hatte, schien nichts auf ihr komisches Gefühl hinzuweisen. Von draußen warf zuckend das Blaulicht seine Blitze in den Raum und ein Ast schlug von draußen an den Fensterrahmen. Herr Schatz begann zu flüstern.

»Und? Sieht doch alles normal aus. Herr Bender liegt entspannt da und sein Kisschen liegt auf seinem Bauch. Ist doch goldig, oder nicht?«
Daniel zeigte jetzt zögernd auf den Bauch von Herr Bender.

»Sein Bauch. Sein Bauch bewegt sich nicht.«
Plötzlich wurde es still.

»Sein Kissen auf seinem Bauch müsste sich doch hoch und runter bewegen. Oder nicht?«
Schatz ging leise einen Schritt auf das Bett zu und sah es sich genauer an. Er legte sein Ohr über den Mund des Heimbewohners. Endlose Sekunden verstrichen ehe er tief durchatmete und nach Ingrid rief.

»Schwester kommen Sie bitte her und prüfen den Puls von Herrn Bender.«
Ingrid bewegte sich ans Bett. Währenddessen verlies Daniel Knecht urplötzlich den Raum. Draußen angekommen ging plötzlich wieder die reguläre

Beleuchtung im Hause an. Er sah nach oben, überlegte kurz und betrat zielstrebig das Zimmer Nummer 5. Wie angewurzelt blieb er im Türrahmen stehen und starrte unablässig auf das Kissen, welches auf dem Bauch der Bewohnerin lag.

Ingrid versuchte in Herrn Benders Zimmer noch immer seinen Puls zu ertasten und schüttelte unentwegt den Kopf.

»Ich fühle bei ihm keinen Puls. Herr Schatz, ich kann keinen Puls spüren«, flüsterte sie unentwegt.

Schatz drückte den Notfallknopf an der Wand. Automatisch wurde bei der Dienststelle ein Krankenwagen angefordert. Ingrid sah sich um. Wo war Daniel abgeblieben?

Sie ging auf den Flur. Daniel schrie.

»Bin in Zimmer 5. Frau Alexander hat auch keinen Puls. Kontrolliere doch bitte auch Zimmer 11. Sie tat, wie ihr angewiesen wurde. Herr Schatz war ihr gefolgt. Sie konnten nur noch den Tod der Dame feststellen.

»Rufen wir die Polizei!«, gab Ingrid unmissverständlich ihrem Chef zu verstehen. Er war bereits dabei die Nummer auf seinem Handy zu wählen, um den Vorfall zu melden.

»Verdammt. Es sterben keine drei Heimbewohner zur gleichen Zeit. So etwas ist unmöglich«, stammelte Ingrid, die jetzt neben Daniel stand.

»Ich hatte Recht. Und da war was. Verstehst du?« Daniel sah sie an.

»Mag sein, aber ich hatte nichts gesehen.«

»Kunststück«, kam es von ihr.

»Du hattest dem seltsamen Etwas ja auch deinen Rücken zugedreht.«

Die Situation war düster und seltsam. Krankenwagen, Feuerwehr und die Polizei tauchten in der Einfahrt auf. Und diese Nacht brachte nicht nur drei Tote in der Pflegeabteilung hervor. Auch gegenüber im Betreuten Wohnen gab es zwei Todesfälle.

Der Fall mit den sterblichen Überresten, der verstorbenen Frau Kressmann, schien abgehakt zu sein.

Selbst der Sohn hatte nach solchen Beweisen vorerst die Nase voll und zog den Verdacht, auf einen Mord-versuch, zurück. Wochenlang schien alles gut zu laufen bis zu dieser Sommernacht. Ein Unwetter kündigte sich an als Franz und Lilly gemeinsam zurück zur Weinvilla Fischer fuhren. Vom Wind gepeitscht trafen dicke Regentropfen die Windschutzscheibe ihres Autos. Büchele schien dies nicht weiter zu stören. Feierabend war angesagt.

Die Nachtschicht, allen voran Kriminalhaupt-kommissarin Sonja Pfeiffer, hatten ihre Schicht begonnen. Eine unruhige Nacht stand ihr bevor, als sie im Radio von der Sturmwarnung im Land Kenntnis erlangte.

»Klasse. Freu ich mich drauf. Da flippen wieder jede Menge Psychopaten aus.«

Um kurz vor drei Uhr klingelte ihr Diensttelefon.

»Sonja Pfeifer.«

Sonja machte sich auf einem Block Notizen. Nebenbei winkte sie zwei Kollegen herbei, die an ihren Tischen saßen.

»Alles klar, rühren Sie nichts an, wir sind in zehn Minuten bei Ihnen.«

Sie sah nach draußen. Der Sturm tobte immer noch unablässig. Regen peitschte an die Fenster während

Sonja Pfeiffer vor sich hin fluchte.

»So ein Scheißwetter.«

Eine Polizeistreife wurde von der Heimleitung Neckarwasser in Heilbronn angefordert. Das Bild, das sich ihnen bot, ließ keinen anderen Schluss zu, als die Mordkommission einzuschalten. Fünf tote Heimbewohner in einer Nacht, dies konnte kein Zufall sein.

Die Maschinerie der Polizei war angelaufen. Man hatte zuerst sie als Diensthabende von der Mordkommission angerufen. Streifenwagen, Einsatzkräfte und die Spurensicherung begaben sich auf den Weg zum Seniorenstift Neckarwasser.

Angekommen, ging Sonja, flankiert von zwei Kollegen, zielstrebig durch die große Halle. Sie hob vor einem Streifenpolizist ihren Dienstausweis in die Höhe.

»Pfeiffer, Mordkommission.«

Der Beamte winkte sie durch die Absperrung.

»Erster Stock«, meinte er noch, als Sonja ihn schon passiert hatte.

»Danke.«

Sie zückte ihren Notizblock und kritzelte beim Gehen etwas hinein. Oben angekommen sah sie, wie die Spurensicherung schon ihrer Arbeit nachging. Drei Türen standen auf. An jeder stand ein Streifenpolizist. Sonja atmete tief durch und stülpte sich Gummihandschuhe über. Sie hatte gelernt etwas zu warten. Denn selbst sie konnte noch Spuren verunreinigen. Langsam und immer mit Blickkontakt mit dem Diensthabenden der Spurensicherung, betrat sie den ersten Raum. Er nickte kurz.

»Hallo, Sonja. Wir sind hier fast durch. Die anderen Kollegen sind noch in zwei weiteren Räumen.«

Sonja nickte etwas beklommen.

»Hab's gesehen, die Türen stehen offen. Kannst du mir sagen was hier passiert ist?«

»Nicht wirklich. Wir haben die Leichen, oder Verstorbenen, sehe es wie du möchtest, nicht bewegt. Einer Schwester und einem Pfleger ist etwas nach dem Stromausfall aufgefallen. Als der Heimleiter aufgetaucht ist haben sie gemeinsam die Heimbewohner so vorgefunden. Hier sterben ja andauernd alte Menschen, aber dies hier. Sieh dich um. Nichts ist unordentlich. Nur …«

Der Beamte zeigte auf das Bett.

»… alle sind scheinbar, mit einem quadratischen Kissen auf ihrer Brust verstorben. Ist schon etwas makaber.«

»Sind die Kissen hier Standard?«

»Anscheinend ja.«

»Weiß man schon wie sie verstorben sind?«

In diesem Augenblick kam jemand zur Tür herein den Sonja kannte. Sie schmunzelte, breitete die Arme aus und lief auf ihn zu.

»Bruno, was machst du denn hier. Dachte du machst keine Nachtschicht mehr?«

»Dachte ich auch. Aber für diese Woche hatten sie niemand und da bin ich eingesprungen. Schön dich zu sehen. Hast du dich schon umgesehen?«

Sonja schüttelte kurz den Kopf und die Haare ihres Pferdeschwanzes wirbelten dabei hin und her.

»Bin eben erst angekommen. Kannst du mir schon was sagen? Die Spurensicherung ist wohl noch nicht so weit.«

Der Pathologe Bruno Fröschle hakte sich bei Sonja ein.

»Komm, ich zeig dir was. Ist nur eine Annahme, aber vielleicht kannst du damit was anfangen.«

Er führte sie näher an die Leiche heran. Beide Arme lagen, so als hätte jemand sie hingelegt, auf dem Bett neben dem Körper. Bruno wies auf das Kissen.

»Sieh dir dies an. Jemand hat, nach meiner ersten Einschätzung, die alten Herrschaften nicht mit dem Kissen auf ihrer Brust erstickt. Denn wenn jemand stirbt, bleiben die Augen offen. Ist eine simple Muskel-erschlaffung im Augenlied. Bei jedem der Toten hier sind sie aber geschlossen. Was mir wiederum bestätigt, dass der oder die Täter sich wirklich viel Zeit genommen haben.«

Sonja stutzte.

»Wieviel Zeit?«

»Kann ich dir nicht sagen. Fünf, vielleicht zehn Minuten?«

»Dies bedeutet, der Täter muss mindestens eine halbe Stunde auf dem Stock gewesen sein.«

Bruno nickte zustimmend.

»Jetzt wird es spannend. Der Täter war aber schon eine ganze Stunde vorher im angrenzenden Komplex. Dort schlich er sich ins betreute Wohnen und tötete dort zuerst zwei Heimbewohner. Erst danach ist er hier aufgetaucht. Aber Sonja, dies ist eine Vermutung.

Erst nach den Obduktionen kann ich dir mehr darüber sagen.«

»So ein …« Sonja hielt sich mit ihrer Wut zurück.

»Und woher willst du dies wissen?«

»Ganz einfach, ich war schon vor einer Stunde drüben. Und da war noch keine Meldung an die Polizei von hier eingegangen. Auch die von mir, vor Ort durchgeführter Temperaturanalyse bestätigte dies. Zufrieden?«

»Na, dann beginne ich mal mit der normalen Polizeiarbeit und befrage die Zeugen. Kannst du mir den genauen Zeitpunkt und die Todesursache sagen?«

»Sonja, wenn die Personen bei mir in der Pathologie auf dem Tisch sind, hast du das Ergebnis als erste. Aber hatte Franz nicht vor drei Wochen einen ähnlichen Fall vom Seniorenstift Neckarwasser zu bearbeiten? Doch, jetzt erinnere ich mich wieder. Ich hatte die Dame doch auf dem Tisch. Es war eine Exhumierung, wenn ich mich recht erinnere.«

Sonja gingen immer wieder unschöne Gedanken durch den Kopf. Würde dies bekannt werden, oder die Presse davon Wind bekommen, hatte dies ein Ausmaß mit ungeahnten Folgen. Die Angst würde hier im Heim schnell um sich greifen. Aber dennoch wusste keiner wie diese Nacht enden würde.

Das Unwetter hatte auch die Weinvilla Fischer erreicht. Gisela Kreuzer, die Haushälterin und auch leitende Person des Anwesens, hatte vorsorglich alle Stallungen, so gut es eben ging, gesichert. Ihr bereiteten nur die alten Obstbäume Sorge. Die knorrigen Äste brachen schnell und verursachten oft ein wildes Durcheinander auf dem Hof.

Kurz vor halb vier Uhr schien das Unwetter seinen Höhepunkt erreicht zu haben. Ständig lief Gisela mit ihrem weißen langen Nachtgewand mit einer Taschenlampe im Haus umher, ohne die Beleuchtung im Hause überhaupt anzuschalten. Es könnte ja der Strom ausfallen.

Im oberen Stock schliefen Büchele und Lilly. Gisela ging nach oben und öffnete die Tür einen Spalt von Bücheles Schlafgemach. Wie konnte jemand so schnarchen, bei diesem Unwetter. Sie schüttelte den Kopf. Als sie Lillys Zimmertüre öffnete begann sie zu grinsen. Lilly hatte sich wie ein Kind ins hinterste Eck des Bettes eingekuschelt. Mit einem Lächeln auf den Lippen verließ sie den Raum. Draußen schien der stärkste Sturm aller Zeiten zu toben. Es schien Gisela schlecht zu werden, als sie sah wie ein Blitz in die Eiche, keine hundert Meter neben der Stallung einschlug. Wankend hielt sie sich am Treppengeländer fest und atmete tief durch. Sie sah sich um. Der grollende Donner hatte keinen der beiden Schlafenden geweckt. Plötzlich, gerade als sie die erste Etage verlassen wollte, unterbrach ein ordentlicher Schlag die Geräuschkulisse. Es wiederholte sich immer wieder. Verängstigt sah sie aus dem Fenster und bemerkte das Malheur.

»Verdammt.«

Die offene Türe, vom angrenzenden Hühnerstall

schlug im Wind hin und her. Sie fasste sich ein Herz. Nein, sie ging nicht nach draußen. Dies war ja wohl Männersache. Wozu hatte sie Franz Büchele im Haus. Nur als Dauergast? Schlurfend und mit wedelndem Schlafgewand steuert sie abermals auf Bücheles Schlafstube zu. Büchele schien fest zu schlafen. Sie rüttelte einmal an seiner Schulter. Kurz darauf ein zweites Mal. Erst beim dritten Versuch ihn zu wecken, schlug dieser die Augen auf. Büchele erschrak. Gisela hatte doch tatsächlich, ohne die Zimmerbeleuchtung einzuschalten, nur die Taschenlampe angeknipst. Wie ein Geist stand sie vor seinem Bett. Mit einem Ruck schoss sein Körper in die Senkrechte.

»Psst, Franz«, versuchte Gisela leise zu wirken.

»Die Tür vom Hühnerstall isch vom Uwetter uff gange. Kosch du vielleicht gugge?«

Franz rang nach Luft.

»Herrschaftszeiten!! Gisela!! Hasch du mi erschreckt mit deiner Daschelamp. Du siehsch aus wie en Goischt. I hätt beinah en Herzkaschper bekomme. Wieso gehsch du net nunder, wenn scho do rumgoischtersch?«

Gisela sah ihn kurz an, war aber nicht um eine Antwort verlegen.

»Bisch du de Mann im Haus oder i?«, fragte sie mit Nachdruck.

»Ha scho i. Oder hann ich so zwei Ballon wie du unterem Kinn?«, war die zu erwartende Antwort von Franz.

»I zieh me oh und komm runder.«

Zufrieden ging Gisela nach unten. Keine fünf Minuten später kam auch Franz von oben in die Küche, wo Gisela ihm sozusagen als kleine Versöhnung einen Kaffee zubereitet hatte. Kaum hatte er seine Jacke vom Kleiderständer genommen, um nach draußen zu gehen, klingelte das Telefon neben ihm. Gisela ging ran.

»Weinvilla Fischer, Gisela Kreuzer am Apparat.«
Stumm reichte sie den Höher an Franz weiter, der neben ihr stand.

»Büchele.«
Franz nickte nur immer wieder, bevor er zum Reden kam.

»Sonja, ich muss noch den Hühnerstall verschließen. Ja, den Hühnerstall der Weinvilla, was denn sonst? Der Sturm hat ihn aufgerissen. Dann komme ich. Ja, bitte doch den zuständigen Pathologen, die Leichen noch so zu belassen. Ich möchte das selbst sehen. Büchele Ende.«
Franz legte den Hörer auf die Gabel, ohne etwas zu sagen und ging nach draußen. Mit einem Draht fixierte er die Türe vom Hühnerstall und verschwand mit seinem Wagen in das Dunkel der Nacht in Richtung Heilbronn.

STÜRMISCHE NACHT

Der Sturm schien etwas an Stärke verloren zu haben. Der Scheibenwischer flitzte schon auf höchster Stufe über die nasse Windschutzscheibe. Immer wieder knallten einzelne Äste vor Büchele auf die Fahrbahn. Verdrossen versuchte Franz mit seinen Augen dem Straßenverlauf zu folgen. Dies schien einer der Tage zu sein, in dem sich der Beamte wünschte im Bett geblieben zu sein. Zuckende Blitze am Himmel verrieten ihm, dass Böses im Lande gewütet hatte.

»Toll!«, kam es von ihm, der mit sich selbst zu reden schien. Entfernt sah er ein Blaulicht.

»Fehlt mir noch, wie Halsweh.«

Franz hoffte, dass das Blaulicht nicht von einem Fahrzeug kam, das auf seiner Route lag. Aber schon nach der nächsten Kurve stand eines fest. Er lag mit seiner Vermutung falsch. Franz ging vom Gas, um seine Fahrt zu verlangsamen. Er erkannte einen Feuerwehrwagen und ein Team von vielen Feuerwehrleuten, die einen umgestürzten Baum von der Straße räumten. Franz kam keine Sekunde zu früh bei dieser Stelle an. Die Arbeiter hatten bereits eine Schneise durch den Wirrwarr der Äste geschlagen, um anderen Einsatzkräften den Weg zu entfernteren Gebieten zu ermöglichen. Durch das Fenster bedankte sich Büchele mit einem Nicken bei den Einsatzkräften und gab Gas. Der Sturm, der nahezu Orkanstärke erreichte, hatte einen Weg der Verwüstung angerichtet. Schon jetzt wurde dies Büchele auf dem Weg zu seinem Einsatzort klar. Überall Rettungskräfte. Umgestürzte Bäume, abgedeckte Häuser und beschädigte Stromleitungen.

Sonja hatte das Gelände großräumig absperren lassen und alle Ein- und Ausgänge der Einrichtung schließen lassen. Polizisten wurden platziert, um diesen Zustand aufrecht zu erhalten. Kein Mitarbeiter kam rein oder raus. Man war abgeschottet vom Rest der Stadt. Seniorenstift Neckarwasser war nun ein hell beleuchteter Tatort.

In jedem der Zimmer brannte Licht. Und für Büchele sollte es der Tatort sein, der ihm in seiner Karriere die meisten Kopfschmerzen verursachen würde. Bücheles Audi 200 bog gerade auf die Einfahrt ein, als er die Menschenmenge sah, die sich im Regen rund um Neckarwasser versammelt hatte. Je näher er kam umso unbehaglicher wurde die Situation. Was war dort geschehen, dass die Menge derart entfesselt war? Das Blaulicht von Feuerwehr und Polizei zuckte durch die Dunkelheit. Drei Rettungswagen standen ungeordnet vor den Eingängen des Seniorenstiftes. Spurensicherung und zivile Einsatzkräfte waren ebenso vorhanden. Männer in Regencapes hielten die neugierige Menge hinter der Absperrung. Gerade als Büchele mit seinem Fahrzeug vorfuhr erhellte ein heller Blitz, gefolgt von einem Donnerschlag, die Nacht. Wie in einem Horrorfilm wurde die Kulisse der Gebäude für Sekunden ins gleißend helle Licht getaucht. Franz stieg aus und zog sich den Kragen seiner Jacke ins Genick. Regen prasselte auf seinen Hut. Unterdessen winkte Sonja Pfeiffer ihm vom

Trockenen aus zu. Mit schnellen Schritten ging er in Richtung Eingang auf sie zu. Sie begrüßten sich mit einem Handschlag.

»Hallo, Sonja!«

»Guten Morgen, Franz. Gut, dass du gekommen bist.«

Büchele sah auf seine Uhr.

»Wieso hast du mich angerufen? Die Nachtschicht hat doch den Fall. Sonst wärst du doch nicht hier. Aber sag mir weshalb hast du mich nun wirklich geweckt.«

Sonja nahm ihn beim Arm.

»Komm mit, hier entlang. Ich glaube, wenn du dies gesehen hast, haben wir deine ungeteilte Aufmerksamkeit. Glaub mir, so etwas hast du noch nicht gesehen. Es ist wie in einem Gruselkabinett.«

Wieder zuckten Blitze durch die Nacht.

»Und der da oben schickt uns wohl seine Beleuchtung dazu.«

Gemeinsam mit ihr ging Franz auf den Gebäudekomplex für betreutes Wohnen zu. Sonja ließ Franz los, der noch immer stumm neben ihr herlief. Sie zog ihren Notizblock aus ihrer Gesäßtasche, während beide Kriminalbeamten nickend den Eingangsbereich betraten. Unzählige Beamte tummelten sich hier unten. Sonja wies mit ihrem Block in der Hand nach oben.

»Dort entlang, nach oben, bitte.«

Büchele folgte ihren Anweisungen.

»Wir müssen uns beeilen.«

»Wieso beeilen? Sonja, dies ist ein Tatort!«

»Schon klar, Franz. Aber siehst du die vierzehn Türen hier?«

»Ja, und?«, monierte Franz.

»Sie dich um, Franz. Zwei Zimmer sind offen.«
Büchele sah den Gang hinunter und nickte nur.

»Hinter den restlichen zwölf Türen sind Menschen untergebracht mit jeweils einer Betreuerin oder einem Pfleger. Ich habe jeden in der Umgebung aus dem Bett holen lassen, den ich konnte. Angeforderte Kranken-pfleger, OP-Schwestern und selbst Kindergärtnerinnen sind hinter diesen Türen.«
Sie drehte sich um und wies mit ihrem Finger durch das Fenster, zu dem zweiten Trakt, in Richtung Pflegeheim.

»Und dort drüben, Franz. Da ist es dasselbe. Was glaubst du weshalb die Menschen dort unten vor der Tür so wütend sind?«
Schulterzuckend sah Büchele ihr in die Augen.

»Weil im Ort die Hölle los ist. Der Sturm hat massive Schäden angerichtet und ich ziehe Menschen ab, die daheim gebraucht werden.«
Sonja wurde ungehalten.

»Aber, so kollegial wie ich bin, warte ich auf meinen Kollegen. Der mir vielleicht mehr über einen etwaigen Zusammenhang sagen kann. Schließlich handelte es sich bei seinem zurückliegenden Fall auch um diese Einrichtung.«
Sonja schien langsam in Rage zu geraten und zischte Büchele ein: »Komm mit, Kollege!«, entgegen.

Franz kannte Sonjas Gemüt und in diesem Fall schien es besser zu sein ihr nur zuzuhören.

Sie betraten das Zimmer einer Dame. Häkeldeckchen und Kunstblumen sagten Franz wohl genug. Auf ihrem Bett unweit der Kochnische lag sie. Stumm, fast lächelnd auf ihrem Bett. Nichts deutete auf einen Gewaltakt hin. Die Decke schien etwas zerwühlt zu sein aber mehr nicht. Franz sah sich um. Auf dem Herd stand noch der Rest einer Suppe. Auf dem Tisch lag noch die aufgeschlagene Tageszeitung. Scheinbar hatte sich die Dame für ihre Verhältnisse gut eingelebt. Ein kleines Kissen lag auf ihrer Brust. Franz staunte.

»Du denkst sie ist ermordet worden?«

Sonja nickte.

»Oder denkst du, du stirbst mit einem kleinen Kissen auf der Brust? Dem ist in der Regel nicht so. Hier und gegenüber liegen alte Menschen, die so, meine Einschätzung, ermordet wurden. Alle haben dieses kleine Kissen auf ihrer Brust. Die immer zum Inventar jeden Zimmers gehören. Aber noch haben wir nicht den Bericht der Toxi. Zufrieden Kollege?«

In Bücheles Gehirnkasten schienen Bienen zu summen. Immer wieder sah er zur Seite oder durch einen hindurch. Dies bedeutet, er überlegte.

»Gehen wir ins andere Gebäude?«

Sonja war überrascht.

»Möchtest du den älteren, toten Herrn am Ende des Ganges nicht sehen?«

»Deine Einschätzung genügt mir. Hat die Spurensicherung hier alles aufgenommen?«

»Ja klar, die sind hier schon durch. Die schaffen eben alles Wichtige raus. Wir könnten die Leichen hier für die Obduktion freigeben und überführen.«

»Mach das, somit bekommen wir zumindest in diesen Block eine Ruhe rein.«

»Können wir danach die Zimmer freigeben?«

»Sonja, jetzt bleib mal auf dem Teppich. Die beiden Zimmer sind Tatorte. Aber des übrige Pflegepersonalzimmer und diese worin die Bewohner im Augenblick drin festsitzen, des elles, kosch natürlich hinterher, wenn uffgräumt isch, freigebbe. Logisch«, tat Büchele in einwandfreiem hochdeutsch und schwäbischem Mischmasch.

»Das meinte ich doch. Oder hatte ich mich unklar ausgedrückt.«

Ohne eine Miene zu verziehen sah Franz sie an.

»Dann isch jo gut. Lass lafe, Mädle.«

Kommissarin Pfeifer wies die zuständigen Beamten an, Bücheles Anweisungen umzusetzen. Keine zwei Minuten später kamen die Beamten der Pathologie mit Rollwägen an ihnen vorbei.

Inzwischen traf auch Bücheles Kollege Max Krüger am Seniorenstift ein.

Gerade als Sonja und Franz aus dem Block kamen, stand er mit Gummistiefeln an den Beinen vor der Tür des Pflegeheims. Während Büchele auf ihn zusteuerte, begann er zu grinsen. Nur Sonja konnte sich seine neue Fußbekleidung nicht erklären und wies mit den Fingern darauf.

»Max, neue Dienstschuhe?«

Krüger wusste, dass die Kollegen ihn belächeln würden. Aber was sollte er tun? Während er den Anruf bekam, stand er mit seiner Frau Babsi knöcheltief im Keller und schippte das eindringende Wasser nach draußen. Wortlos folgte er beiden. Büchele drehte sich nochmals um und ging zurück zum Eingang. Draußen regnete es noch immer, was aber die Menschen hinter der Absperrung nicht abhielt weiter zu schreien oder nach ihren Verwandten zu rufen. Büchele sah in die Runde. Dunkelheit umgab diejenigen, die hinter den Absperrbändern wütend ihren Zorn zu Ausdruck brachten. Manche filmten mit ihren Handys und auch das erste Fernsehteam fuhr vor. Seine Erfahrung brachte Büchele in den Regen. Regungslos stand er vor den Personen, die wie auch er, nach einer Erklärung suchten. Sein scharfer Blick versuchte jedes Gesicht zu erhaschen, bis Max Krüger ihn von hinten an der Schulter packte.

»Was suchst du hier? Sonja erwähnte, dass die Leichen oben sind. Franz, lass uns unsere Arbeit tun.«

»Ich tue meine Arbeit, Max. Lass das Publikum von zwei Streifenpolizisten filmen.«

»Die Menge filmen? Spinnst du? Sind wir im Kino? Franz manchmal bist du etwas seltsam.«

»Hör einfach zu, Max. Der oder die Täter kommen, in achtzig Prozent der Fälle, immer wieder zum Tatort. Entweder er sucht nach seiner Bestätigung und bietet sich als Zeuge an. Oder er ist wissbegierig und möchte erfahren was wir wissen. So einfach ist es. Tue es einfach.«

Diese Argumentation leuchtet auch ihm ein. Schnell waren diese kleinen Schritte eingeleitet, was vielleicht einen kleinen Stein im Puzzle der Ermittlungen ergeben konnte.

Beide gingen daraufhin, der auf der ersten Etage wartenden Beamtin Sonja Pfeiffer entgegen.

»Was war los?«

»Nichts wichtiges«, winkte Franz ab und blieb neben ihr stehen. Von hier oben schien alles anders zu wirken. Bücheles Spürsinn hatte sich eingeschaltet als er nach unten in den Eingangsbereich sah. Eine Schwester heulte vor sich hin und suchte Trost an der Schulter ihres Kollegen. Beide trugen noch ihre kurzärmligen Dienstjacken, die hier Vorschrift waren.

»Wer sind die zwei?«

»Das ist der Pfleger Daniel Knecht und Schwester Ingrid Paulson. Die beiden hatten die Nachtschicht. Ein Herr Schatz von der Heimleitung, der oftmals nach dem Rechten sah, löste den Notruf aus.«

Sonja blätterte in ihrem Notizbuch.

»Wobei, nach den Angaben von Schwester Paulson zu Folge, bewegt sich genau zu diesem Zeitpunkt etwas Schemenhaftes an der gegenüberliegenden Treppe. Was, das konnte sie leider nicht erkennen. Dies kann so, der Pfleger Herr Knecht, aber nicht bestätigen. Aber jetzt kommt's, Franz. Danach verspürten sie einen Luftzug und entdeckten den offenen Notausgang im Parterre. Kann aber auch die Folge des Stromausfalls gewesen sein und Frau Paulson sah nur den Vorhang. Sollen wir dies von den Elektrikern prüfen lassen?«

Büchele nickte. Unverdrossen ging das Trio auf die drei offenen Zimmer zu. An der ersten angekommen blieb Franz stehen und wies auf das Ende des Ganges, ehe er Sonja ansah.

»Sieh hin, Kollegin. Dort hinten geht es die Treppe runter.«

Sonja nickte, ohne zu ahnen auf was Franz anspielen würde.

»Aber siehst du einen Vorhang vor dem Fenster? Ich nicht.«

Verdutzt sah Sonja ihn an und machte sich Notizen. Jemand von drinnen hatte ihn an seiner Stimme erkannt und schritt an die Türschwelle.

»Hallo, Franz. Auch schon so früh auf den Beinen?«

Büchele unterdrückte seinen Humor und überspielte dies seinerseits mit einem kleinen Text, als er dem Pathologen Bruno Fröschle die Hand reichte.

»Bruno, einer muss dich ja nach dem Stand der Dinge befragen. Gibt es was woran wir uns orientieren können?«

Fröschle atmete sichtlich schwer aus.

»Sieh dich doch um, Franz. So enden wir alle«, und zeigte dabei in die Ecke.

»Ein Tisch, einen Rollator und einen Schrank. Wenn wir Glück haben ein paar Bilder. Mehr bleibt nicht von uns übrig bevor wir diese Welt verlassen.«

Diese Worte schienen wieder so ein Unbehagen in Büchele auszulösen und er strich sich mit der Hand über den Ellenbogen.

»Bruno, jetzt komm zu den Fakten.«

»Franz, Fakten, du möchtest Fakten? Ich sag dir was. Ich bin seit fast zwei Stunden hier und habe keine verdammten Fakten. Sieh dich um. Dies ist ein Pflegeheim und hier ist Endstation. Franz, hier sterben Menschen einfach so. An ihren Gebrechen oder an Krankheiten. Und da verlangst du von mir Fakten? Sorry mein Freund, ich habe keine. Vielleicht, wenn ich diese Herrschaften auf dem Tisch habe, kann ich Näheres berichten. Aber zum jetzigen Zeitpunkt kann ich weder sagen woran sie gestorben sind noch weshalb.«

»Bruno, es sterben Menschen. Kann ich verstehen. Aber nicht fünf auf einmal. Und alle komischerweise mit einem quadratischen Kissen auf der Brust. Findest du dies nicht auch etwas merkwürdig?«

Fröschle hatte seine Fassung scheinbar wiedererlangt.

»Sieh dich um, Franz. Hier gibt es doch nichts zu klauen. Die alten Leute haben doch nichts wofür es sich lohnt zu morden. Sofern es Mord war. Aber dafür bist ja du zuständig.«

Büchele ging, ohne die Beamten der Spurensicherung zu stören, wenige Schritte zum Fenster und drehte sich zu Sonja und Max um.

»Sonja, du lässt bitte alles penibel auf Fingerabdrücke untersuchen. Vielleicht ist was Wichtiges dabei. Etwas wo so gar nicht hier hereingehört. Verstehst du mich? Vergiss aber auch nicht, dir eine Liste über das Pflege-personal geben zu lassen. Du weißt schon. Dienst und Urlaubspläne etc. Und du Max machst mir bitte eine

Liste der Angehörigen. Wie waren die Verstorbenen finanziell aufgestellt? Wer unterstützte und besuchte sie? Vielleicht ergibt sich was. Vielleicht kommen wir mit einem richterlichen Beschluss an die Krankenakten.«

Kommissar Büchele fasste sich ans Kinn als er durchs Fenster auf die Menge herabsah.

»Max, lass bitte die Absperrung außen um zehn Meter erweitern. Die Spurensicherung soll sich den Bereich vornehmen. Jeden Mülleimer, jeden Schnipsel. Wir brauchen alles.«

Noch während beide nickten und Max sich auf den Weg nach draußen begab, kam vom Flur aus ein: »Ärger im Anmarsch!«

So war es auch. Keine drei Minuten später stand das Ärgernis im Türrahmen. Staatsanwalt Jürgen Krümmbusch. Seine Beine steckten in Gummistiefel. Darüber trug er einen tadellosen Anzug. Aber die Mundmaske und die Gummihandschuhe konnten nicht überdecken was Büchele oftmals unter Freunden bemerkte. Der Staatsanwalt ist ein geschniegelter Lackaffe und nur auf seine Karriere aus. Mit erhobenem Finger zeigte er auf Büchele, Krüger und Pfeiffer.

»Muss es sein, dass die teuersten Beamten sich gleich zu dritt an einem Tatort aufhalten? Ich finde es ungeheuerlich, wie Staatsgelder verschwendet werden. Dies hat ein übles Nachspiel, Herr Büchele!«

Franz winkte Sonja an seine Seite und flüsterte ihr was ins Ohr. Sofort bewegte sie sich und ging auf Krümmbusch zu.

»Herr Staatsanwalt, ich zeige Ihnen gerne, was drei Kommissare so in einer Nacht tun. Bitte folgen Sie mir.«

Krümmbusch folgte der Kommissarin, dabei konnte er seinen Blick nicht von ihren weiblichen Rundungen nehmen. Minuten später änderte sich für ihn alles.

Als die Beamtin dem Staatsanwalt drei Leichen gezeigt hatte, übergab sich dieser in einen Mülleimer, der unweit von ihm auf dem Flur stand. Ohne sich zu verabschieden, verließ er kommentarlos das Senioren-stift Neckarwasser.

Ohne Max und Sonja, ging Franz auf seine eigene, von Kollegen oftmals belächelte, Ermittlungsreise. Immer wieder ging er durch die Zimmer, in denen die Verbrechen begangen wurden. Vorbei an zwei grau gekleideten Mitarbeitern eines ansässigen Bestattungs-unternehmens, betrat er das erste Zimmer. Auf dem Boden vor dem Krankenbett, lag ein Fotorahmen und etwas Waschzeug. Büchele machte sich Notizen. In einem anderen Zimmer war das Fenster gekippt. Leise pfiff der Wind herein und bewegte die schon in die Tage gekommenen Gardinen hin und her. Auf dem Nachttisch lagen etliche Stifte, die soeben von einem Beamten fotografiert wurden. Daneben lag ein Reise-pass. Franz hob ihn auf und blätterte darin. Er war abgelaufen. Aber wieso hatte der Verstorbene ihn auf den Nachttisch gelegt? In diesem Moment tauchten in Begleitung einer Streifenpolizistin, die zwei Personen hinter Büchele auf, die er bis dato noch nicht befragt hatte. Sie blieben im Türrahmen stehen und die

Beamtin klopfte an den Türrahmen.

»Kommissar Büchele!«

Franz drehte sich abrupt auf dem Absatz um.

»Ja bitte.«

»Herr Hauptkommissar, hier sind Schwester Paulson und der Pfleger Herr Knecht. Sie möchten eine Aussage machen.«

Büchele sah beide stumm an. Griff sich an den Hut und schob ihn etwas nach hinten, ehe er zu reden begann.

»Soso. Sie möchten eine Aussage machen?«

Beide nickten nur. Man sah ihnen an, dass sie vor Bücheles stattlicher Erscheinung Respekt hatten. Der Pfleger fasste sich ein Herz und ging zwei Schritte auf Büchele zu.

»Ja, Herr Kriminalrat!«, übertrieb, der Pfleger Daniel Knecht seinen ersten Satz. Obwohl er wusste, dass der ältere Herr vor ihm dies nicht sein konnte. Von einem Fuß auf den anderen tänzelte er vor Büchele vor und zurück. Währenddessen Schwester Paulson ängstlich ihre Hände ineinander vergrub.

Pfleger Daniel Knecht wurde noch mutiger.

»Ja Bro, ja Mann, wir wollen eine Aussage machen. Ist das so schwer? Kommen wir auch ins Fernsehen?«

Büchele tat einen Schritt nach vorn. Jetzt standen sich beide unweit gegenüber. Büchele hatte das Gardemaß eines hünenhaften Schweden und blickte auf ihn herab.

»Hören Sie mir einfach mal zu, Herr Knecht! Erstens bin ich nicht ihr Bro, sondern könnte ihr Vater sein. Ein bisschen Respekt, junger Mann.«

Der Pfleger verstand nicht worauf Büchele hinaus wollte und wurde noch mutiger.

»He Alter, du kannst bestenfalls mein Opa sein. Jetzt komm mal runter und chill mal.«

Büchele schien die Beherrschung zu verlieren und war dabei dem jungen Kerl symbolisch an die Gurgel zu gehen. Währenddessen zog die Streifenpolizistin, die den jungen Mann in den Raum gebracht hatte, ihn mehr als deutlich am Hemdskragen nach hinten. Anscheinend kannte sie ihn persönlich.

»Daniel, jetzt mach bitte mal halblang und höre mit dem doofen Straßenslang auf. Berichte dem Kommissar was du gesehen hast. Oder ich verfrachte dich in eine Zelle. Wenn ich das deinem Vater berichte, hast du bestimmt nichts mehr zu lachen.«

Verstört versuchte der Jugendliche die Sache zu bereinigen. Anscheinend hatten die angedrohten Konsequenzen Wirkung gezeigt.

»Ist ja gut, Frau Hoffman. Ich beruhige mich ja. Aber Sie sagen meinem Vater davon nichts! Ok?«

Franz war beeindruckt. Solche Szenen schienen selten geworden zu sein. Früher hatte man Polizeibeamte bewundert, heute werden sie meist nur ausgelacht. Aber hier schien das persönliche Verhältnis eine unerwartete Wendung zu nehmen.

»So, Herr Knecht, dann berichten Sie mal. Was meinten Sie, gesehen zu haben?«

Zögerlich kam hier erstmalig ein leises aber ehrlich gemeintes: »Ich habe nichts gesehen. Ingrid, Ingrid meine Kollegin, glaubte was gesehen zu haben.«

Dabei wies er auf die Schwester, die immer noch im Türrahmen stand. Schwester Ingrid wirkte verstört auf den Beamten als dieser ihr entgegentrat. Erst als er sie mit einem ruhigen, ja schon fast in einem väterlichen Ton ansprach, schien sich ihre Verstörtheit zu legen. Dann tat Büchele etwas was er sonst nicht tat. Er nahm ihre Hände und legte sie in seine aber eher schon wie Baggerschaufeln wirkenden Hände. Mit klarem Blick sah er ihr in die Augen.

»Nun, Schwester Paulson, berichten Sie mir was Sie gesehen haben? Es ist mir wichtig, dass Sie versuchen sich genau zu erinnern.«

Schwester Paulson schluckte kurz. Man konnte sehen, wie ein Unbehagen sie streifte. Ihre Augäpfel zuckten von rechts nach links. Büchele kannte diese Reaktion und wäre Lilly dabei gewesen so hätte sie ihm in der Diagnose zugestimmt. Schwester Ingrid hatte vor irgendetwas Angst. Todesangst! Wiederholt begann sie zu schlucken und fasste sich ein Herz.

»Herr Kommissar. Ich habe was gesehen. Zumindest glaube ich es. Aber Daniel hatte es als Witz abgetan. Wie konnte er es auch sehen? Er hatte es ja nicht bemerkt.«

»Was bemerkt?«

»Na ja, als der Stromausfall kam, hatten wir vorsorglich alle Zimmer kontrolliert. Und als wir dann das Schnarchen von Herr Breitenbach aus dem Zimmer bemerkten da sah ich es.«

»Was genau haben Sie gesehen?«

»Das ist es ja. Ich habe nur einen Schatten gesehen

mehr nicht.«

»Einen Schatten? Kann der auch von etwas anderem ausgelöst worden sein?«

Schwester Paulson zuckte mit den Schultern.

»Kann ich nicht beurteilen. Ich habe den Schatten ein zweites Mal erblickt als der Blitz in der Nähe einschlug. Sah aus wie ein Mann mit einem Regenponcho. Aber beschwören kann ich es nicht. Sein Gesicht habe ich leider auch nicht erkannt, nur ….«

Sie stoppte kurz und machte eine Handbewegung.

»… Daniel meinte ich wäre zu ängstlich oder so. Und da Herr Schatz sowieso irgendwann bei dem Sturm eintreffen würde machten wir uns keinen Kopf.«

»Herr Schatz ist ihr Chef. Der Mann, der für die Heimleitung zuständig ist, richtig?«

Ingrid nickte. Jetzt begann sie zu weinen.

»Wir haben doch alles richtig gemacht, Herr Kommissar. Oder haben wir einen Fehler begangen?«

Die Polizistin reichte ihr ein Taschentuch, mit dem sie sich die Tränen aus dem Gesicht wischte.

»Sie haben alles richtig gemacht. Aber wieso haben Sie keinen Alarm ausgelöst? Für so einen Fall müsste es doch ein Notfallprotokoll geben oder nicht?«

Angst ergriff die zierliche Schwester. Hilfesuchend blickte sie sich um.

»Ich habe noch nie was von einem Notfallprotokoll gehört Herr Kommissar! Ehrlich.«

Erstaunt nahm Büchele dies zur Kenntnis und notierte es in seinen kleinen Block.

»Eine letzte Frage, Frau Paulson. Was machte Sie so

sicher, dass jemand von der Heimleitung, ohne Ihre telefonische Aufforderung erscheinen würde?«

Frau Paulson winkte ab.

»Herr Schatz wohnt um die Ecke. Und bei so einem Unwetter war klar, dass er nach dem Rechten sehen würde. Nun Herr Kommissar, lassen wir das Wetter außer Acht. Herr Schatz, taucht immer in den Nacht-schichten auf schon seit ich hier vor fünf Jahren angefangen habe. Oftmals auch zweimal. Aber eher sporadisch. Nach ihm können sie die Uhr stellen. Der kommt fast immer pünktlich um die Ecke. Ob Sonne, Regen oder Schnee. Herr Schatz von der Heimleitung kommt stets vorbei und fragt ob alles ok sei. Danach verschwindet er wieder. Und deshalb wussten wir, dass er sowieso kommen würde, Herr Kommissar. Er hatte ja auch, wie üblich so gegen Zwei angerufen.«

»Hat Herr Schatz regelmäßige Zeiten? Sie sagten ja, man könne sozusagen die Uhr nach ihm stellen.«

»Ja meist kommt er gegen zwei oder drei Uhr in der Nacht.«

Büchele zog eine Visitenkarte aus seiner Tasche und übergab sie der Schwester. Auch Daniel Knecht über-reichte er eine.

»Danke für Ihre kurze Aussage. Kommen Sie doch bitte morgen auf's Revier, damit wir Ihre Aussage aufnehmen können. Die Öffnungszeiten stehen hinten drauf. Danke.«

Beide Mitarbeiter vom Seniorenstift verließen den Raum in Begleitung der Polizistin, der Büchele noch freundlich zunickte. Der Kriminalbeamte ging nach draußen über den Hof, zum Zimmer der Opfer, die schon vor etlicher Zeit abtransportiert wurden. Wieder streifte sein Blick das Inventar, ohne etwas Auffälliges zu bemerken. In diesem Moment kam Max herein. Nebenbei tüteten eifrige Beamte noch immer Gegenstände ein, die man auf Spuren untersuchen musste.

»Max, hat man irgendwelches Blut gefunden?«

»Jepp. Aber es muss erst geklärt werden ob es den Opfern oder einem Täter gehört. Aber viel ist es nicht, was wir in den Zimmern gefunden haben.«

Franz sah auf seine Uhr, als er beobachtete, wie draußen der Himmel hell wurde.

»Max, lass uns heimfahren. Sonja hat ja hier die Regie. Wenn wir im Präsidium sind, klären wir ob dies alles mit unserem abgelegten Fall zu tun hat. Tod und Mord hin oder her. Bei uns war es ja eine normal verstorbene Person. Aber man weiß ja nie. Vielleicht zeigen sich Wege auf, die sich so nicht gezeigt hätten.«

Max sah ihn ungläubig an.

»Ich glaub nachts uffstehe liegt dir nemme. Du redsch manchmol so gschwolle doher. Lass uns gehe. Die Hauswirtin wird scho dei Frühschdück richte.«

Büchele verstand die Ironie seines Freundes und folgte ihm nach draußen. Eine kurze Verabschiedung und beiden war klar, dass sie sich nach einer kleinen Schlafpause bald im Dezernat wiedersehen würden.

Keine vier Stunden später, stand Franz auf dem Parkplatz seiner Dienststelle. Seine Lederjacke über dem Arm, stützte er sich mit der Hand an seinem Rücken ab. Er sah nach oben und folgte mit seinen Augen den vorbeiziehenden Wolken am Himmel. Rainer Kaufmann, einer seiner jüngsten Mitarbeiter, hatte oben soeben das Fenster zum Lüften geöffnet und sah ihn unten stehen, ohne dass Franz ihn bemerkt hatte.

»Leute, der Chef ist im Anmarsch!«
Lilly Hansen, die eng mit Rainer zusammenarbeitete, sah ihrerseits zehn Meter weiter durchs geschlossene Fenster auf den Hof. Geschlagene zwei Minuten stand Franz regungslos da, um in den sonnigen Himmel zu sehen.

»Ist der auf Droge? Oder weswegen bewegt er sich nicht nach oben?«

»Er genießt vermutlich den Tag«, kam es spitzfindig von Rainer. Lilly beobachtet die Bewegungen seines Vorgesetzten. Noch bevor dieser sich auf die Eingangstüre zu bewegte hatte sie die mutmaßliche Lösung.

»Rainer, sieh genau hin. Er stützt sich am Rücken ab. Hat er nicht Rückenprobleme? Ich habe gehört, dass seine letzte Kur schon einige Zeit zurückliegt. Glaubst du er ist ernsthaft krank?«
Dies bekam auch Max, ein enger Freund von Franz mit. Er stand auf und bewegte sich auf Lilly zu. Mit einem kurzen Blick sah er auf den Hof, in dem sich soeben Franz auf die Eingangstüre zubewegte.

»Mensch, seid ihr beide neugierig. Ihr beiden spekuliert zu viel. Franz geht es gut. Nur sein Rücken macht Probleme und dies kam von einem Unfall in seiner Jugend. Und ja die Kur hatte ihm gut getan. Zu eurer Information, unser Chef geht jede Woche freitags, schon vor Dienstbeginn zum Rehasport. Ist dienstlich verordnet. Zufrieden? Aber fragt ihn bloß nicht danach.«

Kaum hatte Max ausgesprochen und Lilly ihm ein: »Neugierde und Angst um einen Freund ist wohl eine Berufskrankheit«, entgegnet, ging die Tür auf und Franz trat herein.

»Guten Morgen miteinander. Ich hoffe euch geht es allen gut. Ist ein schöner Tag zum Ermitteln. Die Sonne lacht und es scheint ein durchaus passabler Dienstag zu werden.«

Jeder sah sich um. Solch friedfertige Worte hatten sie sehr selten von ihrem Chef vernommen. Aber auch er war stets für eine Überraschung gut.

Büchele klatsche sich freudestrahlend in die Hände.

»Na Kollegen, was haben die vorläufigen Ermittlungen vom Tatort Neckarwasser ergeben.«

Franz sah auf seine Uhr.

»Sind immerhin schon einige Stunden, seit den Leichenfunden vergangen. Wir haben doch etwas, oder nicht?«

Max sortierte indessen gegenüber Fotos und Akten, ehe er nach oben sah, sich aber einen Kommentar verkniff.

Lilly ergriff das Wort.

»Franz, es ist wie es ist. Die Spurensicherung ist erst am Anfang. Wird wohl noch einige Tage dauern. Und Bruno benötigt auch noch die ganze Woche. Ist ja nicht so, dass er von diesem Fall nur eine Leiche auf dem Tisch hat. Nein, in diesem Fall sind es tragischer

Weise fünf Leichen.«

Franz ließ diesen Einwand nicht zu.

»Interessiert mich nicht. Dann soll er mehr Personal anfordern. Und die Spurensicherung soll in die Gänge kommen. Wir müssen vorankommen.«

Franz sah sich um. Ihm schien jemanden zu fehlen, der ihn hierbei unterstütze.

»Wo ist Sonja. Wo ist die verdammte Ermittlerin. Bekomme ich mal eine Antwort?«

Dies schien die andere Art von Büchele zu sein, die jeder verabscheute. Im schien es entweder nicht schnell oder nicht genau genug zu gehen. Max Krüger stand jetzt von seinem Platz auf und trat einige Schritte auf seinen Freund zu. Er wollte keinen großen Aufstand gegen ihn anzetteln schon deswegen nahm er ihn am Arm und führte ihn behutsam in eine Ecke des Raumes. Franz verstand sofort was anstand. Eine Moralpredigt seines Kollegen und Freundes. Max versuchte es leise abzuhandeln und flüsterte dabei.

»Franz, spinnst du? Jeder gibt sich die größte Mühe und du machst jeden flott? Du bist lange genug dabei, um zu wissen, dass die Dinge Zeit benötigen. Die Spurensicherung arbeitet mit Hochdruck an dem Fall. Und während du gepennt hast stand Bruno im Sezierraum. Aber eins muss dir klar sein. Solche Pathologen, ich meine, einen solch guten Pathologen wie ihn, bekommst du nicht an jeder Straßenecke. Werde dir mal dies bewusst. Aber, auf deine Frage, wo Sonja sei, kann ich dir folgendes sagen: Sie war drei Stunden länger auf den Beinen als wir zwei alten Säcke.

Alles hatte sie vorbereitet und an Lilly und Rainer übergeben wie es sich gehört. Jetzt ist sie daheim und pennt sich aus. Zufrieden?«

Max drückte den Arm seines Kollegen noch fester.

»Und die jungen Kommissare machen ihre Sache sehr gut, wenn du mich fragst. Zwar manchmal mit anderen Methoden als wir früher, aber sie lernen ja noch. Du solltest dankbar über ein solches Team sein. Reiß dich doch einfach mal zusammen. Du bist zwar mein Vorgesetzter, aber seit mehr als dreißig Jahren auch mein Freund. Lass es uns angehen wie Profis und nicht wie unbedachte kleine Kinder.«

Max sah Büchele jetzt eindringlich in die Augen.

»Ach noch was. Und wehe du gehst nicht zum Rehasport, weil du dich zu eitel fühlst, dann melde ich es beim Staatsanwalt Krümmbusch und auch dem Polizeichef Kastfeld. Die wird diese Meldung sicher freuen und sie werden dich bei der nächsten Gelegenheit aus dem Verkehr ziehen.«

Büchele lief schneeweiß an. Max begann zu grinsen und lies seinen Arm wieder los.

Mit einem: »War ein Spaß man!« gab er ihm einen freundschaftlichen Klapps auf die Schulter.

Büchele brauchte einige Sekunden, um sich von dieser Aussage zu erholen. Gezwungenermaßen zwang er sich ein Lachen hervor.

»Du bisch so en Schofseggel. Wenn net mein Freund wärsch, däd i di eibuchte.«

Beide lächelten und gingen zu den Anderen zurück. Lilly hatte die vorige Ansage von Franz ernsthaft erschreckt. Mit mulmigem Gefühl sah sie zu Franz. Er bewegte sich zur Mitte des Raumes. Franz sah sie kurz an und schien in diesem Moment Lillys innere Unruhe zu spüren.

»Ok Leute. Meine Ansprache von eben war etwas ruppig. Verzeiht mir den etwas unangebrachten Ton. Ich weiß ihr gebt euer Bestes. Was ich letztendlich auch nicht anders erwarte. Aber hier scheint etwas auf uns zuzurollen, das es so noch nie gab. Den ersten Vermutungen zu Folge, handelt es sich um fünf Leichen. Somit fällt das vorläufige Täterprofil, in das eines Serientäters. Ich muss zugeben, dies haben wir ja auch nicht alle Tage. Aber lassen wir uns nicht in die Irre führen. Warten wir die Forensik ab und sondieren wir die Spuren.«

Alle im Raum nickten. So kannten sie ihren Chef.

»Aber noch etwas ist mir wichtig.«

Jeder lauschte.

»Wer sagt uns, dass es sich um einen Täter handelt? Ermittelt in alle Richtungen. Sucht eine Übereinstimmung. Was hatten diese Menschen gemeinsam. Vielleicht den gleichen Pfarrer, den gleichen Schneider oder Therapeuten. Ich weiß es nicht. Dies ist eure Aufgabe. Macht euch ran, wir brauchen Ergebnisse. In drei Tagen möchte ich mehr wissen. Danke für eure Aufmerksamkeit.«

Jeder war von seinem Platz aufgestanden, um zu applaudieren. Man schätze Kriminalhauptkommissar Franz Büchele.

In diesem Moment öffnete sich die Tür und Polizeichef Dirk Kastfeld war eingetreten. Sichtlich interessiert lauschte er von der Türe aus, Bücheles Ausführungen. Urplötzlich verstummte das Klatschen einzelner Mitarbeiter. Einige hatten ihn sofort erkannt. Aber Kastfeld ließen solche emotionsgeladenen Situationen kalt. Anders als Staatsanwalt Krümmbusch, der jeden Monat das Dezernat besuchte. Obwohl er hier überhaupt nichts zu suchen hatte.

Franz Büchele und Dirk Kastfeld kannten sich. War es nicht Kastfeld, der damals Büchele diese Stelle verschaffte?

Kastfeld ging unumwunden auf Franz zu.

»Franz, Krümmbusch löchert mich und möchte Ergebnisse haben. Aber was viel schlimmer ist, dass die Presse Mutmaßungen über einen Serientäter anstellt. Allen voran Ländle TV. Die Journalistin Brigitte Kohlmarx tut alles, um den Fall an die Öffentlichkeit zu zerren. Sie puscht alles auf und redet schon von Zuständen wie die in den USA. Franz, du kennst sie privat.«

Kastfeld schwenkte seine Hand hin und her.

»Kannst du ihr nicht sagen sie sollte sich ein klitzekleines Bisschen, oder besser gesagt vorerst ein wenig zurückhalten? Wie stehen die Dinge nun wirklich?«

Franz musste jetzt Farbe bekennen.

»Brigitte macht hervorragenden Journalismus. Und ich denke nicht, dass sie sich von mir was sagen lässt. Aber ja. Ich rede mal mit ihr.«

Ohne viele Umstände, schüttelten die beiden Herren

sich die Hände. Und so unauffällig Kastfeld gekommen war, so unauffällig verschwand er auch wieder. Franz begab sich zu seinem Schreibtisch und setzte sich. Sekunden später tauchten Lilly und Rainer wie aus dem Nichts vor seinem Schreibtisch auf.

»Was gibt es?«

Rainer schob ihm ein Tablet entgegen. Franz schob es wieder zurück. Rainer wusste was dies bedeutet und sah Lilly, die neben ihm stand an. Lilly nickte nur kurz.

»Franz, wir haben vielleicht was. Ist keine große Sache, aber wir sind darauf gestoßen, nachdem wir angefangen hatten, die Videos von Neckarwasser auszuwerten. Na ja, wir sind noch nicht damit fertig. Aber dies solltest du dir ansehen.«

Franz wurde neugierig und packte seine Lesebrille aus, die er sich auf die Nase setzte.

»Kann ich mal sehen?«

Rainer drückte auf Play. Lilly holte tief Luft und versuchte den Ablauf zu beschreiben.

»Franz, sieh genau hin und behalte oben links, den Zeitstempel der Kamera im Auge. Und los geht's. Genau zwei Stunden bevor das Stromnetz durch einen Blitzschlag lahmgelegt wurde, betraten insgesamt fünf Personen die Einrichtung Neckarwasser. Der Sturm hatte gerade so richtig losgelegt.«

Jetzt zeigte Rainer mit seinem Finger auf einzeln erkennbare Personen. Was aber Franz nicht weiter überraschte.

»Rainer, das sind vermutlich die Mitarbeiter.«

»Warte, warte, warte. Die vier hier vielleicht.«

Wieder wies er auf die Personen.

»Und was soll ich damit?«

»Chef, jetzt warte noch zwei Minuten, ich spule etwas vor. Hier, sieh genau hin. Ich vergrößere die Aufnahme. Moment.«

Rainer hantierte auf dem Tablet herum, ehe die Aufnahme weiterlief. Stille trat bei Franz ein und er begann zu schlucken.

»Scheiße, wer ist das? Der Typ ist nicht zu erkennen. Der hat einen Regenponcho an. So wie ihn die Schwester beschrieben hat. Kann man sehen, ob es ein Mann oder eine Frau ist?«

Lilly schüttelte den Kopf.

»Ich kann nur die ungefähre Größe schätzen, mehr nicht. Die Zielperson dürfte so um die 180 cm groß sein. Plus minus fünf Zentimeter.«

Lilly schob noch einen kleinen Wehrmutstropfen für Franz hinterher.

»Sie her, Franz. Der Typ läuft unter der Beleuchtung durch. Geht auf Neckarwasser zu. Biegt kurz vorher ab. Geht um das Gebäude herum. Bleibt vor einer grün gestrichenen Türe kurz stehen. Blickt sich um. Und sieh hin. Im Video begibt sich der Unbekannte zum abgelegenen Eingang, der auf der Rückseite des Gebäudes liegt. Er musste sich ausgekannt haben. Und ….«

»Rainer, halte die Aufnahme an.«

Lilly wies mit ihrem Finger auf das Standbild.

»… hier, das Graue.«

Lilly wies wiederholt auf einen Teilabschnitt des Bildes.

»Man kann zwar denjenigen nicht erkennen. Aber das was hinter dem Poncho rauskommt, ist doch Zigarettenrauch. Oder nicht?«

»Ja, du hast Recht. Lass mal weiterlaufen.«

»Und wo ist jetzt die Kippe?«, monierte Franz.

»Man kann nicht erkennen, ob und wo er die Kippe weggeworfen hat. Aber wenn dem so ist, dann finden wir sie.«

Büchele begann sich innerlich zu freuen. Aber wie es oftmals so ist, wurde er schnell wieder von Rainer auf den Boden der Realität gezogen.

»Aber wenn es eine E-Zigarette war, gibt es keine Kippe.«

»Egal, wir haben jeden Stein umgedreht. Hoffen wir, dass was dabei rauskommt. Gute Arbeit ihr Zwei. Sehen wir denjenigen aus dem Gebäude kommen?«

Rainer und Lilly schüttelten zeitgleich die Köpfe.

»Als der Strom weg war, hörten die Aufnahmen auf. Tut uns leid.«

»Wäre auch zu schön gewesen. Vielleicht gibt es in der Einrichtung Kameras, die brauchbares Material liefern.«

Rainer hielt den Daumen nach oben, ehe die zwei jungen Mitarbeiter von Bücheles Schreibtisch verschwanden.

Jetzt schien die Zeit gegen die Ermittler zu spielen. Jeder Tag, der verging, gab dem oder den Verbrechern die Chance neue Taten zu begehen, oder klammheimlich das Land zu verlassen. War es ein Einzeltäter oder etwa Auftragsmörder, die in der Stadt ihr

Unwesen trieben? Franz konnte sich solch ein Szenario beim besten Willen nicht vorstellen. Aber wie war die These seiner befreundeten Journalistin: „Sag niemals nie. Alles ist möglich, wenn du es nur möchtest."

Franz und Max saßen Tage später, kurz nach Dienstbeginn an ihrem Schreibtisch, als Büchele wie wild auf seiner Schreibtischablage nach etwas suchte. Max sah ihn von gegenüber an.

»Franz, fehlt dir was, oder suchst du was?«

Ohne den Kopf zu bewegen, wirkten Bücheles Augen, hinter seiner Lesebrille wie überdimensionale Fischaugen. Erst als er über den Brillenrand nach oben sah, bemerkte Max, wie sich die Augen seines Gegenübers zu kleinen spitzen Äugelein umformten. Ohne ein Wort zu sagen, verstand er auch so die Geste seines Partners. Max verstummte. Als stiller Beobachter saß er da, den Kopf nach unten gebeugt, um nur dann und wann seinen Kopf zu heben. Er seinerseits nahm den Tischkalender und blätterte das Tagesblatt nach hinten. Jetzt begann er zu grinsen. Dies blieb von Franz nicht unbemerkt.

»Was glotsch du so bleed?«

»I glotz gar net bleed. Du bisch doch derjenige, der wie oi Goggl ufem Misthaufe ebbes sucht. I grins nur in me neu.«

»Grinsch, weil i nix fend, oder weil du wisse willsch was i such?«

»Neu, nix vo ellem.«

»Was isch dann los?«

Max sah zu der Uhr am Ende des Zimmers.

»Was glotsch jetzt ufs Ührle? Magsch Veschper mache? I kenn dir sage dodefür isch es zu früh.«

Max lehnte noch immer genüsslich in seinem Stuhl. Er wusste, so kam er seinem Kollegen nicht bei. Aber er wusste etwas, das Franz bestimmt vergessen hatte. Jetzt versuchte er sein Glück auf Hochdeutsch.

»Wenn du mit mir reden könntest, dann könnte ich dir behilflich sein.«

Franz presste die Lippen zusammen und formte sie zu einem kleinen Boot. Von gegenüber sah es ganz lustig aus, doch Max verkniff sich jeglichen Kommentar. Das Resultat wäre ein Feuerwerk von Bücheles Emotionen gewesen und die bekam niemand. Keine zehn Sekunden später rückte Franz mit einer Antwort heraus.

»Ich suche den verdammten pathologischen Bericht, den Bruno abliefern wollte. Hast du ihn gesehen? Den toxikologischen Bericht brauch ich auch noch. Verdammt und zugenäht. Auf diesem Schreibtisch findet man nie was!«

»Jetzt lehn dich zurück, Franz. Erstens ist nur auf deinem Schreibtisch Unordnung.«

Franz wollte solch eine unterschwellige Behauptung nicht gelten lassen und konterte mit einem Zitat, das er mal gelesen hatte.

»Max, wer aufräumt ist nur zu faul zum Suchen. Verstehst du mich?«

Max nickte, ohne davon überzeugt zu sein.

»Aber, auch wenn du aufgeräumt hättest, auch dann hättest du ein Problem.«

»Problem?«

»Ja, Problem. Der Bericht kommt erst heute Nachmittag hoch. Bruno sagte am Freitagnachmittag. Schon vergessen?«

Büchele blieb stumm.

»Franz, vergiss nicht, du hast in einer Stunde einen Termin.«

»Ich einen Termin? Du spinnst.«

Max drehte den Tischkalender zu ihm um.

»Hier steht es doch: 10.30 Uhr Rehasport.«

Franz, der sich schon leicht aus seinem Stuhl erhoben hatte sackte zurück auf die Sitzfläche.

»Ich fahr dich auch hin. Wie ich weiß dauert es nur eine Stunde. Ich trinke in der Nähe einen Kaffee und nehme dich dann wieder mit ins Präsidium. Was meinst du, machen wir es so?«

Franz schien wie elektrisiert zu sein, ehe er eindringlich seinen Kollegen ansah.

»Aber du bleibst draußen! Verstanden?«

Max nickte. Für Büchele schien dies der wahre Spießrutenlauf zu sein. Er und ins Rentnerturnen, wie es hieß. Unfassbar. Für ihn turnten da ja angeblich nur sprichwörtliche Halbleichen herum. Aber sein Arzt hatte ihn dazu verdonnert. Langsam brachte Max den Dienstwagen zwanzig Meter vom Sportstudio entfernt zum Stehen. Franz sah aus der Scheibe. Vor der verschlossenen Eingangstüre warteten schon etliche Personen. Ältere, meist um die Sechzig, betrieben rege Konversation miteinander. Nur ein Mann in den Dreißiger, bekleidet mit Sporthose und Kapuzenjacke, stand unauffällig etwas abseits und unterhielt sich mit Händen artikulierend, mit einer blonden jungen Frau, deren Gesicht Franz nicht erkennen konnte.

»Max, wieso muss ich dort hin?«

Krüger wies mit dem Finger nach draußen. Eben waren einige junge Frauen aus ihren Fahrzeugen gestiegen und liefen auf den Eingang zu.

»Vielleicht deshalb?«

Franz lächelte.

»Die haben Bodys wie Elfen. Und da kommen wir alte Säcke und sollen Übungen machen. Die machen bestimmt nicht mit. Die sind doch bestimmt nur Dekoration.«

»Lass dich einfach überraschen und geh rein. Ich bin in einer knappen Stunde wieder da. Notfalls rette ich dich.«

Büchele verließ sich auf seinen Freund und stieg aus. Kaum an der Rezeption angekommen wurde fröhlich gelacht und gefeixt. Jede der angestellten Damen trug ein flottes T-Shirt mit dem Aufdruck des Fitnessclubs und daneben prangerte ihr Name. Auch Büchele, der hier zum ersten Mal zum Training ankam, wurde ausführlich alles erklärt. Gracia, die Chefin des Sportstudios, wies mit dem Finger auf eine sportlich schlanke Dame, die gerade jemanden an den Geräten einwies. Von hinten sah sie umwerfend aus. Enge Leggins, kurzes Shirt und einen sorgsam gebundenen Pferdeschwanz, stachen Büchele sofort ins Auge. Aber als sie auf das Zurufen ihrer Chefin sich umdrehte glaubte Franz einen Engel zu sehen. Die aparte

Schönheit kam auf Franz zu, gab ihm die Hand und wurde ihm als seine Gruppentrainerin vorgestellt.

»Hallo, ich bin Carina. Und Sie sind der Neue in meinem Kurs?«

Büchele fehlten die Worte. War aber auch unnötig. Carinas Chefin erklärte ihr, dass Herr Büchele nun öfters den Kurs besuchen würde. Franz holte tief Luft.

»Herr Büchele, alles ok?«

Franz nickte bescheiden. Während die Dame anschließend noch die Gruppenliste durchging.

»Oh, cool. Dann haben wir heute vier Neuzugänge in der Gruppe. Kommen Sie Herr Büchele, wir gehen in den Trainingsraum.«

Unten angekommen standen bereits unzählige Menschen, bunt gemischt, auf ausgelegten Matten. Junge und ältere Herrschaften. Aber einen hatte Kommissar Büchele hier am wenigsten erwartet.

»Hallo Franz. Willkommen in der Rehasportgruppe.«

Franz drehte sich herum als er seinen Namen hörte. In voller Größe stand er vor ihm, Horst Heidinger. Der Buchautor den er noch vor Wochen in der Stadt getroffen hatte. Schnell war die Trainingsstunde mit der flotten Trainerin Carina vorbei. Unendlich viele Eindrücke und auch nette Gespräche prasselten in dieser Zeit auf den Beamten ein. Erst als er nach Beendigung seines Kurses mit einigen Teilnehmern auf die Straße trat und tief durchatmete, genoss er die kurze Zeit, ohne an die Themen des Alltags gedacht zu haben. Dies war eine anstrengende Stunde Training und Franz hatte bestimmt viel zu berichten. Max erwartete ihn schon.

»Jetzt erzähl. Wie war es?«

Franz behielt den zufälligen Kontakt mit dem Krimiautor Horst Heidinger für sich. Fast schon gespielt, kam von ihm ein eher lapidares: »Es geht so. Wir sind eben eine Gruppe von Menschen, wovon jeder sein Zipperlein besitzt. Aber dafür haben wir eine coole Trainerin.«

Alles Weitere schien für ihn obligatorisch und nichtig zu sein. Er versuchte ernst zu wirken und sah nach vorn durch die Scheibe. Schnell kam von ihm, ohne dass er zu Max hinüber sah, ein: »Fährst du mich nächsten Freitag wieder?«

»Franz, na klar. Wozu sind denn Freunde da.«

»Dann wieder an die Arbeit, Herr Kollege. Wir müssen bei Bruno vorbei.«

Max nickte als er abbog. Die Fahrt hatte schließlich auch ihre Vorteile. Das Krankenhaus und der Arbeitsplatz von Doktor Bruno Fröschle lag schließlich genau zwischen dem Heilbronner Kriminaldezernat und Bücheles Sportstudio, in dem er seinen Rehakurs absolvierte.

Angekommen, begaben sie sich an die Südseite des Krankenhauses. Hier wiesen Schilder den direkten Weg zur Pathologie. Schweigsam bestiegen beide Ermittler den Aufzug und Franz drückte den Etagenknopf U3, neben dem ein kleines Schild mit „PATHOLOGIE-RECHTSMEDIZIN" angebracht war. Sekunden später stoppte der Aufzug schon wieder. Max sah zu Franz, der gegenüber an der Wand des Fahrstuhles lehnte. Dieser nickte und sie gingen schweigend zum Büro des Pathologen Doktor Bruno Fröschle, der auch ihr Freund seit über zwanzig Jahren war. Franz öffnete die Tür. Nach wenigen Schritten hatte Fröschle sie entdeckt. Mit einem Mundschutz, Gummihandschuhen und einem Headset auf dem Kopf, stand er an einem Seziertisch. Ihm gegenüber stand ein Mitarbeiter, der seinen Anweisungen folgte. Bruno machte ihm gegenüber eine kurze Kopfbewegung, ohne seine eigentliche Tätigkeit zu vernachlässigen.

Franz und Max verstanden aus der Distanz heraus, nicht was Bruno da ins Mikrofon sprach. Aber als er aus dem Körper, der vor ihnen lag, etwas entnahm wurde Max übel. Max schüttelte den Kopf. Leichen zu sehen, daran hatte er sich gewöhnt. Aber daran zu arbeiten, daran konnte er sich nie gewöhnen. Dafür musste man geboren sein und Leidenschaft besitzen wie Bruno immer betonte. Franz sah in die Runde. Brunos Tätigkeitsfeld schien gut besucht zu sein.

Überall lagen zugedeckte aufgebahrte Körper. Selbst eine riesige Kühlbox mit zwanzig Einschubfächern gab es. Franz schüttelte sich. Endlich war es soweit. Bruno Fröschle legte den Mundschutz ab, streifte die Handschuhe von den Händen und ging anschließend, nachdem er sich an einem kleinen Waschbecken die Hände gereinigt und desinfiziert hatte, auf Franz zu.

»Hallo Franz. Hallo Max.«

Bruno schüttelte die Hände der Kriminalbeamten und lächelte ohne jeglichen weiteren Kommentar.

»Hast du was für uns?«

Bruno zog die Mundwinkel leicht nach unten. Scheinbar hatte er nicht mit dem Erscheinen der beiden gerechnet.

»Wüsste nicht was. Wieso fragst du?«

Franz fuchtelte mit seinen Händen in der Luft herum.

»Glaubst du ich komme hier runter, um mit dir zu vespern?«

Bruno Fröschle, der seinen Humor gleich nach seiner Arbeit als oberste Direktive im Leben ansah, konterte gelassen.

»Eigentlich nicht, aber wenn du so fragst, ich habe noch etwas Bienenstich im Kühlschrank. Mit einer Tasse Kaffee aus meiner Thermoskanne, gäbe dies bestimmt ein lustiges Stelldichein hier unten. Möchtest du was davon abhaben?«

Max, der leicht versetzt hinter Franz stand, musste sich bei diesem gelungenen Konter das Lachen verkneifen.

»Bruno, jetzt bleib mal sachlich.«

»Kann ich Franz, sofern du mir mitteilen würdest was

du hier wirklich suchst.«

Franz rollte mit seinen Augen.

»Ich hätte gern den Bericht, den du für Freitag zugesagt hattest. Und heute ist Freitag. Also, her mit dem Wisch. Ich muss in der Sache mit dem Seniorenstift ermitteln. Oder ist es dir entgangen, dass wir von der Kripo sind?«

Bruno zog ihn am Ärmel nach vorn und blieb vor einer der Kühlboxen stehen.

»Ich vergesse kaum etwas, Franz. Du müsstest dies ja wissen. Und erstens, haben wir vorgestern etliche Leichen bekommen, die in Stuttgart bei dem Kaufhausbrand ums Leben gekommen sind. Zweitens, gehen die laut Regierungspräsidium vor. Und drittens, mit den Personen vom Seniorenstift hatte ich da erst angefangen. Somit kann ich dir nicht mehr berichten, als in meiner Mail an dich schon erwähnt.«

Der Pathologe sah Franz an.

»Ach ja …. Ich wusste ja nicht, dass das Gerücht wahr ist!«

»Welches Gerücht?«

»…, dass du deine Mails nur sporadisch liest. Aber in diesem Fall hättest du dir den Weg sparen können.«

Büchele blieb die Luft weg. Bruno hatte Recht. Max sprang für seinen Chef in die Bresche.

»Bruno, jetzt mal in Kurzform. Was stand drin?«

Bruno öffnete die Tür, vor der sie standen. Langsam zog er den Tisch an den vorgesehenen Griffen heraus, auf dem eine zugedeckte Männerleiche lag. An seinemgroßen Zeh hing ein Zettel. Bruno setzte sich seine Brille auf und las vor.

»Kaspar Kuschke.«

»Was ist mit dem Mann?«

»Kaspar Kuschke ist eine eurer Leichen, die wir vom Seniorenstift überstellt haben. Auf den ersten Blick dachten wir …«

Jetzt zeigte er mit dem Finger auch auf sich.

»… auch ich dachte zuerst, er wäre eines gewaltsamen Todes gestorben. Aber weit gefehlt.«

»Wie, weit gefehlt?!«

»Soll ich den Herrn aufdecken und es euch zeigen?«

Max wiegelte ab.

»Nicht nötig Bruno, deine Ausführungen genügen uns.«

Bruno schob den Rolltisch wieder in die Einbuchtung zurück. Franz wunderte dieser Zustand doch sehr. Schließlich fanden sie fünf leblose Personen in dieser Nacht. Alle lagen sorgsam auf ihren Betten mit einem kleinen Kissen auf ihrer Brust.

»Bruno, du und ich wir waren dort. Und du möchtest uns jetzt sagen, dass Herr Kuschke nicht gewaltsam gestorben ist? Kein Ersticken, erwürgen oder so?«

Büchele schien überrascht und fuchtelte wieder mit seinen Händen in der Luft herum, ehe er seinen Strohhut abnahm und sich am Kopf kratzte.

»Und wie ist der Herr dann gestorben?«

»Er starb einfach an Herzversagen. Und dies habe ich genauestens untersucht. Vermutlich ging ein Grippeinfekt dem voraus. Danach kam es vermutlich einige Zeit später zu einer Herzmuskelentzündung, weil die Grippe nicht ganz auskuriert wurde. Was somit zum Herzversagen führte. Aber was mir Sorge bereitet, liebe Kriminalisten, ist der Zustand, dass er mit beiden Händen am Körper, sowie mit einem Kissen auf der Brust aufgefunden wurde. Klar, der Verstorbene hatte Alterszucker. Ebenso sah er nicht mehr richtig. Aber solch eine Sterbeposition ist mir noch nie vorgekommen. Jetzt seid ihr gefragt.«

Büchele und Krüger sahen sich an. Mit solch einer Diagnose hatten sie nicht gerechnet. Ein Bewohner des Pflegeheimes starb einen natürlichen Tod. Dies und der Zustand der Aufbahrung warf ein zunehmend anderes Licht auf diese Nacht. Fröschle zeigte auf die Kühlbox über sich.

»Ich konnte nur noch einen weiteren Heimbewohner obduzieren. Die anderen Leichen liegen noch auf Eis. Und hier oben liegt Lisa Mering. Die hatte ich auch schon untersucht. Und siehe da ….«

»Und siehe da …? Was!«, wollte Franz wissen. Wissbegierig sah er Bruno ins Gesicht.

»… ich habe eine frische Einstichstelle am Oberschenkel der Verstorbenen entdeckt. Nicht, dass es für mich was Neues wäre. Schließlich war auch Frau Mering eine Diabetespatientin. Und die spritzen sich Insulin. Oder sie werden je nach Krankheits- und Pflegezustand vom Personal ins Bauchfett, oder in den Oberschenkel gespritzt. Aber laut ihrem Medikamentenplan bekam sie stets ein ausreichend berechnetes Maß an Insulin vom Pflegepersonal verabreicht. Und dies immer in die Bauchdecke. So

104

wurde es zumindest protokolliert. Aber hier am Oberschenkel ist eine zusätzliche, frische Einstichstelle mit einer größeren Nadel vorgenommen worden. Was man an den Randverfärbungen gut sehen kann. So steht es ja auch in meinem Bericht.«

Bruno sah Franz an, der seinem Blick gekonnt auswich, indem er sich räusperte.

»Um es für euch verständlich zu formulieren. Frau Mering wurde vergiftet. Ihr wurde eine Überdosis von Suxamethonium oder Succinylcholin gespritzt. Beides sind identische Mittel und führen, jedes für sich einzeln verabreicht, bereits nach 30 Sekunden zu einem Atemstillstand. Suxamethonium ist ein Monopräperat, das bei seinem Einsatz eine sofortige Beatmung notwendig macht. Und jetzt haltet euch fest, diese Mittel setzt jedes Krankenhaus in der Anästhesie ein. Noch Fragen?«

Franz schüttelte den Kopf.

»Bruno, alles klar. Sag uns einfach, wenn du mit den anderen Obduktionen fertig bist. Jetzt haben wir wenigstens was in der Hand. Danke.«

Bruno nicke.

»Geht klar.«

Schleunigst begaben sich die Beamten wieder zurück ins Dezernat. Die letzten Tage und Wochen schienen irgendwie nicht richtig zu laufen. Wenige Informationen, über die Ursache des Tötungsdeliktes oder das Ableben der Heimbewohner, waren bekannt. Selbst Bücheles Freundin, Brigitte Kohlmarx vom Fernsehsender Ländle TV, tat sich mit echten

Informationen schwer. Und Franz Büchele, der beste Heilbronner Ermittler, fing wieder bei null an.

Wütend betrat er kurze Zeit später das Büro seiner Dienststelle. Franz bewegte sich wie ein stummer Koloss auf seinen Schreibtisch zu, blieb Sekunden stehen und ließ sich kraftlos auf seinen Sitzplatz fallen. Er vergrub seinen Kopf zwischen seinen Händen und schloss die Augen. Krüger, der ihm gefolgt war kannte dies. Menschen wurden zu Tode gebracht und man hatte nichts, woran und womit man arbeiten konnte. Dies nannte Krüger -die Depressionsphase-. Es ging, wenn überhaupt nur schleppend voran. Spuren schien es genug zu geben. Aber welche führten die Beamten zum Mörder? Franz war an diesem Punkt angelangt. Er versuchte sein Team zu führen und zu leiten. Ihnen ein Gespür für den Tathergang und das Vorgehen des Mörders zu vermitteln. Aber bei den Morden im Seniorenstift tappte er im Dunkeln. Nicht genug, dass er die Nadel im Heuhaufen übersah. Nein, sein Pathologe setzte noch eines drauf. Einer der Heimbewohner starb einfach so. Na klar. Einfach so zu sterben, wenn man das richtige Alter hatte, war für Franz ok. Aber hier bei diesem Fall schien alles verdreht zu sein. Und weswegen ist der, oder die Gesuchten, bei Herr Kuschke im Zimmer aufgetaucht? Hat ihm die Arme zur Seite gelegt und ein Kissen auf seine Brust gelegt? Einfach so? Oder lag Kalkül dahinter? Hatte der Täter einen Masterplan?

Man sah dem Ermittler seine Unzufriedenheit an. Und was noch schlimmer war, seine Kollegen bekamen es lautstark zu spüren.

Jetzt rührte sich was. Franz erhob sich aus seiner Sitzposition. Nicht nur so. Nein, er stemmte seine Hände in die Seiten und brüllte durch den Raum.

»In fünfzehn Minuten möchte ich alle Ermittler vom Fall Seniorenstift im Konferenzraum sehen. Wenn es geht mit Ergebnissen, Hinweisen oder was weiß ich!«

Mit einer, für ihn deprimierenden Handbewegung nach vorn, tat er somit seiner Resignation kund, die jeder bemerkt hatte. Lilly sah dies von weitem und fühlte mit ihrem Chef.

»Rainer, wenn unser Chef noch weiterhin kein Ergebnis vorweisen kann, steigt ihm der Staatsanwalt bestimmt bald aufs Dach.«

Rainer nickte. In diesem Moment ging die Tür auf.

»Ein Elend kommt selten allein«, flüsterte er Lilly über den Tisch zu und zeigte zur Tür.

Hauptkommissar Bücheles ehemaliger Mentor, EKHK Dirk Kastfeld, der Polizeichef persönlich, betrat leise das Dienstzimmer und ging auf Franz und Max zu. Jeder folgte ihm mit Blicken. Kastfeld schüttelte die Hände seiner Ermittler. Würde er die Lage bei Büchele abfragen? Sich nach dem Ermittlungsstand erkundigen, oder Büchele zu schnellerer Arbeit anhalten?

Lilly spitzte buchstäblich die Ohren. Am entlegenen Tisch unterhielten sich die Beamten. Sie schienen, so kam es Lilly und Rainer vor, fast schon zu flüstern.

»Rainer, verdammt ich versteh nichts.«

Nachdem Kastfeld, Büchele freundschaftlich auf die Schulter geklopft hatte verschwand dieser wieder.

Rainer Kaufmann flüsterte Lilly zu: »Kann ja nicht schlimm gewesen sein, wenn der Chef von oben, unserem Chef auf die Schulter klopft, oder?«

Lilly zog ihre Schultern nach oben.

»Kein Plan Kollege. Lass uns weitermachen. Franz braucht Ergebnisse.«

Irgendwann waren die von Büchele anvisierten fünfzehn Minuten um und der Konferenzraum begann sich zu füllen. Büchele, seine Crew, sowie die acht Mitarbeiter aus dem Stab von Kriminalhauptkommissarin Sonja Pfeiffer, versammelten sich um einen Tisch. Hier waren etliche Fotos ausgebreitet. Selbst der neu installierte Touchscreen-Tisch, der auf Fingerdruck alle Fakten auf dem Bildschirm wiedergab, tat seinen Dienst. Und dabei war es egal ob Foto oder Dokument.

Franz, gefolgt von Max, betrat den Raum. Er sah sich um. Jemand fehlte. Sonja Pfeiffer! Hatte man sie zu dem Meeting nicht eingeladen? Lilly, die gegenüberstand, drückte auf dem Display einige Tasten. So als hätte sie Bücheles unausgesprochene Frage bereits verstanden, wies sie aufs Display.

»Nachricht wurde an Sonjas Pager verschickt. Somit nehme ich an sie ist noch unterwegs.«

Wie auf ein Stichwort ging die Türe auf. Beladen mit zwei Aktenordnern trat Sonja ein.

»Bin ich zu spät? Hattet ihr schon angefangen?«

»Nein, du bist gerade noch rechtzeitig gekommen. Ich wollte soeben die Mannschaft begrüßen, aber da der Fall ja in deine Zuständigkeit fällt, kannst du dies jetzt selbst übernehmen.«

Sonja nickte und ließ die beiden Ordner langsam auf die Tischplatte gleiten.

»Dann gehen wir es mal an.«

Franz verschränkte seine Arme hinter seinem Körper. Zuhören war angesagt.

Wie eine Wilde, tippte Sonja auf den virtuellen Tasten des Touchscreens herum. Sekunden später kamen alle Ermittlungsergebnisse zum Vorschein. Selbst Max begann zu staunen.

»Sind alle Ermittlungsergebnisse online?«

Sonja war über Krügers Äußerung etwas überrascht.

»Ja Max, auf dem Server liegen alle Daten für jeden Beamten bundesweit einsehbar. Super Technik, nicht wahr? Nichts mehr mit Papier und Bleistift. Schnelle Datenübermittlung, schnelle Interaktion, somit schnelles Handeln sind die Devise. Ist doch toll, oder nicht?«

Selbst Franz fand dies genial und begann zustimmend zu nicken.

»Was haben wir?«, begann Sonja Pfeiffer.

»Im Seniorenstift Neckarwasser gingen wie in vielen Gebäuden, beim letzten Sturm die Lichter aus. War aber in anderen Städten des Landes ähnlich. Nur, wir hatten in dieser Einrichtung fünf Leichen. Und dies ist ungewöhnlich, inakzeptabel und keinesfalls ein Normalfall.«

Jeder ihrer und auch Bücheles Mitarbeiter, hörten gespannt den weiteren Ausführungen zu.

Sie schlug mit der Faust auf den Tisch.

»Wir wissen nur von zwei der fünf Personen wie sie zu Tode gekommen sind. Kaspar Kuschke starb an normalem Herzversagen. Soviel steht unabdingbar nach Prüfung der Toxi fest. Ich verrate auch kein Geheimnis, wenn ich behaupte, dass die Heimbewohnerin Lisa Mering hingegen vergiftet wurde. Auch dies ist, nach Rücksprache mit dem Pathologen, faktisch untermauert. Nur auf die Obduktionsergebnisse der zu Tode gekommen Heimbewohner Bettina Schopp, Rosi Fischstein und Helene Abele müssen wir noch warten. Vielleicht ist jemand von diesen Personen doch einen natürlichen Tod gestorben. Wir sollten nichts übereilen und auch nichts an die Presse weitergeben.«

Sonja holte tief Luft und schob die Ärmel ihres Blazers nach oben.

»Was haben wir noch?«

Ihr Blick ging zu ihrem engen Mitarbeiter Benjamin Taler.

»Wir haben auch, dank Rainers und Lillys Recherche, einige Fakten zusammengetragen und analysiert. Hier unsere vorläufigen Ergebnisse.«

Mit dem Finger wies Benjamin auf ein Foto vom Tatort.

»Wir haben an einigen Utensilien der Heimbewohner Fingerabdrücke genommen. Den Außenbereich sorgfältig untersucht und dabei weggeworfene Zigarettenstummel, Büchsen und Zettel gefunden. Selbst an Dosen wurden Abdrücke sichergestellt.«

Benjamin begann zu grinsen.

Auch die DNA-Analyse an einem weggeworfenen Kondom wurde durchgeführt.«

Die Damen in der Runde verzogen das Gesicht.

»Diese ganzen Daten gehen in die AFIS- und DAD-Datenbank und werden die Tage aufgearbeitet. Haben wir eine Übereinstimmung, so werden wir die betreffende Person durchaus besuchen. Auch eine nochmalige Durchsuchung der Zimmer wird angestrebt. Aber erstaunlicherweise hatte jeder Heimbewohner ein E-Mail-Konto. Ob es genutzt wurde, wissen wir noch nicht. Aber auch der Bestand und Inhalt von evtl. brisanten E-Mails wird noch geprüft. Ich kann nur so viel berichten. Einige der Spuren scheinen vielversprechend zu sein. Aber bei einem Beweisstück haben wir doch Zweifel.«

Lilly wandte sich Kollege Taler zu und hakte nach.

»Welche Beweisstücke sind dies?«

Benjamin drückte eine Taste. Jetzt erschienen die erwähnten Beweismittel auf dem Monitor. Ein ehemals zerknüllter Zettel und Zigarettenreste, sowie ein Einkaufswagenchip wurden sichtbar.

»Auf jedem dieser Gegenstände befand sich die übereinstimmende DNA eines noch unbekannten Mannes. Sowie ein Fingerabdruck auf dem Zettel, der wie wir es im Moment einschätzen ein selbst geschaffenes Zahlen Sudoku zeigt. Nichts Aufregendes. Nur eine wirre Zahlenabfolge.«

Rainer, der nie etwas mit Sudoku am Hut hatte, reklamierte sofort die Annahme seines Kollegen Taler.

»Was macht dich so sicher, dass es sich um nichts Wichtiges handelt?«

Taler wandte sich seinem Kollegen Kaufmann zu.

»Sorry Rainer, vielleicht habe ich mich nicht korrekt ausgedrückt. Klar die DNA und die Fingerabdrücke sind selbstverständlich wichtig.«

Jetzt schien er nachzudenken.

»Aber das Zahlen Sudoku ist nicht relevant. Ist wohl nur ein Zahlenspiel.«

Jetzt mischte sich Lilly mit ein.

»Schön und gut. Aber was, wenn die Zahlen etwas anderes bedeuten? Vielleicht ein Wegweiser?«

Sonja, die neben Lilly stand, befürchtete dass dieser Wortwechsel eskalieren könnte und ging ihrerseits auf die angesprochene Thematik ein.

»Wir haben das Blatt, und hier muss ich sagen, es ist eine DIN A4 Seite groß, durch die üblichen Entschlüsselungen laufen lassen und nichts gefunden. Im Gegenteil, die Zahlen ergeben nichts greifbares.«

Lilly, die Sudoku spielte stutzte.

»Sie ergeben nichts?«

»Ja, sie ergeben nichts. Nur ein sinnloses Zahlenchaos.«

Lilly vermutete mehr hinter dem Blatt Papier, behielt es aber für sich. Für sie hatte Sudoku immer eine Lösung und kein Chaos ergeben. Sie machte sich auf ihrem Tablet einige schnelle Notizen, die niemand sah.

»Was den Chip betrifft. Den haben der oder die Täter weggeworfen. Mit ihm wurden kleine Schränkchen in den Zimmern der Bewohner geöffnet. Dies besagte der

Farbabgleich. Somit ist nur eines sicher, der oder die Täter kannten sich aus. Im Moment, da der Zeitrahmen noch nicht ganz geprüft ist, gehen wir von keinem Einzeltäter aus. Sollte sich das Zeitfenster vom Stromausfall bis zur Meldung erweitern, so wäre die Relevanz für einen Einzeltäter gegeben. Danke fürs Zuhören.«

Sonja wandte sich wieder an alle Anwesenden.

»Bitte geht jedem Hinweis nach. Bei Problemen kontaktiert bitte Franz oder mich! Ok?«

Jetzt verließen alle wie auf ein unsichtbares Zeichen den Raum.

Franz lief zu seinem Schreibtisch. Auf ihn kam heute Abend ein Treffen mit Brigitte zu. Ein Unterfangen in dem er sich selten so unwohl fühlte wie heute. Brauchbare Ergebnisse Fehlanzeige. Spuren? Zu viele. Mürrisch begab er sich kurz darauf zu seinem Wagen auf dem Parkplatz.

Hinter dem in die Jahre gekommen Scheibenwischer seines Privatfahrzeuges steckte ein gelber Zettel. Schon aus einiger Entfernung monierte Franz das Vorgehen und die Verteilung der örtlich ansässigen Pizzabäcker und Gebrauchtwagenhändler. Fast schon monatlich klemmte eine Karte, oder ein Flyer an seiner Windschutzscheibe. Franz hasste solch ein Vorgehen. Wütend riss er den Zettel ungelesen von der Scheibe. Einen Wimpernschlag lang sah er ihn an, bevor er den zerknüllten Papierfetzen in seine Hosentasche steckte. Sekunden später beförderte er ihn wieder hervor. Hatte etwas seine Aufmerksamkeit erregt?

Langsam öffnete er das Stück Papier. Seine Intuition gab ihm Recht. Der Zettel war an ihn persönlich gerichtet. Der Verfasser schien zu wissen welches Fahrzeug ihm gehörte. Franz sah sich um. Kein ihm unbekanntes Gesicht befand sich auf dem Parkplatz der Mordkommission. Büchele schien unruhig zu werden.

Der kleine Text, mit einem dicken Filzstift geschrieben offenbarte ihm etwas Unheimliches.

„Mord ist seine Antwort. Kommissarin Pfeiffer anrufen. Nach den kleinen Kissen fragen".

Franz verstand nicht ganz den Sinn dieser Nachricht. Zumal an die Medien keine Informationen dieser Art weitergegeben wurde. Gab es im Präsidium einen Maulwurf? Nur Rüdiger Kressmann hatte ihm solch einen Zettel übergeben. In der Annahme seine Mutter sei ermordet worden. Doch die verstarb an Herzversagen. War die alte Dame in diesem Fall mit involviert, obwohl sie Monate zuvor verstarb?

Büchele zückte sein Handy und drückte eine Kurzwahlnummer. Als der Kontakt hergestellt war, holte Franz gerade tief Luft.

»Pfeiffer! Franz, ich ruf dich gleich zurück. Bin bei der Spurenanalyse. Bis gleich.«

Nur noch ein Klacken und Tüt Tüt war zu hören. Jetzt hatte Franz endlich mal sein neues Handy dabei und dann sowas. Büchele schüttelte den Kopf, während er sein Fahrzeug aufschloss und auf dem Fahrersitz Platz nahm. Fünf Minuten später klingelte sein Handy.

»Büchele.«

»Franz, was gibt es so Wichtiges? Stell dir vor, die im Labor untersuchen jetzt wie du es angemerkt hattest, alle Gegenstände der Zimmer. Und siehe da….«

»Kleine Kissen«, kam es trocken von Franz, der mit diesen beiden Worten jetzt Sonjas Redefluss jäh unterbrach.

Totenstille am anderen Ende.

»Hast du eine Glaskugel bei dir? Oder woher weißt du was ich dir berichten möchte?«

»Am Scheibenwischer war ein Zettel, auf dem stand ich soll dich nach kleinen Kissen fragen. Mehr nicht. Gibt es dazu etwas?«

»Wenn du keinen Informanten besitzt und auch nicht auf hellseherische Fähigkeiten besitzt so frage ich dich, wieso gibt dir jemand so einen Denkanstoß?«

»Sonja, lassen wir diesen Denkanstoß mal so stehen. Gibt es dazu was oder nicht?«

»Ein Techniker hat zwei der kleinen Kissen nach links gedreht und dort befanden sich zwei Dinge. Zum einen sind die Kissen nicht vom Seniorenstift Neckarwasser. Die Überzüge kommen aus dem Altenheim Lichtblick in Ludwigsburg. Aber diese Einrichtung wurde schon vor sieben Jahren geschlossen. Vielleicht hat Neckarwasser ja die Bestände aufgekauft. Ist aber noch zu prüfen.«

Franz unterbrach seine Kollegin abermals.

»Dann prüft doch das ganze Heim.«

»Schon geschehen. Aber die Kissen sind nur in der Etage vorhanden, in der die Verbrechen geschahen. Aber niemand kann erklären wie die kleinen Kissen hierhergekommen sind. Morgen wird aus meinem Team Taler und Lohmann, die Buchhaltung bei denen prüfen. OK?«

»Und was war die zweite Neuigkeit?«

»Zweite Neuigkeit? Du meinst was wir noch gefunden haben?«

»Was denn sonst.«

»Nun, jemand hat für uns mit einer fluoreszierenden Flüssigkeit, einen Satz auf der Innenseite des Kissens hinterlassen. Kann ja auch schon länger zurückliegen. Die Technik prüft noch den Trocknungsgrad und das Alter des Satzes.«

Franz Büchele, der noch immer bei geöffneter Tür im Auto saß wurde ungehalten. Sein Tonfall wurde etwas lauter.

»Sonja, komm auf den Punkt. Was stand da geschrieben.«

»Der Tod beendet dein Leben, aber nicht deine Beziehung.«

Büchele war geschockt. Ohne die Fassung zu verlieren beendete er das Telefonat.

Franz drehte geistesabwesend den Schlüssel im Zündschloss.

Hatte ihm jemand einen Tipp gegeben? Und wieso hieß es bei seiner Nachricht Mord ist seine Antwort? Und wieso steht in den Kissen, der Tod beendet dein Leben aber nicht deine Beziehung. Im Moment gab es dafür keine Erklärung. Worüber sollte er nachgrübeln. Er hatte Dienstschluss und hoffte wenigstens zuhause etwas Entspannung zu finden. Die Probleme hatten bis morgen Zeit.

Noch im Heilbronner Stadtbezirk steuerte er einen öffentlichen Imbiss an. Er sah auf seine Uhr. Scheinbar hatte er bis zum Abendessen noch genügend Zeit, um sich zwischendurch zu stärken. Er bestellte sich ohne Eile für den kleinen Hunger zwei Fischbrötchen, die er am Tresen genoss. Fast eine dreiviertel Stunde später machte er sich gedankenversunken auf den Weg zur Weinvilla Fischer. Dort schien die Welt noch in Ordnung zu sein, dachte er zumindest.

Kaum war Franz auf das Anwesen der Weinvilla Fischer eingebogen, schien sich seine Vermutung zu erhärten. Brigittes Cabrio stand vor der Haustüre.

Kaum ausgestiegen öffnete sich diese auch schon. Brigitte kam ihm frohgelaunt entgegen, umarmte Franz, gab ihm einen flüchtigen Schmatz auf die Backe und fragte nach seinem Arbeitstag.

»Na Herr Kommissar, wie war dein Tag? Hast du am Fischstand pausiert?«

Franz fühlte sich ertappt.

»Woher weißt du das?«

»Du riechst nach Fisch, woher sonst?«

In diesem Moment erschien Gisela im Türrahmen. Unwillig hatte sie Brigittes Kommentar vernommen.

»Fisch? Wie oft habe ich dir gesagt nichts vor dem Abendessen zu essen? Sieh dich an Franz, du wirst immer dicker.«

Büchele strich sich eingeschüchtert über seinen Bauchansatz. Was sollte er sagen. Es überkam ihn einfach.

»Gisela, hab ebbe Hunger ket. Kosch des net verstehe?«

Sie verstand ihn wohl und ging auf diesen Kommentar nicht weiter ein. Sie drehte sich um und bat beide in die Stube.

»Dann isst du bitte beim Obedesse von den Rouladen koine vier Stück, sondern nur zwoi. Verstande?«

Franz strich wieder über seinen Bauch.

Kaum hatte man sich am Küchentisch versammelt

kam Gisela wieder auf den Punkt.

»Noch ebbes. Du weißt scho, dass wir morge obend die neue Gäschd bekomme. Sei bitte pünktlich.«

Franz sah zu Gisela dann zu Brigitte. Die winkte nur ab.

»Ich weiß von nichts.«

»Gisela, wieso Gäschd? Und wieso morgen?«, tat Franz entrüstet.

Gisela die eben noch mit dem Kochlöffel im Topf herumrührte zog ihn heraus. Klopfte ihn am Rande ab und zeigte auf Büchele.

» A bissle dumm isch jeder, abbr so dumm wia manchr isch koiner.«

Jetzt zeigte sie mit dem Löffel auf die Pinnwand, die neben dem Kühlschrank hing.

»Muss ich es dir auf Hochdeutsch erklären? Hier steht es. Am Mittwoch um achtzehn Uhr kommen die zwei A´s aus München. Die bleiben vier Tage unsere Gäste. Morgen gehen die Gäste und ich mit Kiki auf den Mittelaltermarkt nach Wimpfen. Kapiert?«

»Wer bittschön sind die zwei A´s?«

Gisela wurde ungehalten.

»Herrschaftszeiten hier steht es. Andrea und Alex. Lies nach. Und ich hatte es dir vorgestern erklärt. Du meintest nur, Ja ja.«

Franz blieb kleinlaut, als er gefolgt von Brigitte ins Wohnzimmer ging. Die sah ihre Chance und sprach Franz unumwunden an.

»Was tut sich im Fall eurer Heimbewohner?«

Franz tat als hatte er es überhört.

»Heimbewohner? Ach so, ja alles im Griff liebe Brigitte. Wieso fragst du?«

»Man munkelt, dass es keine regulären Todesfälle sind.«

»Brigitte, du weißt ich darf dir nichts erzählen. Wieso löcherst du mich?«

» Franz, sagen wir es so, nach unseren und meinen Recherchen habt ihr sozusagen einige Leichen im Keller. Wieviel ist noch nicht raus.«

»Woher hast du die Info?«
Brigitte Kohlmarx, die Journalistin von Ländle TV grinste ihn an.

»Franz, auch ich darf meine Quellen nicht preisgeben. Aber vielleicht ein andermal. Lass uns das Geschirr hinrichten, denn ich muss heute Abend noch in die Redaktion.«
Büchele vermied es diesen Abend auf seine Arbeit einzugehen, zu stark schien der Druck zu sein, den Fall zu lösen.

Vier Tage später.

Schon vor Dienstbeginn stand Franz an der Kaffeemaschine. Er wunderte sich noch, als Lilly Minuten später, wie ein Wirbelwind durch die Türe kam. Wortlos flitzte sie, mit etlichen Papieren in ihren Händen, an Büchele vorbei auf ihren Rechner zu. Franz sah auf die Uhr über der Eingangstür und konnte keine Verspätung seiner jungen Profilerin ausmachen. Er neigte den Kopf etwas zur Seite und versuchte Lillys Hektik, zur Lokalisierung in seine Gedanken zu packen. Inzwischen war auch klar geworden, dass alle anderen verstorbenen Personen einem Mordanschlag zum Opfer gefallen waren. Nicht nur die Pathologie hatte dies bestätigt, auch unzählige Beweise hatten den Verdacht eines Serientäters erhärtet. Dennoch gab es mehrere Indizien und forensische Fakten, die auf mehrere Täter hinwiesen.

Sonja Pfeiffer, die leitende Ermittlerin betrat den Raum.

»Guten Morgen.«

Franz brummelte sowas wie ein unverständliches „Morgen" in sich hinein. Lilly winkte Sonja zu.

»Sonja, kommst du mal bitte!«

Bei ihr angekommen, grinste sie Lilly an.

»So früh da und schon so eifrig?«

Lilly zog die Augenbrauen nach oben und wusste nicht genau, ob der Satz ernst gemeint war, oder als Metapher galt.

Mit ihren Händen bereitete sie Blätter vor sich aus. Es waren alles Blätter aus Zeitungen.

»Bringst du dein Hobby mit?«

Lilly wies auf jeden einzelnen Zeitungsausschnitt.

»Sudoku, alles Sudoku Rätsel. Aber die hier ….«

Jetzt wies sie auf die drei Blätter links von sich.

»… die hier haben wir auf dem Gelände des Seniorenstifts gefunden. Zwei außerhalb und zwei auf der Station. Sonja, ich weiß ja nicht, wie es dir dabei geht. Aber bei mir klingelt da was. Bei dir nicht?«

»Nein, sollte es?«

»Ich mache auch Sudoku, aber dies ist kein normales Rätsel. Verstehst du?«

»Sorry, nein. Aber vielleicht kannst du mir bitte auf die Sprünge helfen?«

Lilly vollzog eine ausschweifende Handbewegung, bevor sie sich seufzend zu Sonja hinüberbeugte.

»Die Blätter wurden angefertigt. Und sie ergeben nur ein Zahlenchaos. Sudoku ergibt eine Lösung. Diese Blätter nicht.«

Inzwischen war Franz von hinten mit seiner Kaffeetasse an das Duo herangetreten. Er lauschte nur Lillys Ausführung. Die auch er nicht verstand. Mit Rätsel in Schreibform hatte er sowieso nichts am Hut. Dies war Giselas abendliche Beschäftigung auf dem Wohnzimmersofa, nicht seine. Sonja wies auf die gefunden Blätter.

»Du möchtest mir sagen, jemand hat die extra angefertigt, obwohl sie keinen Sinn ergeben?«

Lilly nickte.

»Nur scheinbar ohne Sinn. Ich habe einen binären Code geschrieben, um ein wenig Ordnung reinzubringen.«

Jetzt zog sie vier weitere Blätter aus der Tasche.

»Der Code, den ich geschrieben habe, nenne ich fürs erste einen NATSCHI-CODE.«

»NATSCHI-CODE?«, mischte sich jetzt Franz unverhohlen ein. Lilly grinste abermals.

»Franz ich könnte dir die Abkürzungen erklären. Aber wozu? Du verstehst das technische Englisch ja eh nicht.«

Büchele verzog das Gesicht. Mürrisch verließ er unter einem fadenscheinigen Grund den Tisch und steuerte seinen Schreibtisch an. Jetzt war Lilly ganz in ihrem Element.

»Mein Programm hat einiges entdeckt.«

»Mehr als nur belanglose Wörter und Zahlen?«

»Genau.«

Lilly drehte die einzelnen Blätter um.

»Mering-Schopp-Fischstein-Abele-11-18-32-37.«

Sonja sah sie an.

»Verdammt. Dies sind ja die Namen der ermordeten Frauen! Aber Lilly, was bedeuten die Zahlen?«

»Nach meiner Überprüfung, die ich heute früh daheim vorgenommen hatte, sind es die Zimmernummern. 11 und 18 sind im Trakt A, somit im Betreuten Wohnen gelegen, die anderen im gegenüberliegenden Haus. Sie waren pflegebedürftig und damit ein leichtes Ziel für den oder die Täter.«

Sonja schnaufte durch.

»Dies muss ich erst sacken lassen. Ist ja der Hammer. Mach du mir bitte Kopien! Danke Lilly.«

Sonja griff zum Telefon.

»Lohmann, hier Pfeiffer. Wenn Sie mit der zugeteilten Aufgabe fertig sind, möchte ich Sie und Taler hier sehen. Ja verdammt nochmal, ich habe eine Aufgabe für Sie!«

Dies schien kein Tag für Büchele zu werden, jeder schien ihn auszugrenzen.

Die entsprach zwar nicht den Tatsachen, aber immerhin hatte er diese Empfindung. Na klar, früher hätte er alles getan, um immer auf dem Laufenden zu sein. Aber hier schien es anders zu sein.

War er eine Randfigur? Wohl kaum. Pfeiffer sprach alles mit ihm ab. Für andere unsichtbar nickte Büchele sich selbst zu. Gleich so als wolle er sich selbst sagen, läuft ja auch so gut. Sitzend beobachtet er von seinem Schreibtisch aus das Treiben. Wie in einem Ameisenstaat hatte jeder seine Aufgabe, die es zu koordinieren galt.

Und in diesem Fall, hatte eben Sonja Pfeiffer das Sagen. Und sie tat es gut, um nicht zu sagen, sehr gut. Büchele arbeitet schon zwei Jahre mit der Kollegin zusammen, die sich damals von der Sitte in die Nachtschicht des Morddezernat versetzen ließ.

Krüger, der ihm gegenüber saß und soeben einige Gesprächsnotizen in ein Worddokument übertrug, hob leicht seinen Kopf und beobachtete penibel, die wortlose Gesten seiner Kollegen. Er bemerkte, wie Franz noch immer mit verschränkten Armen an seinem Schreibtisch saß und jeden Anwesenden im Raum mit Blicken verfolgte. Krüger nahm seine Lesebrille von der Nase und beugte sich nach vorn. Leise wisperte er.

»Psst Franz, alles ok?«

Franz reagierte nicht. Erst als Max etwas lauter wurde, schien Franz eher abwesend Notiz von ihm zu nehmen. Max fuchtelte mit den Armen in Richtung Büchele.

»Franz, gehts dir gut?«

»Ja, wieso frogsch?«

»Na ja, du hogsch do wie en Geggel, der uf die Henne ufbasst?«

Büchele winkte ab.

»Nein Kollege, ich beobachte nur das Team. Wieso fragst du?«

Max sah ihn an.

»Es fühlte sich an als vermisst du was?«

Franz zeigte Max den Vogel.

»Spinnst du, ich vermiss nichts.«

Jetzt sah er auf seine Uhr.

»Ich vermiss doch etwas!«

Gespannt horchte Max auf und wusste, jetzt konnte nichts Fachliches kommen.

»Gesch mit zur Rosa, zum Mittagessen?«

Krüger wusste es. Büchele dachte nicht an den Fall und auch nicht an seine Mitarbeiter. Büchele dachte jetzt ans Essen.

»Die hat doch die Gastwirtschaft fast eine halbe Stunde außerhalb von Heilbronn. Ist unsere Mittagspause heute länger als sonst?«

Die Resonanz von seinem Vorgesetzten kam sofort.

»Dann bleiben wir morgen eben unten am Würstchenstand. Ich kann morgen ja nicht zum Rehasport und danach gleich wieder futtern. Verstehst du mich?«

Max verstand und wollte es jetzt genauer wissen.

»Ach so, was ich fragen wollte. Du hast beim letzten Mal kaum was erzählt. Ist was vorgefallen? Und was hat der Rehasport mit Essen zu tun?«

Franz blieb stumm.

Zwei Minuten später stand Büchele auf.

»Komm lass uns fahren. Ich fahre du zahlst, ok?«

Verdutzt sah Max ihm hinterher als Franz in Richtung

Türe ging. Er hatte Mühe ihn einzuholen. War sein Hunger so groß?

Angekommen auf der großen Sommerterrasse, ließ Büchele sich in einen der Rattansitze fallen. Der geflochtene Stuhl ächzte unter seinem Gewicht und gab dabei komische Laute von sich. Irritiert sah er Max an.

»Spricht der mit mir?«

»Ne, ich glaub dei Kampfgwicht missfällt ihm nur.«

»Ha no. Jetzt aber au. Net bleed werre, sonsch gibt's en Satz heuße Ohre.«

Max schob ihm die Speisekarte entgegen.

Schnell war bestellt und nebenbei wurde belanglos über die Situation des aktuellen Falles diskutiert. Franz schien unschlüssig zu sein, was die Anzahl der, oder des Täters betraf. Er tendierte noch immer zu einem Einzeltäter. Aber das Täterprofil zeigte, dass das Zeitfenster wohl zu eng für das Vorgehen eines einzelnen sein würde.

Max, der sich über solche Dinge weniger einen Kopf machte schien dies eher zweitrangig. Er suchte nach einem Motiv.

Plötzlich erschien Kommissar Kaufmann auf der etwas abgelegenen Terrasse der Gastwirtschaft. Mit dumpfem Knall ließ er sein Laptop vor Franz auf den Tisch fallen. Krüger erschrak. Nur Franz behielt die Ruhe.

»Rainer, was treibt dich zu uns?«

Jetzt erst sah Franz beiläufig auf die Uhr.

»Leck me am Arsch, sisch jo schoo zweu.«

Rainer grinste.

»Erstens meine Herren ist die Mittagspause schon lange vorbei. Und zweitens, habe ich was Vielversprechendes für euch?«

Franz überlegte. Galt doch die nachfolgende Frage nicht dem, was Rainer an Neuigkeiten mitbrachte, sondern der Tatsache wie er sie überhaupt gefunden hat?

Noch währenddessen Rainer sich setzte, um seine Neuigkeiten zu propagieren, fuhr Franz ihm dazwischen.

»Wie bist du hierhergekommen?«

Rainer zeigte zum Eingang.

»Mit einem Dienstwagen, wieso?«

»Ich meinte wie hast du uns gefunden? Niemand wusste, wohin wir gehen. Du auch nicht.«

Rainer zog sein Handy aus der Tasche.

»Stimmt schon Chef. Aber ich habe uns allen für den Notfall ein GPS-Trackerprogramm aufgespielt. Hiermit sind alle unserer Mitarbeiter zu finden. Nur wenn mein Chef meint er wäre was Besseres, was sein Handy betrifft liegt er falsch. So habe ich das Handy von Max angepeilt. Und noch etwas Chef. Auch unsere Autos besitzen übers Navi ein GPS-Signal.«

Fast schon überheblich lächelnd, zeigte er auf Bücheles alten 200er Audi der etwas abseits stand.

»Na ja, die alte Blechbüchse besitzt wohl noch kein Navi, oder? Chef, vielleicht wäre hier endlich ein Fahrzeugwechsel angesagt.«

Franz wurde wütend.

»Des Autole hat koi Navi, do hasch Recht. Aber do

defür gibt's Stroßekarte im Handschuhfach, du Bachel. Und ich fahr des Autole solang ich will. Hasch me verstande Bub?«

Rainer schreckte bei dem lauten Tonfall seines Vorgesetzten zusammen. Nur Max behielt die Ruhe und versuchte beruhigend auf die Kontrahenten einzuwirken.

»Rainer, jetzt lass dich nicht bitten und nenne uns den Grund deines Besuches. Hätte es nicht warten können?«

Rainer wurde verlegen.

»Eigentlich schon. Aber ich wollte mal wieder an die frische Luft.«

Franz, der eben noch eine Tageszeitung studiert hatte, sah über den Rand seiner Lesebrille.

»Lass hören was so wichtig ist.«

Rainer packte sein Laptop aus. Schnell waren einige Dokumente aufgerufen. Max und Franz schienen eher gelangweilt auf dessen Kommentar zu warten und sahen sich frustriert an. War doch ihr Mittagessen, durch diese jähe Attacke des Mitarbeiters Kaufmann empfindlich gestört worden. Büchele trommelte ungeduldig mit den Fingern auf dem Tisch herum.

»Moment«, kam es von Rainer, der noch immer an seinen Einstellungen am Laptop herumfummelte.

»Hier steht es!«

Aufmerksam folgten die älteren Kommissare den Ausführungen von Rainer.

»Nach dem Protokoll des Stromanbieters wurde der Stromausfall durch Blitzschlag im Trafo verursacht.«

Büchele sah Krüger an.

»Max, möchte Rainer uns veräppeln? Wissen wir doch bereits. Oder nicht?«

Max nickte.

»Jetzt kommt es meine Herren«, brüstete sich Rainer, ohne dass sich Franz und Max zu einem Jubelschrei hinreißen ließen.

»Jetzt kommt was?«

»Der Stromausfall war nicht der Grund der Dunkelheit, meine Herren.«

Franz lachte.

»Logisch. War ja auch stockfinster in der Nacht. Und da ist es nun mal dunkel.«

Auch Max begann zu grinsen. Selbst er vermochte nicht dem Denken seines jungen Kollegen zu folgen.

»Nein, nein. Der Strom für das Altenheim Neckarwasser wurde genau …«, jetzt folgte er mit den Fingern den geschriebenen Seiten des Protokolls.

»… genau 18 Minuten vor dem Blitzeinschlag, abgedreht. Und dies geschah exakt in dem Trafo, welcher danach vom Blitz getroffen wurde. Zwar eine Chance von 1 zu 10 Millionen, aber dies sind die Tatsachen. Wisst ihr was ich sagen möchte?«

Büchele und Krüger schüttelten zeitgleich mit ihren Köpfen.

»Derjenige hatte den Zufall auf seiner Seite und genügend Zeit sein Vorhaben umzusetzen.«

Rainer streckte seinen Zeigefinger in die Höhe.

»Chef, dem nicht genug. Wir haben das Gelände und die Einrichtung akribisch durchforstet. Was soll ich sagen. Wir fanden Spuren ohne Ende und…. Jepp, auch zwei Spritzen, mit denen die Damen ins Jenseits befördert wurden.«

Max schien aufgewühlt zu sein.

»Jetzt erst fällt es mir auf. Euch nicht?«

»Was denn?«, kam es von Franz.

»Es sind alles Damen hat Rainer eben erwähnt. Der Herr starb an Herzversagen nur die Damen wurden ermordet. Was haben die gemeinsam? Franz, Moment. Wir haben auf den ersten Blick nichts gefunden. Kann es sein, dass der Mörder generell was gegen Frauen hat?«

»Möglich. Aber viel interessanter wäre zu wissen wer den Stromausfall verursacht hat.«

»Die DNA ist dieselbe wie auf einer der gefundenen Spritzen und zwei weggeworfenen Kippen. Und an den Kissen prangert sie auch. Nur….«

Rainer stockte.

»… es gab keinen einzigen Treffer in der Datenbank. Keine Übereinstimmung.«

Franz überlegte kurz.

»Glaubt mir. Ein Täter kommt immer wieder zum Tatort zurück. Zumindest in 80% der Fälle. Versuchen wir es diesmal ganz anders. Geben wir unserem Täter die zweite Chance dazu und filmen alles.«

»Zweite Chance, filmen?«

»Wir haben das Bildmaterial vom ersten Stromausfall und die Videos dazu. Jetzt wäre es an der Zeit, dass Sonja eine Pressekonferenz gibt. Mit der Aussage, den Fall nachzuspielen, um mehr Erkenntnisse zu erlangen.

Ich wette, der Täter taucht auf. Wir brauchen dann nur noch beide Videos vergleichen und können so weiter-ermitteln. Selbst der Staatsanwalt Krümmbusch wird dies freuen. Oder nicht?«

»Franz, toller Versuch. Könnte klappen.«

»Rainer, du informierst nachher Sonja. Ihre Mannschaft sollte parat stehen. Lilly ist ja sicherlich noch an dem NATSCHI-CODE dran, oder nicht?«

Rainer nickte.

»Dann lasst uns zurückfahren.«

Max lief neben Franz her. Plötzlich stoppte er.

»Franz, irgendetwas ist doch mit dir?«

Franz sah ihn nur an. Max und Franz setzten sich in den Dienstwagen, um ins Dezernat zu fahren.

»Was meinst du? Ist doch alles wie immer.«

»Du unterbreitest freiwillig den jungen Ermittlern den Unterboden zum Erfolg?«

»Was bitte tue ich?«

Jetzt erst verstand Franz seinen Kollegen und Freund.

»Irgendwie ja und irgendwie nein.«

»Verstehe ich nicht.«

»In deiner Annahme steckt schon ein Quäntchen Wahrheit. Früher wären wir beide, du zumindest ebenso wie ich, losgefahren und hätten alles in Bewegung gesetzt, um auf Biegen und Brechen den Fall zu lösen.«

Max nickte still seinem Chef zu.

»Inzwischen sind wir schon etwas, na ja ich möchte nicht älter sagen, aber ein wenig erfahrener geworden. Wir wissen, wie der Hase läuft. Aber ….«

Franz hob dabei beide Arme etwas an.

»… aber ich möchte ihnen sozusagen ein guter Leitwolf sein. Ich denke, sie benötigen nur die richtigen Impulse zur richtigen Zeit, um in die richtige Richtung zu ermitteln. Noch heute laufen wir Wochenlang im Kreise bis irgendjemand, und wenn es die Putzfrau ist, uns den richtigen Denkanstoß liefert. Weißt du was ich mein?«

»Schon, aber du fährst, so vermute ich symbolisch, ab und an mit angezogener Handbremse.«

»Vielleicht. Aber dies ist Sonjas Fall. Sie ist in dem was sie tut eine hervorragende Ermittlerin. Und muss nur noch wie ein Diamant ein wenig geschliffen werden.«

Max wurde jetzt spaßig.

»Hano Franz, und du bisch grad wie eu alds abgwetzts Daschemesser. Uff deire Kling kosch grad nach Paris reite ohne dir en wunde Arsch zu hole.«

»Jetzt net bleed werre. Lass uns fahre.«

Im Präsidium hatte Kaufmann schon die Neuigkeiten weitergegeben. Sonja und ihre Crew arbeiteten einen Plan aus, um die Pressekonferenz vorzubereiten. Kaufmann und Taler, der zwischenzeitlich Pfeiffers Auftrag bezüglich der Herkunft der Kissen ausgeführt hatte, bereiteten sich darauf vor, die Nacht des Sturmes nachzustellen. Auch das Szenario mit versteckten Kameras festzuhalten oblag ihrem Aufgabenbereich.

Zwei Tage später stürzte sich die Presse auf die Neuigkeiten. Gleichwohl noch kein genauer Termin dafür feststand positionierten sich Pressefahrzeuge rund um das Seniorenstift. Die Spannung stieg.

Ständig bombardierte Brigitte Kohlmarx von Ländle TV, Hauptkommissar Büchele mit vielen unangenehmen Fragen. Selbst auf einem abendlichen Spaziergang konnte sie es nicht lassen.

»Franz, jetzt erzähle. Wann stellt ihr die Nacht nach?«

»Sonja hat doch vorgestern eine Pressekonferenz abgehalten. Hast du da nicht zugehört?«

Brigitte wurde ungehalten. Ärgerlich entzog sie ihre Hand der seinigen.

»Wann?«, kam es laut von seiner Seite.

Scheinbar hatte er auf solch eine Frage gewartet.

»Freitagabend. Zufrieden?«

Mit so wenig Gegenwehr hatte Brigitte nicht gerechnet. Prompt nahm sie wieder seine Hand und lief mit ihm weiter.

»Danke«, kam es leise von ihr, ohne dass sie ihn dabei ansah.

Franz grinste in sich hinein. So kannte er seine Freundin Brigitte. Immer gerade raus. Auch wenn es unbequem war. So kannte und schätze er die Journalistin. Seine Brigitte.

Freitagmorgen 10 Uhr.

Sonja Pfeiffer schien in Hochform zu sein. Franz konnte sie vom Flur aus hören. Max hatte einen wichtigen Termin und Lilly wurde von Sonja schon vor Dienstbeginn ins Dezernat beordert.

Nur Rainer, der heute mit Franz von der Weinvilla Fischer aus aufgebrochen war, folgte ihm mit seinem

Laptop wie ein kleines Hündchen, an einer unsichtbaren Leine. Oder war es doch etwas mehr?

Rainer schritt jetzt voran und öffnete ihm die Tür. Jetzt erst betrat Kommissar Büchele den Raum. Nahm die Klinke in die Hand und schloss sie mit gewohntem Knall hinter sich. Rainer wartete auf Bücheles Reaktion und folgte seinem Blick. Aber dieses Mal, nach über 30 Dienstjahren war es völlig anders. Franz, der konfus diese Veränderung sofort registrierte, nuschelte etwas in sich hinein.

Rainer schien verunsichert zu sein. Hatte sein Chef ihn doch angewiesen, stets jede Interaktion zu registrieren. Rainer, der sich zwei Schritte neben Franz positionierte, beobachtete ihn genauestens.

Niemand hatte auf sein Erscheinen reagiert. Nun ja, man hatte ihn bemerkt. Und einige Beamten blickten zu ihm herüber. Aber die übliche Reaktion, wenn er den Raum betrat, blieb aus.

»Ich glaube ich werde alt. Keiner nimmt mehr den Chef als Respektsperson für ernst«, kam es jetzt eher leise und gedämpft von ihm.

Rainer hatte dies gehört.

»Nein nein Chef. So ist es nicht. Die sind nur alle wegen heute Abend, zu sehr mit ihrer Arbeit beschäftigt.«

»Wenn du es sagst wird es wohl so sein, Rainer.«

Franz kam sich überflüssig vor. War dies die von Max erwähnte Depressionsphase? Ohne ein Wort bewegte er sich auf seinen Schreibtisch zu. Immer wieder suchte er den Blickkontakt mit Sonja und Lilly.

Vergebens.

Er setzte sich und blätterte das Kalenderblatt um ohne zu ahnen, dass dies ungeahnte Folgen haben würde. Jemand hatte etwas unter die Zahl gekritzelt. Grob erkannte er die Handschrift von Max. Franz zog seine Lesebrille aus der Hosentasche, einstweilen er den Kalender näher an sich heranzog.

»Herrgottsdonndrblitz«, entwich es ihm, als er zeitgleich auf die Uhr sah. Rainer schien ihm nicht von der Seite zu weichen.

»Franz, was gibt es, ist was passiert?«

Stumm reichte Franz seinem Mitarbeiter Rainer den Tischkalender. Da stand der Satz, den scheinbar Max verfasst hatte, der ja heute einen Arzttermin hatte.

„Mein Freund, du hast, wenn du dies liest, deinen Rehasport verpasst. Aber am nächsten Freitag fahre ich dich wieder. Dann kannst du Heidinger und die Mädels wieder sehen. Gruß Max"

»Franz, wer ist Heidinger?«

Büchele winkte ab.

Das hätte er auch gerne gewusst. Nicht wer Heidinger war. Nein, er kannte ihn vom Café und vom Rehasport. Aber woher wusste Max seinen Namen. Hatte er ihn doch nie preisgegeben. Spionierte sein Kollege ihm etwa hinterher?

Sonja lief jetzt auf ihn zu. Scheinbar gab es wichtigeres als Rehasport und Buchautoren.

»Franz, kommst du mal bitte an die Besprechungs-tafel? Ich würde dir gerne was erklären.«

Nickend stand er auf und folgte ihr nach vorn. Vorbei

an ihrer Crew, die Lilly und Rainer eingenommen, jetzt aus zehn weiteren Ermittlern bestand. Sie erklärte jedem die Vorgehensweise. Wie die Pressekonferenz, bzw. das Statement vor der Einrichtung ablaufen würde. Nur zwischen Annahme und Ausführung lagen oft mehr als nur Welten.

»Leute, wenn wir dies hinter uns gebracht haben. Die Presse mich und unseren Polizeichef EKHK Herr Kastfeld nicht zerrissen haben, kommen wir zur eigentlichen Aufgabe. Es wird dann schon dunkel sein, und wir haben durch den Funk und die Presse jeden aufgefordert mitzuhelfen. Frau Kohlmarx vom Ländle TV wird neben weiteren lokalen und überregionalen Sendern vor Ort sein. Aber nur sie hatte dank Franz, einen Text, der hoffentlich den oder die Täter ermutigt, auch zu erscheinen.«

Sonja räusperte sich kurz.

»Insiderinfo wurde bis dato nicht veröffentlicht. Nur der Täter hat Kenntnis von den Abläufen, welches sie ganz belanglos erwähnen wird. Ist unser Täter schon da, ok. Kommt er dazu, auch gut. Aber wenn nicht, war es ein Versuch wert. Danke.«

Alle klatschten, selbst Büchele fand diese Ansprache einer Schichtleiterin für würdig.

Sonja unterbrach das Klatschen.

»Moment Moment, ich habe das Wichtigste vergessen. Rainer hat ein Video- und Kamerasystem ausgearbeitet, welches er gemeinsam mit meinen Ermittlern installiert hat. Wir Ermittler sind alle heute Abend inkognito unterwegs. Keiner! Und ich betone, keiner von uns gibt sich zu erkennen, solange diese Sache heute Abend läuft. Die umliegenden Dienststellen sind angewiesen nicht zu erscheinen. Einige Verkehrsbeamte werden zwar für Ordnung am Platz sorgen aber mehr nicht. Verstanden?«

Jetzt zog sie Franz zu sich her.

»Franz, du kennst den Komplex. Könntest du einfach so patrouillieren?«

»Die kennen mich doch alle!«

»Genau, du bist sozusagen unser Lockvogel. Vielleicht geht dir der Täter aus dem Weg und wird unvorsichtig.«

»OK, kein Problem. Ich hoffe nur, es regnet heute Abend.«

Sonja sah ihn an.

»Regnen, wieso?«

»An diesem Abend wütete ein Sturm, schon vergessen? Authentische Darstellung. Wenn wir nachher die Videos vergleichen, ist es doch wichtig die gleichen Bedingungen zu haben.«

»Ich gebe dir Recht. Ich hoffe wir kriegen den Schweinehund.«

Alles war vorbereitet. Flankiert vom Heilbronner Polizeichef Dirk Kastfeld, trat Sonja Pfeiffer vor das Mikrofon.

Das Wetter wurde schlechter. Es begann zu regnen. Brigitte Kohlmarx, die erfolgreiche Journalistin vom Sender Ländle TV, hielt sich am Anfang des Fragemarathons zurück. Jeder der sie kannte wusste, Zurückhaltung war nicht ihre Art. Aber Sonja hatte sie instruiert, nicht zu sehr aufzufallen. Wobei schon ihre ausgesuchte Garderobe eine Herausforderung für sich darstellte. Hochhackige Schuhe, eine eloquente Aussprache und das dunkelblaue Kostüm mit weißem Kragen, taten das übrige. Kaum geschminkt, aber dafür mit einer sprachlichen Schlagfertigkeit ausgestattet, brachte sie sich nach zehnminütiger Zurückhaltung ein.

Unbeobachtet agierte im Hintergrund Sonjas Mannschaft. Sie kontrollierten die Anstalt, zum Teil getarnt als Pflegepersonal, oder Hausmeister. Selbst der Leiter vom Seniorenstift Herr Schatz, begab sich auf Beobachtungstour.

Viele der Anwesenden waren auch beim letzten Sturm hier gewesen und sehnten sich nach Neuigkeiten. Oder waren sie wie Franz es nannte, nur sensationsgeil, um sich in der Abendschau zu sehen?

Der Regen wurde heftiger und wie erwartet hatte die Veranstaltung kurioses hervorgebracht. Kinder in Regenmänteln sausten durch die stehende Menge.

Schirme wurden aufgespannt und wer hätte es gedacht, Herren in Regenponchos, sowie einige mit Kapuzenshirts standen in der Menge. Jetzt tat sich ein neues Problem auf. Taler und Lohmann hatten die Aufgabe die Verdächtigen zu fotografieren. Aber es waren zu viele. Zwei verschwanden hinter dem Gebäude. Per Funk alarmierten sie die restliche Crew. Langsam, ohne aufzufallen schlängelten sich Beamten von rechts nach links auf die von Lohmann angegebene Stelle zu.

Sekunden später erreichten sie den Notausgang. Dessen Tür vor ihren Augen ins Schloss viel und sich von außen nicht mehr öffnen ließ.

»Verdammte Scheiße!«, fluchte Lohmann, bevor Taler neben ihm einen entsprechenden Funkspruch absetzte.

Büchele, der sich auf der ersten Etage befand, hörte dies und wurde wachsamer. Die Täter mussten sich im Gebäude befinden.

»Türen verriegeln!«, gab Büchele zu verstehen. Plötzlich hörte er die Stimme in seinem Mann im Ohr, wie er das nannte.

»Krüger hier, ich bin im zweiten Stock und komme runter.«

Plötzlich schrillte der Feueralarm los. War dies in Sonjas Szenario mit eingeplant? Oder war es ein tatsächlicher Notfall. Jemand könnte auch den Feuermelder betätigt haben. Franz sah nach oben.

»Oh nein. So ein Mist.«

Es schien so zu sein. Die Sprinkleranlage ging an.

Hektik kam im, und außerhalb des Gebäudes auf. Menschen rannten an Büchele vorbei in Richtung Ausgang. Max und Franz hörten Rainers Stimme im Funk.

»Achtung, die Notausgänge öffnen sich automatisch. Wenn jemand abhauen möchte, dann jetzt. Ausgänge besetzen! Ausgänge besetzen!«

Franz sah nach vorn. Menschen, Pfleger, Personal, jeder der laufen konnte versuchte sich in Sicherheit zu bringen. Und alle wollten an ihm vorbei in Richtung Ausgang.

Franz sah ganz hinten, jemand mit einem Regenponcho.

»Aus dem Weg, aus dem Weg! Ich bin von der Polizei!«, schrie er, ohne dass wirklich jemand seinen Worten Glauben schenkte. Franz stieg auf ein leeres Bett, das in der Ecke stand. Noch immer drängten sich die Menschen, schreiend und hysterisch mit den Armen fuchtelnd, an ihm vorbei. Jetzt sah er den Verdächtigen hinter einer Ecke verschwinden.

Büchele bekam es mit der Angst zu tun. Sein Bett schaukelte wie wild umher. Hektisch versuchte er die Balance zu halten, ohne zu fallen.

»Leute hört auf zu schreien!«

Er wollte die Menschen beruhigen, dann gab es einen Ruck. Zu viele Menschen zerrten, schoben und drückten an dem Bett herum auf dem er stand. Plötzlich wurde alles still und schwarz um ihn herum. Der Menschenauflauf hatte Büchele, der eben noch auf einem Bett stand, auf den Boden der Tatsachen zurückgeholt. Dem nicht genug. Scheinbar wurde er von einem Gegenstand an der Stirn getroffen. Game Over. Ob es der Täter oder jemand vom Personal war, daran konnte er sich nicht erinnern.

Erst im Rettungswagen kam Büchele wieder zu sich. Brigitte Kohlmarx hielt seine Hand. Mittlerweile hatte sich eine Menschentraube am Rettungswagen gebildet. Jeder Ermittler erkundigte sich nach Bücheles Wohlbefinden.

Franz erblickte Kameras. Sofort zog er die Hand aus Brigittes Umklammerung. Wirsch sah Brigitte ihn an. Franz hatte Glück im Unglück. Max drängelte sich nach vorn und hob einen Regenponcho in Richtung seines Vorgesetzen.

»So viel zum Täter. Mehr gibt es nicht. Oder wir waren zu spät.«

Wütend und demoralisiert warf er das Teil in den Rettungswagen, in dem Büchele noch immer auf der Pritsche lag.

Hatte Franz in den Augen seines Freundes den Einsatz versaut? Vorhaltungen brachten nichts. Jeder, der sich noch innerhalb der Absperrung befand wurde vernommen. Personal, Insassen, ja selbst Besucher, die dem Ganzen nur zufällig beiwohnten, wurden vernommen.

War der Abend eine einzige Blamage oder doch ein Erfolg?

Selbst Franz bekam die Härte des Apparates zu spüren. Staatsanwalt Krümmbusch drohte ihm mit einem Disziplinarverfahren wegen Behinderung der Justiz und Strafvertuschung im Amt. Büchele und Behinderung? In seinen Augen war er mehr als ein Kommissar. Er war der Hüter von Recht und Ordnung! Franz verstand die Welt nicht mehr.

Tags darauf.

Viel Filmmaterial wurde gesichtet und Zeugenbefragungen nochmals durchgegangen, aber dies dauerte. Hätte Franz den Fremden erkannt, wäre dies wohl ein Schritt in die richtige Richtung gewesen. Hätte, hätte, hätte. Dieser Satz pochte ständig in seinem Kopf herum.

Franz überlegte welche Möglichkeiten es noch gab. Seit annähernd fünf Wochen stocherten die Ermittler im Dunkeln herum ohne nennenswerte Fortschritte zu erzielen. Ok, man hatte den NATSCHI-CODE, aber mehr auch nicht. Haufenweise DNA. Nur Spuren zum Tathergang, um ein klares Motiv zu erkennen gab es nicht.

Franz winkte Lilly zu sich.

»Chef, was liegt an?«

»Lilly, haben wir was an dem Regenponcho gefunden?«

Lilly nickte.

»Einiges, aber ob es so prickelnd ist, glaube ich nicht.«

»Prickelnd?«

»Na, der Poncho ist aus dem Fundus vom Seniorenstift. Ich habe nachgeforscht. Es sind acht Stück, die laut Bestand auch da sind. Und Spuren vom ganzen Personal sind da auch drauf. Sowie zwei unbekannte

Fingerabdrücke, die wir nicht zuordnen können. Aber ein Fingerabdruck davon, gleicht einem den wir an einer Spritze und an einem Glas Wasser fanden. Ein Täterprofil lässt sich so nicht erstellen. Tut mir leid.«

»Wir haben doch das Umfeld geprüft, oder nicht?«

Lilly nickte.

»Sonja lässt eben die Prüfung von ihrem Personal nochmals durchführen. Aber jetzt bezieht sie wohl auch die Verwandtschaft mit ein. Sie zieht größere Kreise. Ob es was bringt?«

Lilly zog dabei die Achseln nach oben.

»Ich weiß nicht, Franz. Ich tippe da eher auf eine externe Machenschaft, nichts Internes. Vielleicht kamen die Täter von außerhalb?«

Franz wusste nicht wohin mit seiner Ratlosigkeit und drückte den Pappbecher in seiner Hand fest zusammen.

»Verdammt und zugenäht!«, begann er zu fluchen, währenddessen Krüger sich von seinem Platz erhob und mit einem Zettel auf ihn zuging. Nickend sah er zuerst Lilly an.

»Sorry Lilly, aber ich muss unserem Chef ja dauernd seine Sachen nachtragen.«

»Sachen nachtragen?«, erbrüstete sich Franz.

»Welche Sachen?«

Max wies auf eine Notiz, die er von der Pforte bekommen hatte. Sekunden später las Franz die Notiz des Pförtners.

»Der Pförtner hat ja eine Sauklaue. Kann jemand das entziffern?«

Scheinbar wusste Max, was da geschrieben stand. Ohne den Blick von Franz abzuwenden zog er ihm den Zettel aus den Fingern und reichte ihn Lilly.«

»Kannst du es lesen?«

Lilly benötigte nur Sekunden, um die Zeilen zu lesen.

»Klar, kein Problem. Soll ich es vorlesen? Ist ja eine Nachricht an Franz«, sagte sie ganz unspektakulär. Franz schien in Rage zu kommen und holte dabei tief Luft. Doch noch bevor er sich aufregen konnte, las Lilly vor.

»Der Seniorenstift hat angerufen. Eine Frau Dorothea Zapfenmann würde gerne bei Hauptkommissar Büchele eine Aussage tätigen. Aber bitte erst ab 11 Uhr morgens. Treffpunkt vor dem Eingang B. Rückruf erbeten.«

Franz zog seinen Hut vom Haupt. Innerlich brodelte es in ihm.

»Jetzt macht mir schon jemand Vorschriften!«

»Beruhige dich, Franz.«

»So wichtig kann es nicht sein. Sonst hätte sich die Dame schon viel früher gemeldet«, beschwichtigte ihn Max.

Lilly mischte sich ein.

»Ich kann dir ja für morgen einen Termin bei der Dame machen. Ist 12 Uhr ok? Oder eher später. Die vom Seniorenstift haben da bestimmt Mittagspause und werden verköstigt. Franz, sagen wir 13 Uhr?«

Büchele nickte ihr zu. Mit dem Finger zeigte er jetzt auf Max.

»Morgen isch Rehasport. Danach besuchen wir die

144

Frau. Du gehsch mit. Verstanden?«

»Zum Turnen?«

»Papperlapapp,du fährsch mich nur.«

Max nickte.

»Und ich?«

Lilly kam sich in der Situation überflüssig vor.

»Lilly, du und Rainer ihr arbeitet Sonja zu. Behaltet den Überblick und berichtet mir. Ich will alles wissen.« Dies war eine Aufgabe nach Lillys Geschmack. Nickend verschwand sie aus Bücheles Blickfeld.

»Meinst du die Dame weiß was?«

»Max, keine Ahnung aber wir werden es bald herausfinden.«

Lilly hatte sofort den Besuchstermin für Freitag um 13 Uhr vereinbart und reichte die Notiz an Krüger weiter.

Am nächsten Morgen.

Franz, griff nach seiner Sporttasche und verlies soeben das Haus, da tauchte Brigitte in ihrem Cabrio auf und kam neben ihm zum Stehen.

Leicht und beschwingt stieg sie aus, lief auf Franz zu und umarmte ihn.

»Guten Morgen mein Herr Kommissar. Hast du gut geschlafen?«

»Wieso möchtest du dies so genau wissen?«

»Einfach so nachgefragt, weil ich um dein Wohlergehen besorgt bin.«

Büchele traute dem Frieden nicht. In dem Moment tauchte auch Krüger mit dem Dienstwagen, weit vorne am Gatter auf und bremste dort ab.

»Bevor ich es vergesse«, warf Brigitte fast schon

belanglos ein.

»Wir hatten doch für heute einen Termin miteinander. Wir wollten doch zum Mittagessen gehen. Richtig?«

Büchele erinnerte sich nur noch verschwommen daran aber nickte so, als wüsste er noch alle Einzelheiten.

»Müssen wir verschieben. Ich habe um 13 Uhr einen wichtigen Termin. Franz, bist du mir jetzt böse?«

Franz kam dies sehr entgegen. An das Mittagessen hatte er sowieso nicht mehr gedacht und um 13 Uhr musste er im Seniorenstift seinen eigenen Termin wahrnehmen. Er tat als würde die Absage von Brigitte ihn schmerzen.

»Aber …«, versuchte er es mit einem leisen Protest.

»Ich mache es wieder gut, Franz. Aufgehoben ist nicht aufgeschoben. Versprochen!«

Sie gab ihm einen flüchtigen Kuss. Hauchte ein »Danke Franz«, in sein Ohr und verschwand zu ihrer Arbeitsstelle.

Jetzt erst rollte Krügers Dienstwagen langsam auf den Hof.

»Wieso hast du am Gatter angehalten. Wieso bist du nicht hergefahren?«

»Sollte ich wirklich?«

Franz winkte ab und stieg ein.

»Auf zum Rehasport.«

Franz schien sichtlich motiviert zu sein, als er das Sportstudio wieder verließ. Max traute seinen Augen kaum. Neben etlichen älteren Damen und Herren, verließ Franz das Studio untergehakt bei einer jungen

Frau mit Pferdeschwanz, die sichtlich mit ihm flirtete und in dessen Gesellschaft auf Max zulief. Max fielen sprichwörtlich die Augen aus dem Kopf, als beide vor ihm standen. Max musste schlucken.

»Max, dies ist unsere Trainerin Carina. Sie möchte uns einladen.«

»Einladen?«

Franz und Carina nickten zeitgleich, bevor sie Max die Hand entgegenstreckte und sich vorstellte.

»Hallo, ich bin Carina. Ja, einladen. Oder seid ihr noch nie eingeladen worden?«

Zögernd gab Max der attraktiven jungen Dame die Hand.

»Doch schon. Aber wohin? Allein oder mit Partner?«

Carina war für einen Moment verwirrt. Sie zog kurzerhand zwei Visitenkarten aus ihrer Tasche und überreichte sie Franz und Max.

»Wie ihr wollt. Mit Partner oder allein. Wir haben einen Musik Pub & Food Grill in Güglingen. Alles befindet sich in einem alten Zugabteil. Und einen tollen Biergarten gibt es obendrauf.«

Sie blickte nach oben.

»Sofern wir noch einige schöne Tage bekommen, dürft ihr gerne mit meinem Mann Stefan und mir abhängen und relaxen. Mit oder ohne Anhang versteht sich. Die ersten Drinks sind gratis. Na Männer, was sagt ihr dazu?«

Franz und Max sahen auf die Karte. Ein bizarr anmutender Zugabteil war zu sehen. Angestrahlt von Neonleuchten. Ein schmuckes Kärtchen mit viel

Information.

Carina sah sich um und winkte jedem zu, der lächelnd an ihr vorbeilief. Max unterbrach sie.

»Ok, Carina. Wir kommen darauf zurück.«

Carina sah auf die Uhr.

»Oh je, ich muss wieder rein. Der nächste Kurs fängt gleich an. Wir sehen uns spätestens nächsten Freitag zum Sport.«

Ohne viel Tamtam, umarmte sie beide und küsste die Beamten freundschaftlich auf die Wange und verschwand im Inneren des Gebäudes.

Schelmisch sah Franz zu Max.

»Wenn des dei Babsi gsäh hätt. Do hätsch du bestimmt vierzehn Dag nix zu esse griggt.«

Max verteilte einen Seitenhieb an seinen Kollegen.

»Und Brigitte hätt dich aus`m Cabrio g`schmisse.«

Franz nickte.

»Lass uns fahren. Heute Mittag steht der Besuch im Seniorenstift an.«

Die Zeit verging wie im Flug. Die Beamten brachten sich auf den neusten Stand.

Schon 15 Minuten früher als ausgemacht, fanden sich Max und Franz vor dem Seniorenstift ein. Büchele zog an seiner Zigarette bevor er von einem Pfleger, der eben das Haus durch eine Drehtür verließ, gestört wurde.

»Hier ist Rauchen verboten!«, rief er, indessen er auf den Beamten zulief.

Franz warf seine Kippe in den vor ihm stehenden Aschenbecher. Grinsend kam der Pfleger bei ihm an.

»War Spaß, wozu sind denn sonst die Aschenbecher aufgestellt?«, entschuldigte er sich beim Vorbeigehen. Was er aber nicht wirklich ernstgemeint haben konnte. Max, der seit Jahren keine Kippe mehr geraucht hatte, beugte sich zu Franz.

»Wieder Geld in den Aschenbecher geworfen? Ohne den Glimmstängel ganz zu rauchen! Was für eine Schande.«

Franz schnaubte aus.

»Sind wir hier richtig?«

»Denke schon. Seniorenstift Eingang A.«

»Sagte Lilly Eingang A?«

»Wir sind falsch. Lilly sprach von Eingang B. Und der ist drüben beim Betreuten Wohnen.«

Schnell war klar, dass man um den Block herumgehen musste, um dorthin zu gelangen. Franz blieb vor einer Feuertür stehen. Es war die Türe, in die der vermeintliche Täter damals verschwand. Momente später rief ihn Max zu sich, der bereits um die Ecke verschwunden war. Mit dem Finger zeigte dieser auf den Eingang B.

Jetzt wurde es schwieriger. Zahlreiche Senioren vertrieben sich die Zeit nach dem Mittagessen, entweder mit Gehhilfe oder ohne, rauchend oder schwatzend vor dem Gebäudeeingang.

»Und wer ist jetzt Frau Zapfenmann?«

»Fragen kostet nichts.«

Büchele beugte sich zu Max und begann zu flüstern.

»Die sitzen fast alle im AOK-Chopper. Und nachher denken die noch wir würden sie stalken. Warten wir noch fünf Minuten. Vielleicht lichtet sich das Feld. Dann können wir noch immer fragen.«

Max nickte.

Die Zeit verging und es schien ein Kommen und Gehen zu sein. Plötzlich trat eine Frau mit Gehhilfe an den Aschenbecher heran, um sich eine Zigarette anzuzünden. Max zog zufällig den Rauch, den die Dame neben ihm ausgeatmet hatte durch die Nase ein und stutzte. Jetzt zog er Franz etwas zur Seite und flüsterte.

»Ich hab's gerochen. Die alte Dame mit Krückstock kifft. Ehrlich Franz, die kifft«, tat er entrüstet.

»In dem Alter?«, kam es etwas misstrauisch von seinem Kollegen.

»Franz, ich schwöre. Ich rieche doch den Geruch von Gras. Riechst du es nicht?«

Desinteressiert winkte Franz ab.

»Es gibt Wichtigeres.«

Das Feld vor dem Eingang hatte sich gelichtet. Nur noch zwei Herren und zwei Frauen befanden sich im Eingangsbereich. Franz wandte sich den Damen zu.

»Ist eine Frau Dorothea Zapfenmann anwesend?«

Sofort kam es von der Dame, bei der Max den Cannabisduft vernahm.

»Wer möchte dies wissen?«

Büchele hob seinen Hut an.

»Kommissar Büchele. Und wer sind Sie, wenn ich fragen darf?«

Die Dame stellte ihren Stock in die Ecke und trat einen Schritt auf Büchele zu.

Sie hob ihre Hand an und streckte sie ihm entgegen.

»Dorothea Zapfenmann. Aber jeder hier nennt mich Dorle. Angenehm Ihre Bekanntschaft zu machen, Herr Büchele.«

»Ganz meinerseits. Und neben mir, der smarte Typ ist mein Kollege Hauptkommissar Krüger.«

»Sie hatten um ein Treffen gebeten?«

Frau Zapfenmann lachte ihn an, bevor sie ihm ihre Zigarette reichte.

»Möchten Sie auch ein Zug, Herr Kommissar?«

»Nein, danke! Aber erzählen Sie doch, weswegen baten Sie uns zu diesem netten Stelldichein?«

Dorothea Zapfenmann zog tief an ihrer Zigarette.

»Ich habe mir so meine Gedanken gemacht.«

»Soso.«

»Ja, vielleicht kann ich Ihnen etwas über die verstorbenen Damen erzählen. Wissen Sie Herr Kommissar, erst jetzt tauchte bei mir ein absurder Gedanke auf.«

»Absurd? Weshalb und was?«

»In unserer Gymnastikgruppe waren auch Bettina Schopp und Rosi Fischstein von gegenüber. Und die hatten trotz wechselndem Personal, immer einen guten Draht zur Trainerin Frau Ziegler und einem der Pfleger. Na ja, dessen Namen ist mir leider entfallen. Tut mir leid. In der Regel ist mir das Gequatsche der alten Hennen ja egal. Aber die verstorbene Bettina hat immer was von Geld in Fonds einbezahlen und GG auf Schiffünscheln gefaselt.«

Büchele verbesserte sie.

»Sie meinte bestimmt die Fidschiinseln.«

»Oder so«, tat die Dame ihren schwäbischen Slang ab.

»Gnädigste, dies war doch bestimmt ein Scherz, oder?«
Selbst Max glaubte bei diesen Ausführungen an Humbug.

»Herr Büchele, das Personal hatte buchstäblich Brummhummle im Arsch. So sagt man doch, wenn jemand alte Weiber umgarnt, oder? Und der hübsche Mann, ich glaube den habe ich schon öfters hier gesehen, kam nicht nur so zu Besuch.«
Büchele war schockiert.

»Sie glauben …?«

»Was ich glaube ist nicht wichtig. Was ich Ihnen beweisen kann ist viel wichtiger.«
Franz nahm seinen Hut vom Kopf und wische sich den Schweiß von der Stirn. Frau Zapfenmann zog wieder an ihrer Zigarette, bevor sie mit ihren Ausführungen fortfuhr.

»Es gibt einen kleinen, aber unscheinbaren Beweis für die Dinge, die ich gehört habe. Ok, alles kann ich nicht bezeugen. Ist ja auch viel Hörensagen dabei. Aber dies hier ist doch ein Beweis.«
Sie zog aus ihrer Brusttasche eine Zigarettenschachtel, die schon bessere Tage gesehen hatte. Öffnete sie und zog hinter den Zigaretten, ein kleines, graues Papier hervor.

»Hier haben Sie Ihren Beweis.«
Franz griff danach und öffnete das Papier, welches

wohl ein Teil eines größeren Stück Papiers gewesen sein musste. Man erkannte unschwer die Abrisskante. Max begab sich hinter seinen Freund und Kollegen und wartete bis dieser alles geöffnet hatte. Sie sahen sich an. Da kam nichts zum Vorschein, was sie zu Jubelschreien bewog.

»Ist das alles? Eine kurze Zahlenfolge. Die Buchstaben GG, daneben 15.000 Euro in Fonds einzahlen und mehr nicht?«

»Drehen Sie es um.«

Büchele tat wie angewiesen.

»Ok, ich kann Fidschiinseln lesen und weiter?«

Dorothea Zapfenmann wurde wütend und klopfte mit ihrer Gehhilfe auf den Asphalt.

»Sie vernagelter Bürohengst. Erkennen Sie als Menschenkenner, den Zusammenhang nicht?«

Franz schüttelte den Kopf.

»Tut mir leid. Nein.«

»Herr Kommissar. Die Damen hatten Kohle und wie ich es sehe hat jemand ihnen schöne Augen gemacht und abgezockt. Was das Ableben betrifft, da bin ich auch noch nicht soweit«, tat sie jetzt etwas verwirrt.

»Und das GG steht wohl für einen Ort, oder Namen. So vermute ich.«

Max mischte sich ein.

»Kann ja auch die Abkürzung für einen Schlagerstar stehen.«

Dorothea pflichtete ihm bei.

»Zum Beispiel.«

Sie wusste nicht, dass sie sich soeben ein Eigentor

geschossen hatte. Büchele versuchte sie zu beruhigen und nahm ihre Hand.

»Frau Zapfenmann wir gehen dem nach. Versprochen.«

Büchele suchte nach einer Ausrede, ohne überheblich zu wirken. Musste er aber nicht. Wie aufs Stichwort erschien eine Pflegerin, die Frau Zapfenmann zum Canasta Spiel abholte.

Die Beamten drehten und wendeten den Zettel ohne den Gedanken loszuwerden, dass die Dame doch Recht haben könnte.

»An die Banken im Ausland kommen wir nicht ran. Aber wer oder was ist GG?«

Max ließ der Gedanke nicht los. Im Präsidium angekommen, ließ er alles untersuchen. Und auch hier zeigten sich einige Übereinstimmungen zum Mord im Seniorenstift. Eine DNA war von einer der Leichen, sowie eine weitere DNA von einer noch immer fremden Person. Auch die Bank gab es. Aber weder Kontoinhaber noch Transfer konnten ermittelt werden. Dennoch wurden einzelne große Geldbeträge von den Frauen, noch zu Lebzeiten, auf ein Nummernkonto transferiert. War Frau Zapfenmanns Aussage doch wahr?

Max benachrichtigte Sonja Pfeiffer per Mail. Aber auch sie hatte Neuigkeiten, die ihn beim jetzigen Wissensstand zutiefst beunruhigen würden.

Am folgenden Abend musste Max noch einen Zeugen befragen, was gang und gebe war. Nun ja, meistens kamen die Personen ins Präsidium, aber es war der

Landwirt Erich Bogner, der eher etwas abseits seinen Hof hatte. Darüber hinaus standen in den nächsten Tagen die Vorbereitungen zur Weinlese an. Somit bemühte sich Herr Bogner wohl kaum in Richtung Heilbronn. So war es eine übliche Gepflogenheit, dass die Beamten einzeln oder zu zweit, die zu vernehmende oder befragende Person aufsuchten.

Hier sollte erwähnt werden, dass das Anwesen sprichwörtlich auf Kommissar Krügers Heimweg lag. Danach lag nur noch die kurze Fahrt zu seiner Frau Babsi an, die mit dem Abendessen wartete.

Die Befragung dauerte keine 30 Minuten. Und Krüger lief anschließend schnellen Schrittes auf sein etwas abseits geparktes Auto zu.

»Verdammt!«, zischte Max, als er dort ankam. Er hatte einen platten Reifen. Kopfschüttelnd lief er zum Kofferraum.

»Auch noch Reifen wechseln. Wieso passiert das immer mir und nicht Franz mit seiner alten Karre?«

Im Kofferraum lag ein kleiner Karton, dem er keine Beachtung schenkte. Kopfschüttelnd schob ihn Max achtlos in den hinteren Bereich, um an die Klappe für das Reserverad heranzukommen. Kaum hatte er die Abdeckung entfernt, sah er oben aufliegend einen gelben Zettel, der persönlich an ihn gerichtet war.

Guten Abend Kommissar Krüger, stand da geschrieben.

Krüger sah sich um, bevor er weiterlas.

Forschen Sie doch mal unter "Der Tod beendet dein Leben, aber nicht deine Beziehung" nach. Aber nicht den Hinweis oder besser ausgedrückt, das Geschenk im Kofferraum vergessen. Liebe Grüße und viel Spaß beim Reifenwechsel GG.

Krüger sah sich hektisch um. Riss den Wagenheber und den Ersatzreifen aus der Mulde, warf beides vor sich auf den Boden und atmete erst jetzt kräftig durch.

Geschenk, welches Geschenk, dachte sich Krüger und sah wiederholt in den Kofferraum. Der Pappkarton. Er sah ihn sich genauer an. Seitlich befand sich ein übergroßer Smiley-Aufkleber, der ihn angrinste, aber ihm so noch nicht aufgefallen war. Auch Kollegen benutzen diesen Dienstwagen und da war es nicht absonderlich, wenn hin und wieder jemand damit Betriebsutensilien transportierte. Lediglich ein kleiner Klebestreifen hielt den oberen Deckel zusammen. Krüger dachte sich nichts dabei und riss ihn ab.

Wie aus einer Zauberkiste, sprang ihm eine Maske entgegen, die sich wohl jetzt erst entfaltet hatte. Eine Schweinekopfmaske aus Silikon.

Krüger bekam einen Schreck. Vorsichtig hob er die Maske an.

Der restliche Inhalt schien sehr signifikant zu sein. Ein Skalpell mit abgebrochener Klinge, sowie zwei Münzen, die denen ähnelten, wie sie an alten Spielautomaten aus den siebziger Jahren verwendet wurden, lagen auf dem Boden des Kartons.

Er griff zum Telefon, um Büchele anzurufen. Dies war aber von vornherein ein zum Scheitern verurteiltes Unterfangen. Er wusste doch zugut, dass Franz sein Telefon in die unterste Schublade seines Schreibtisches verbannt hatte.

»Franz, du Idiot. Jetzt wo ich dich dringend benötige hast du dein scheiß Handy nicht dabei. Fuck!«, schimpfte er. Es half alles nichts. Radwechsel war angesagt. Von zuhause aus würde er seinen Kollegen kontaktieren und auf den ominösen Pappkarton hinweisen. Es war ja nicht der erste seiner Art.

Gesagt getan. Nach kurzem abendlichem Telefonat versprach Franz, am folgenden Tag sich darum zu kümmern, nicht ohnehin seinen Partner darauf hinzuweisen, dass er Fahrdienst hatte und ihn ohnehin abholen würde.

Krüger schien dies nicht genug zu sein.

»Franz, ich bin in zwanzig Minuten bei dir.«

Mit hohem Tempo bog Krüger auf das Anwesen der Weinvilla Fischer ein, und kam kurz vor den Beinen seines Kollegen Büchele zum Stehen, der ihn bereits auf dem Hof erwartete.

»Geht's noch? Wir haben Feierabend! Hat es nicht bis morgen früh Zeit?«, monierte Franz. »Haben wir keine Privatsphäre?«

Hinter ihm trat Brigitte aus der Tür, dicht gefolgt von Gisela, die ihre Arme vor ihrem üppigen Busen verschränkte.

»Franz, bin ich im falschen Film?«

Kopfschüttelnd bewegte er sich zur Beifahrertür und griff sich den Karton vom Sitz, den er wieder verschlossen hatte. Ohne ein Wort warf er ihm Franz zu.

»Mein aufgeblasener, arroganter Chef, mache ihn auf!

Du kannst ihn aber auch erst morgen öffnen. Wie es Hochwürden beliebt.«

Max tat eine abwertende, ja schon lächerlich wirkende Handbewegung.

Gisela mischte sich ein.

»Jetzt mach schon was Max sagt!«, frotzelte Gisela.

»Ja mach auf!«, kam es jetzt auch von Brigitte.

»Max hat dir oft geholfen und du kommst auf deiner doofen Schiene daher. Privatsphäre. Wo haben wir hier alle eine Privatsphäre?«

Gisela drehte sich um und ging mit Brigitte zurück ins Haus.

Sie verpassten Sekunden später einen der lustigsten Momente des Tages. Büchele erging es wie Krüger. Kaum hatte er den Klebestreifen entfernt, sprang die zusammengefaltete Gummimaske in Form eines Schweinekopfes heraus. Büchele zuckte kurz zusammen. Wobei man nicht verhehlen kann, dass dieser Moment, sichtliche Genugtuung in Krügers Gesicht zauberte.

»Godd verdammt. Heidabimbam Saggzemend abbr au. Henn mir scho Fasnedd?«, begann Franz zu fluchen.

»Wenn du so genau fragst, muss ich es verneinen. Aber in vier Wochen ist Halloween.«

»Du moinsch des Halloween, wo die Kinder vor der Tür rumlungern und betteln. Süßes oder Saures?«

Max begann zu lachen.

»Auch wenn du als alter Erzbachl, den Sinn nicht genau verstanden hast. Ja. Aber sehe dir den Inhalt im

Karton an. Du wirst verblüfft sein.

Franz sah hinein.

Max wurde noch deutlicher.

»Der Karton war im Kofferraum dieses Wagens.«

»Das bedeutet aber, jemand kommt einfach so aufs Präsidium und stellt den Karton in den Kofferraum?«

»Franz, so oder so ähnlich.«

»Eine Schweinekopfmaske, ein Skalpell. Das übrigens abgebrochen ist. Münzen von einem alten Spielautomaten. Und zudem wusste derjenige auch noch, dass du den Wagen fahren würdest. Zumindest deutet der Zettel darauf hin. Und dann noch das GG. Wie wir wissen, hatten wir es ja schon mal. Oh ha. Nicht zu vergessen der Satz, forschen Sie doch mal unter „Der Tod beendet dein Leben, aber nicht deine Beziehung", nach. Aber nicht den Hinweis im Kofferraum vergessen.«

»Franz, woher weiß derjenige dies alles. Und was möchte er mit GG sagen?«

»Bin ich Hellseher? Dann wäre ich nicht bei der Polizei sondern auf der Kirmes.«

»Moment, Moment«, unterbrach ihn Max.

Krüger lief zum Auto und holte das Fahrtenbuch heraus.

»Das Auto kam vom after sales service.«

Büchele sah ihn überrascht und verwirrt an.

»Woher kam das Auto?«

»Vom after sales service. Ach so du kosch jo net so gut Englisch. Hab ich vergesse. Sorry. Des Autole kam erst heute Mittag vom Kundadienschd.«

»Sags doch glei«, tat Franz als hätte er es auch so gewusst.

»Dann muss es da geschehen sein. Stand dein Termin für heute Mittag beim Bauer Bogner schon fest, oder war er eher spontan?«

»Ne, ich habe es vor zwei Tagen in den Fahrtenplan eingetragen.«

Franz wurde bleich.

»Verdammt. Dann war derjenige bei uns auf dem Stock.«

Max begann an der Behauptung zu zweifeln.

»Demnach hätte derjenige, eine Einlasskarte benutzen müssen. Und die sind nicht so leicht zu bekommen.«

»Vielleicht hat er eine?«

»Aber von wem?«

Sekundenlang sahen sich die Beamten entsetzt an. Die Situation schien ungeahnte Kreise zu ziehen.

Beide Beamte waren die ersten, die im Dezernat ihre Schicht begannen. Mit dem Pappkarton in Händen, betraten sie das Dienstzimmer. Nur noch Sonja, sowie zwei ihrer Mitarbeiter waren noch von der Nachtschicht übrig. Alle anderen hatten sich schon auf den Heimweg begeben.

Sonja hatte sie bemerkt. Freundlich wie immer kam sie ihnen entgegen.

»Guten Morgen, Kollegen. Ihr könnt übernehmen. Ich verkrümle mich auch gleich. Ich bin hundemüde.«

Max lächelte sie freundlich an. Für sie kam es etwas zu gespielt rüber.

»Max, ist was? Stimmt was nicht?«

Max verneinte ihre Frage, obwohl ihm etwas auf der Zunge lag, dessen er sich in diesem Fall besser verkniff. Wusste er doch, dass Franz damit gleich loslegen würde. So kam es auch.

Sonja wandte sich augenblicklich Franz zu, der schnurstracks seinen Hut auf seinen Schreibtisch beförderte, und den Karton aus dem Dienstwagen mit einem, für ihn typischen »Da haben wir den Salat«, ebenfalls auf den Tisch beförderte.

»Kollege Büchele«, fing sie unumwunden an.

»Habt ihr Beide mir was zu erzählen?«

Franz sah seine Kollegin mit ernster Miene an. Mit dem Finger zeigte er auf den Karton.

»Sieh rein, los mach!«, drangsalierte er sie ohne konkret zu werden. Sonja öffnete den Klebestreifen.

Auch ihr sprang die Schweinemaske aus Silikon entgegen. Erschrocken wich sie zurück.

»Franz, ich bin hundemüde und nicht gerade besonders aufnahmefähig. Sorry, aber deine komischen Späße hab ich zum Kotzen ….«

Franz unterbrach sie, griff stillschweigend nach ihrem Arm, und erklärte ihr in leisem Ton den Sachverhalt. Wobei er das wie und woher besonders ausschmückte.

»Franz, komm auf den Punkt!«

In diesem Moment kamen einige Mitarbeiter, unter ihnen Lilly und Rainer, durch die Türe.

Franz holte sich einen Stuhl vom Nachbartisch und forderte Sonja auf sich zu setzen. Noch nie hatte er jemandem einen Stuhl angeboten, schon gar nicht vor seinem Schreibtisch. Max wusste was Franz vorhatte und winkte stumm Lilly und Rainer an den Tisch.

Die Beiden schienen frohgelaunt zu sein, schon deswegen holten beide tief Luft, um ein guten Morgen loszuwerden. Franz hielt sich den Zeigefinger vor den Mund, was wohl so viel bedeutet wie mucksmäuschenstill zu sein. Lilly nickte ihm stumm zu, als Zeichen, dass sie verstanden hatten. Auch sie holten sich Stühle und rutschten so nah wie möglich an Bücheles Schreibtisch.

Franz sah sich um, so als wäre die STASI anwesend. Sofort begann er zu flüstern.

»Wir haben bei uns einen Maulwurf im Polizeipräsidium.«

Rainer kicherte unwissend leise.

»Nein nein, ich hatte im Asservatenraum und im

Aktenkeller schon ein paar kleine Mäuse gesehen, aber noch nie einen Maulwurf.«

Büchele sah ihn ernsthaft an. Scheinbar hatte Rainer das metaphorische Wort, im übertragenen Sinne, nicht verstanden. Lilly verdrehte die Augen, während sie ihm mit dem Ellenbogen einen Seitenhieb in seine Rippen verpasste.

»Aua. Was denn? Es gibt vermutlich keinen Maulwurf im Keller. Liege ich da so falsch?«

Max mische sich ein.

»Rainer, du bisch en goddsmillionischr Bachl.«

Irritiert sah Rainer Lilly an.

»Max hat Recht. Höre einfach zu, du Nerd.«

Franz begann wieder zu flüstern.

»Irgendjemand hier aus dem Präsidium hat Zugang zu unserem Dezernat. Aber dies wäre unser kleinstes Problem. Die Person, ich sag es mal unumwunden, die Person spielt mit uns.«

Rainer sah sich um. Auch Sonja ließ ihren Blick durch das Zimmer gleiten.

»Der, oder diejenige, kommt mit oder ohne Erlaubnis an unsere Daten. Haben wir etwa ein Datenleck?«

»Unmöglich!«, protestierte Rainer, der für die Software zuständig war.

Sonja sah Rainer an.

»Hast du als Hackerspezialist nicht gesagt, wo es ein Sicherheitssystem gibt, da gibt es auch einen Schlüssel dazu. Das wäre, wie wenn jemand eine Tür absperrt und du gehst mit dem Dietrich ran.«

»Stimmt«, gab er jetzt unumwunden zu.

»Leute, ich rede nicht von einem Computer, oder so. Ja, vielleicht ein bisschen. Aber jemand hat gewusst, mit welchem Fahrzeug und wann genau Max zum Bauern Bogner fahren würde. Zusammenfassend gehe ich davon aus, dass jemand mit einer Schlüsselkarte sich hier frei bewegen kann. Oder wie auch immer.«
Lilly streckte die Hand nach oben.

»Lilly, hast du eine Anmerkung?«

»Franz, wenn dem so wäre, rein hypothetisch gesprochen, so müsste derjenige von einer der Kameras im Flur und im Eingangsbereich gefilmt worden sein. Richtig?«
Franz nickte vorsichtig und führte weiter aus.

»Was wenn es ein Beamter ist?«
Max machte sich lustig.

»Ich würde da auf unseren Staatsanwalt Krümmbusch tippen. Aber der ist ja seit zwei Wochen in Hawaii. Auf Fortbildung wie er es nannte. Der kommt kaum infrage.«
Franz rügte jetzt auch seinen Partner Max.

»Bleib sachlich. Nur die Leute im Präsidium wussten von deiner Tour. Wer auch immer. Derjenige möchte uns mit den Kürzeln GG entweder in die Irre führen, oder uns etwas mitteilen. Finden wir den Schweinehund. Vermutlich weiß er, wer für die Morde verantwortlich ist.«
Nebenbei strich sich Sonja übers Haar.

»Dir ist schon klar, dass derjenige sich auf dünnem Eis bewegt. Schnappen wir ihn, so ist er seinen Job los. Von den Konsequenzen ganz zu schweigen. Der macht sich keinen Kopf über unsere Entschlossenheit ihn zu finden, oder?«

Rainer überlegte kurz.

»Ihr habt schon verstanden, wenn jemand uns unterwandert, dann muss derjenige entweder clever oder dumm sein. Ich tippe mal auf ersteres, sonst hätten wir ihn ja schon.«

»Schlaumeier«, kam es von Franz.

»Sonja, du könntest deine Truppe sensibilisieren.«

Sonja lachte laut.

»Klasse, sag du mir wem ich trauen kann?«

Es wurde still.

Max brach die Stille durch ein kleines Hüsteln auf.

»Sichten wir doch was wir haben. Rainer und Lilly, ihr kümmert euch um das elektronische Gedöns. Franz und ich kümmern uns um diejenigen, die vorsichtig gesagt in unserem Fokus stehen.«

Jeder stimmte Max zu. Nur Sonja hatte noch eine Bemerkung.

»Und ich fahre heim und schlafe mich erst mal aus. Tschüss Leute, bis später.«

Sie hatten während ihres Gespräches nur eines nicht bedacht. Das Dienstzimmer hatte sich zunehmend mit Beamten gefüllt, ohne dass sie es bemerkt hatten. Es war ja schon Arbeitsbeginn. Und jeder stand unter Verdacht der Maulwurf zu sein.

Der Fall Seniorenstift schien aus dem Ruder zu laufen. Viele Spuren, aber keine Tatverdächtigen.

Selbst nach einer Woche schien alles noch auf dem alten Stand zu sein. Die Mordkommission fischte im

Trüben.

Büchele ging in sich. Minuten später schupste er Max an, der noch immer damit beschäftigt war, die Liste der Kollegen vom Dezernat abzuarbeiten und auszuschließen.

»Bin beschäftigt!«, kam es von ihm.

Büchele stupste ihn nochmals an.

»Franz, zom Donndrwettr abbr au! Was gibt's?«

»Luscht uff eu Wurst? Fahrn mir zur Wurstbud, hasch Luscht. Ich zahl au.«

Max sah ihn komisch an.

»Seit wann zahlsch du freiwillig?«

»Ich muss mal frische Luft schnappen, sonst dreh ich noch durch. Komm wir gehen.«

Kaum waren sie unten im Hof, tippte jemand Büchele von hinten auf die Schulter.

»Wohin des Weges? Könnt ihr uns mitnehmen?«

Büchele und Krüger drehten sich um. Babsi und Brigitte standen hinter den beiden Männern. Ganz erschrocken faselte Büchele etwas.

»Brigitte, du hier, was treibt die Starreporterin vom Ländle TV in unser Präsidium?«

Zeitgleich kam von Krüger ein: »Babsi, was machst du hier? Dachte du wolltest heute die Oma besuchen?«

Babsi winkte ab.

»Ich hatte mich mit Brigitte über WhatsApp unterhalten und dabei sind wir drauf gekommen gemeinsam zu Shoppen. Und zeitgleich haben wir einen Schlenker zu euch gemacht. Ist doch prima, oder nicht?«

Auch Brigitte warf gekonnt mit Schmeicheleinheiten um sich.

»Ach so, bevor ich es vergesse, Franz. Danke, du bist ein ganz Lieber. War zwar nur eine kleine Aufmerksamkeit, aber immerhin.«

»Immerhin was?«

Brigitte zog einen handflächengroßen Smiley-Aufkleber aus ihrer Tasche, auf dem jemand Küsse aufgemalt hatte und überreichte ihn Franz.

»Lag auf meinem Autodach heute Morgen.«

Schon als Büchele das Smiley sah wurde er ungehalten. Franz griff nach dem Aufkleber, obwohl er wusste was dies zu bedeuten hatte. Er versuchte abzulenken.

»Der kommt nicht von mir. Sorry, da musst du einen weiteren Verehrer haben, von dem ich nichts weiß.«

Brigitte kannte Franz nur zu gut. Fragend sah sie ihn an. Aber erst als sich ihre Blicke trafen, hoffte sie auf eine ausreichende Erklärung, die so nicht kam.

»Geht ihr mit zur Wurstbude? Ist ja schon fast Mittag.«

Die Frauen nickten übereinstimmend. Wieder hatte sich der Kriminalbeamte gekonnt aus der Affäre gezogen.

Der Mittag verlief harmonischer als gedacht. Brigitte fragte nicht weiter nach, und Franz kam somit nicht in Erklärungsnot.

Selbst Babsi fand die Idee ihrer Freundin einen Shoppingtag einzulegen grandios. Liebevoll legte sie vor dem Essen ihren Arm um ihren geliebten Mann und küsste diesen liebevoll. Franz schien dies peinlich zu sein.

Brigitte räusperte sich kurz.

»Franz, wolltest du nicht mal am Wochenende bei mir nach Dienstschluss vorbeisehen?«

»Wieso, geht etwas nicht, oder worum genau geht's?« Büchele vermieste ihr die Laune.

»Wenn du so fragst. Wir könnten einen Wein trinken, oder Schach spielen.«

»Ein Wein wäre nicht schlecht. Und wenn du Knabberei bereitstellst, bin ich dabei. Sagen wir Freitagabend?«

Brigitte legte ein verschmitztes Lächeln auf.

»Herr Kommissar, ich bin dabei. Sagen wir 20 Uhr?« Franz überlegte.

»Fahren wir dann gemeinsam von der Weinvilla los, oder jeder für sich?«

Wütend schlug Brigitte auf den Tisch. Max und Babsi zuckten zusammen. Während Franz genüsslich von seiner Rindsbratwurst abbiss.

»Kommissar Franz Büchele!«, kam es energisch von ihr.

»Du versaust uns die ganze Romanze. Du bisch an dumma Baurameggl!«, fluchte sie urplötzlich auf schwäbisch. Wobei sie es ja war, die keine Silbe je in dem Dialekt gesprochen hatte.

Franz fiel der Kinnladen nach unten.

»An kloinr Hafa laufd schnell über. Oder net?« Mehr war nicht zu vernehmen.

Franz verhielt sich an diesem Tag eher zurückhaltend. Da er wohl dieses Mal die Gefühle seiner Freundin zum äußersten strapazierte.

Zwanzig Minuten später verabschiedeten sich die beiden Frauen, um ihre angedachte Shoppingtour fortzusetzen. Dies schien Büchele ungewollt zuzuspielen.

»Franz, was sollte das werden. Habt ihr Stress miteinander?«

»Ach wo. Ich lasse mich nur nicht in ein Raster zwängen. Verstehst du?«

Max sah ihn ungläubig an.

»Du und kein Raster. Da lach ich doch. Schon wenn jemand seine Kleidung an deinen Hutständer hängt, bekommst du die Krise.«

Franz wiegelte mit einer Handbewegung ab.

»Das sind Kleinigkeiten.«

»Jetzt hör aber auf. Du bekommst schon einen Anfall, wenn jemand auf deinem Parkplatz steht. Der übrigens nicht mit dem Namen Franz Büchele markiert ist.«

Unbeeindruckt sah Franz ihn an. Max wusste hier war Hopfen und Malz verloren. Und jede weitere Debatte verschwendete Zeit.

Am Nachmittag des gleichen Tages schien etwas Ruhe in die Abteilung eingekehrt zu sein. Franz beschloss, die ganzen Morddelikte, nochmals aus einem anderen Blickwinkel zu interpretieren. Wie von der Tarantel gestochen schritt er auf Max zu, der eben an einem Bücherregal hantierte.

»Ich fahr nochmals zum Seniorenstift Neckarwasser, kommst du mit?«

»Sorry Partner, kannst du allein gehen? Ich muss mit Lilly nachher zu Fröschle in die Pathologie. Sie möchte etwas mit einem neuen Gerät für Fingerabdrücke ausprobieren. Keine Ahnung was. Aber wenn deine Sache wichtiger ist, komme ich gerne mit dir mit.«

Franz griff Max tätschelnd auf die Schulter.

»Kriege ich auch allein hin. Dauert nicht lange und ich bin wieder hier. Bis später.«

Im Seniorenstift Neckarwasser angekommen, gingen Büchele seltsame Gedanken durch den Kopf. Neun Wochen waren verstrichen und niemand hatte auch nur ansatzweise die Lösung für die seltsamen Morde. Was das Tatmotiv anging sah es düster aus. War es Mord aus Habgier, Leidenschaft oder Hass? Es war an der Zeit den Tathergang, die Art der Morde und auch die Tatzeit in ein neues Licht zu rücken. Franz schien mit dieser Aktion genau dies zu vollziehen. Ein einfacher Besuch sollte es werden. Danach die Sache neu überdenken und einordnen. So Bücheles Hypothese.

Mit einem Ruck öffnete er die Tür zur Pforte und sah sich genauestens um. Hob seinen Hut zum Gruß an und schritt durch das Portal, welches er bereits durch die Ermittlungen kannte. Viele der Bewohner hielten sich im Foyer auf. Oftmals wurden sie durch freundliches Pflegepersonal begleitet und unterstützt. Bei Büchele sträubten sich die Nackenhaare wie bei seiner Katze. Unbehagen, ja schon etwas Angst machte sich breit. Es war die Angst vor dem alt werden. Plötzlich ertönte eine Stimme aus dem Lautsprecher.

Jemand forderte die Teilnehmer des Häkelkurses auf, beim Erscheinen doch die Vorlagen nicht zu vergessen. Topflappenhäkeln für den Weihnachtsbasar war angesagt.

Franz schüttelte den Kopf.

Ohne große Verzögerung begab er sich über die Treppe zum oberen Stockwerk. Dort angekommen lief er den Flur entlang. Blieb stehen, sah nach links. Zückte sein Notizheft und fluchte laut.

»Heiliger Bimbam, die haben ja einen Aufzug!«

Neben ihm tauchte eine Heimbewohnerin auf. Sie empfand den Ausspruch von Büchele etwas ungestüm.

»Junger Mann …«, dabei fuchtelte sie mit ihrem Stock vor Bücheles Nase herum.

»… noch nie einen Fahrstuhl gesehen? Und noch etwas. Hier wird nicht geflucht. Wir sind hier nicht asozial und gebrauchen solche Schimpfwörter nicht, verstanden?«

Franz verzog unwillig das Gesicht und nickte nur. Kaum war die alte Dame aus seinem Blickfeld verschwunden, wurde er schnippisch.

»Alte Schachtel.«

Franz konnte sich an den besagten Tag seines Einsatzes im Seniorenstift Neckarwasser noch gut erinnern. Aber an dem Tag, an dem alles nachgespielt wurde, er einen Schlag auf den Kopf erhielt, noch besser. Und hier hatte er ein unscheinbares Detail nur unterbewusst wahrgenommen. Der Fahrstuhl, fuhr es ihm durch den Kopf.

Er blickte zur anderen Seite des Aufgangs. Genau dort

geschah es. Franz rannte zur gegenüberliegenden Treppe. Hechelnd kam er an. Stolperte mehr als zu Laufen die Stufen hinab ins Erdgeschoss, und blieb keuchend vor einer grün gestrichenen Notausgangstüre stehen.

»So ein Scheiß!«, fluchte er wieder.

Hier war in der Nacht der Täter reingekommen und rausgekommen, als Büchele den Unbekannten erblickte. Was Büchele aber von weitem nicht erkennen konnte, war der Aufzug. Der befand sich nicht am Eck der Wand, sondern in einer anschließenden Nische. Ein nicht ganz unwichtiges Detail.

Büchele war bei der Verfolgung um die Ecke gekommen und einfach dran vorbei gelaufen.

Mit flinken Fingern kritzelte er etwas in sein Notizheft, währenddessen er sich schnellen Schrittes, zum anliegenden Bau bewegte, ehe er im Betreuten Wohnen verschwand.

»Heilig's Blechle, wusste ich es doch!«

Franz schob den Block in die Tasche und verschwand. Nicht ohne sich vorher gewissenhaft einen Eindruck über den Zustand des Fahrstuhls verschafft zu haben.

Im Präsidium angekommen, lief Max Krüger geradenwegs zu seinem Auto, ohne ihn zu bemerken.

Büchele hupte. Jetzt erst schenkte Max ihm seine Aufmerksamkeit.

Franz parkte neben ihm. Er stieg aus und erklärte Max seine Vermutung, weswegen die Beamten damals den Täter nicht erwischt hatten.

»Und was bringt es uns?«

»Na ja, derjenige kannte sich genauestens aus.«

»Irrtum, Franz. Der wusste nur wo sich der Fahrstuhl befindet. Ich wusste es auch. Nur du, du hast es verpeilt.«

»Du denkst ich …?«

»So habe ich es nicht gesagt. Aber wäre immerhin möglich. Oder nicht?«

»Max, ich glaub ich krieg die Krise. Mein Kollege beschuldigt mich und sagt ich wäre verpeilt? Unglaublich, so ein Schwachsinn. Ich fahre heim. Diesen Unsinn muss ich erst einmal verdauen. Bis Morgen.«

Wütend stieg Franz in seinen alten Audi ein.

Krüger blieb stumm.

Wie sonst hätte er die Situation seinem Freund und Partner erklären sollen? Und wie war stets die Devise seines Freundes: Teile nie aus, wenn du nicht einstecken kannst.

Aber morgen früh würde die Welt bestimmt wieder anders aussehen. Ganz bestimmt.

Eine halbe Stunde später, als sich ihre Wege getrennt hatten, griff Max nach seinem Handy. Aber nur der AB ging ran. Für Max kein Problem. Zügig hinterließ er ihr eine Sprachnachricht.

»Lilly, erklärst du heute Abend deinem Chef, dass wir einen Teilabdruck eines Fingers gefunden haben? Danke. Und hole ihn runter, der ist ganz schön angepisst. Danke.«

Am nächsten Morgen.

An Giselas Frühstückstisch nagte Krügers Behauptung noch immer an Büchele. Sprichwörtlich bärbeißig saß er stumm am Tisch neben Lilly. Kein Piep, kein Ton kam über seine Lippen, währenddessen er mit einem wuchtigen Schlag seinem gekochten Ei das obere Drittel entfernte.

Keiner sprach ein Wort. Selbst die sonst so redselige Profilerin Lilly Hansen tat sich mit Bücheles Schweigsamkeit schwer. Nur Gisela, die eben ein Glas Bienenhonig auf den Tisch beförderte, hielt nichts von dieser Schweigsamkeit.

Ohne jemanden direkt anzusehen begann sie ein unverfängliches Gespräch.

»Brigitte und Babsi waren gestern shoppen habe ich gehört. Soll ganz gut gewesen sein.«

Franz stierte sie wortlos unwillig an.

»Ich denke ich sollte auch mal wieder in die Stadt. Diese Eintönigkeit auf dem Land, zerrt manchmal ganz schön an den Nerven. Vielleicht ist ein Tapetenwechsel angebracht. Wie wäre es Lilly, gehst du an deinem freien Tag mit?«

Noch bevor Lilly antworten konnte fiel Franz ihr ins Wort.

»Gisela, hier ist doch nichts eintönig. Und wieso Tapetenwechsel. Möchtest du umziehen?«

»Ich meinte nur mal was anderes sehen. Andere Menschen, neue Eindrücke sammeln. Neue Einkaufsmöglichkeiten entdecken und so. Unsere Ware für den Wengert müssen wir auch in der Genossenschaft kaufen. Und die ist auch einige

Kilometer weg.«

Das verstand Franz und beruhigte sich wieder.

»Lilly, bevor ich es vergesse. Hast du Rainer die SMS geschrieben?«, fragte Gisela.

Lilly nickte.

»Welche SMS?«, kam es neugierig von Franz.

Lilly winkte ab.

»Nichts Wichtiges. Rainer wohnt doch neben dem Holzmarkt und Gisela benötigt einige Beschläge und Latten für den Hühnerstall, die beim Sturm zu Bruch gegangen sind. Heute ist sein freier Tag und er wollte es ihr bis Mittag bringen. Keine Panik. Ist nix was dich interessieren würde.«

Misstrauisch sah Franz Gisela an.

»Mensch Franz, die Legehennen haben auch ihre Stangen mit Kot und Urin bekleckert. Und mit der Zeit frisst sich das Zeug durch das Holz. Zufrieden?«

Franz wurde ruhiger.

»Bevor ich es vergesse. Franz, kann ich mit dir ins Präsidium fahren, oder holt dich Max ab?«

Franz musste diese Frage gar nicht beantworten. Sekunden später hupte es vor der Türe. Max war eingetroffen.

Lilly stand auf und räumte ihr Geschirr in die Küche und verschwand aus der Türe nach oben. Noch beim Weggehen rief sie Franz etwas zu.

»Bin sofort wieder unten, ich hole nur mein Laptop. Wartet auf mich!«

Franz schüttelte den Kopf. Stand auf und versuchte den Raum zu verlassen.

»Scheinbar sind die jungen Leute immer nur auf der Flucht.«

Gisela, die jetzt allein am Frühstückstisch saß konterte.

»Franz, du ja wohl auch. Nimm gefälligst deinen Teller und die Tasse mit in die Küche. Einfach auf die Spüle stellen. Danke. Oder bist du ein schlechtes Vorbild?«

Murrend räumte Büchele seine Utensilien weg, bevor er sich die Hände im Bad wusch, den Hut vom Haken nahm und mit einem: »Bis heute Abend«, das Haus verließ.

Max war ausgestiegen.

»Guten Morgen!«, tat er überschwänglich.

Franz winkte ab. Er öffnete die Beifahrertür und stieg ein.

Lilly rannte Max entgegen.

»Lilly, du kommst auch mit? Holt Rainer dich nicht ab?«

Lilly sah ihn an.

»Sorry. Hatte vergessen, dass er frei hat.«

Lilly lächelte.

»Zumindest dir ist es nicht entgangen.«

Kurze Zeit später, ging auf der Arbeit wieder alles seinen geregelten Gang. Nur, dass eben Rainer Kaufmann fehlte. Schichtübergabe, Einweisungen und die üblichen Abläufe taten ihr Übriges.

Drei Tage zuvor.

Die Tage glichen sich wie schon so oft. Und derjenige, der die Informationen über den Fall Seniorenstift weitergetragen hatte, schien unauffindbar. Lilly und

Rainer durchforsteten mit ihren Kollegen Datenbanken und Videos. Doch nichts Auffälliges kam dabei zum Vorschein.

Rainer selbst hatte Dateien der Nachtaufnahmen des Flurbereiches im Dezernat auf sein Handy geladen, um sie nach Dienstschluss anzusehen. Wichtige Daten sah er darin kaum. Flurbereich und Eingänge unter Polizisten waren nie effizient. Zumal jeder wusste wo sich die Kameras befanden. Er kam aber nicht dazu.

Freitag, drei Tage später an Rainers dienstfreiem Tag.

Und heute war es soweit. Er hatte frei und konnte für Gisela Kleinigkeiten erledigen.

Der Baumarkt im Industriegebiet, aus dem er Giselas Wunschartikel besorgen wollte, lies Handwerkerherzen höher schlagen.

Das aber war eher nichts für Rainer. Er war der Computerfreak. Mit Holz hatte er wenig am Hut.

Hier wimmelte es nur so von Heimwerkern. Parken vor dem Eingang? Unmöglich. So stellte er seinen Wagen etwas abseits am Straßenrand ab. Die restlichen 300 Meter lief er zum Baumarkt.

Eine Stunde später kam er beladen wieder heraus.

Mit kurzen Leisten und Latten unter dem Arm und zwei Päckchen Schrauben in der anderen Hand, lief er auf sein eigenes, abseits geparktes Auto zu.

Mit dem Kaufbeleg zwischen seinen Zähnen, öffnete er mit einem Druck auf die Fernbedienung, die sich noch immer in seiner Hose befand, den Kofferraum.

Legte die Leisten und die Schachteln hinein und ….

Mit voller Wucht traf ihn etwas Hartes am Hinterkopf.

So dass er mit der Stirn gegen den geöffneten Kofferraumdeckel fiel. Benommen von dem Schlag drehte er sich um. Jemand in einem Kapuzenshirts holte zum nächsten Schlag aus. Wieder traf ihn etwas. Seine Sinne schwanden.

Es vergingen lange Minuten, bevor er mit einer Platzwunde am Kopf wieder zu sich kam. Langsam öffnete er seine Augen und versuchte sich im Dunkeln zu orientieren.

Rainer tastete den Boden, auf dem er lag, ab. Er erkannte die Dinge, die er gekauft hatte. Holz, einen Wagenheber sowie eine Rettungsweste.

Eine unbekannte Schachtel, die ihm im Weg lag, bewegte er hin und her. Ihr Inhalt schepperte laut. Rainer schob sie unachtsam nach hinten. Erst jetzt versuchte er sich keuchend zu beruhigen und wischte sich zeitgleich das Blut, das von dem Schlag herrührte, mit dem Ärmel aus dem Gesicht. Sekundenlang verharrte er in seinen Bemühungen die Lage einzuschätzen. Hektisch suchte er nach seinem Handy. Fehlanzeige.

Rainer dachte nach. Holz, Schachtel, Einkaufskiste?

»Verdammt«, hechelte er.

»Ich bin in meinem eigenen Kofferraum eingeschlossen.«

Panisch versuchte er den Schließzylinder aufzuhebeln. Das Werkzeug, welches er benötigte befand sich aber genau unter ihm in der Reserveradmulde. Er hatte keine Chance daranzukommen. Aussichtslos, er konnte sich kaum drehen. Wie sollte er da an Werkzeug unter sich gelangen?

Er drehte sich nach links, soweit es ging.

»Verdammt, hätte ich nur einen Combi gekauft.«
Rainer fuhr noch ein altes zweitüriges Fahrzeug,
welches weder umklappbare Sitze noch eine Durch-
reiche besaß. Eine Blechwand trennte ihn von den
Rücksitzen.

Jetzt versuchte er sich gegen den Kofferraumdeckel zu
stemmen. Aber das Blech gab keinen Millimeter nach.
Er war gefangen.

Rainer lauschte. Soeben öffnete jemand die vordere
Tür. Rainer begann panisch zu rufen und trommelte
mit den Fäusten gegen die Rückwand. Von vorne
drangen Geräusche an Rainers Ohr. Die Tür wurde
wieder verschlossen. Wurde er entführt?

Er hielt schweißgebadet den Atem an. Wäre dies eine
Entführung, so würden sich wohl gleich seine
Kidnapper mit dem Wagen in Bewegung setzen, um
aus dem Gefahrenbereich zu gelangen. Nichts geschah.
Er verlor dabei auch jegliches Zeitgefühl. Eine Uhr war
für seine Generation, eher ein etwas aus der Mode
gekommenes Relikt der älteren Damen und Herren.
Hatte seine Generation doch diese Anzeige
fortwährend auf dem Handydisplay. Nur genau dies
fehlte ihm. War es bei der Attacke auf ihn aus seiner
Hosentasche gerutscht?

Keine halbe Stunde nach seinen erfolglosen
Bemühungen sich aus seinem Gefängnis zu befreien
wurde Rainer ohnmächtig.

Gisela hatte sich am späten Nachmittag, ohne großen Erfolg, bei Lilly nach Rainers Aufenthaltsort erkundigt. Denn er meldet sich auch auf keinen ihrer Anrufe.

Wieso sie letztendlich Brigitte kontaktierte, war ihr selbst schleierhaft.

»Brigitte, Rainer geht nicht ans Handy. Und dabei hätte er schon am Vormittag mit dem Holz für den Hühnerstall auf dem Hof sein müssen. Kannst du bitte Franz kontaktieren?«

»Weshalb mit Holz für den Hühnerstall? Muss ich das verstehen? Aber ok, hast du Franz in seiner Dienststelle angerufen?«

»Ja habe ich, aber er ist irgendwo unterwegs. Und du weißt ja, er verabscheut Handys. Auf seinem eigenen brauche ich gar nicht anrufen. Bist du so lieb?«

»Ich fahre vorbei, das Präsidium liegt ja auf meinem Weg zum Sender. Kein Thema. Ich rufe dich an, sofern wir was wissen.«

Angekommen ging die Journalistin schnurstracks ins Büro der Mordkommission, um mit Franz zu reden.

Kaum hatte sie die Türe geöffnet, kam ihr Max entgegen. Kein Franz, keine Lilly waren zu sehen.

»Wo sind denn alle hin?«

»Wenn du Franz suchst, der ist beim Friseur in Talheim bei seiner Lieblingsfriseuse Katha. Und Lilly ist in der Forensik unten. Wieso?«

»Rainer fehlt.«

Krüger sah sie an.

»Klar fehlt der hier. Der hat ja auch heute frei.«

»Max du verstehst nicht. Gisela vermisst ihn.«

Max sah auf seine Uhr.

»Seit wann vermisst sie ihn?«

»Weiß ich doch nicht. Ein, zwei Stunden vielleicht?«

»Vielleicht muss er noch was erledigen. Jetzt warte mal noch bis Feierabend. Dann unternehmen wir was. Inzwischen suche ich Lilly. Vielleicht kann sie mir was sagen. Und du fährst brav zu Ländle TV. Ich melde mich bei dir.«

Max griff ihr mit beiden Händen an ihre Hüfte und drehte sie Richtung Ausgang.

»Jetzt mach schon, hau ab. Ich rufe Gisela an. Auch Franz wird bald hier sein. Ich melde mich.«

Als Rainer keuchend im Kofferraum wieder zu sich kam, schien das Industriegebiet zur vorgerückter Stunde wie leergefegt zu sein. Er konnte es ja nicht erkennen, er war eingesperrt im Dunkeln des Kofferraums. Aber draußen wurde es bereits dunkel.

Jugendliche mit Fahrrädern und Skateboards, hatten sich grölend, etwas entfernt von ihm getroffen. Ihr gedämpftes Lachen drang zu ihm in den Kofferraum.

Rainer begann zu schreien und zu treten.

Jemand aus der Runde hatte sein verzweifeltes Rufen, Schreien und Jammern wohl vernommen. Die Stimmen, die er eben noch dumpf und weit weg vernommen hatte, wurden lauter.

Mit letzter Entschlossenheit trat er gegen die Rückwand seines Autos, bevor er blutend und geschwächt ohnmächtig wurde.

Jetzt standen einige Jugendliche um das geparkte Auto

herum auf dessen Dach ein Fahrzeugschlüssel lag. Ihre Stimmen wurden leiser.

Paul, der kleinste von ihnen wies aufs Dach.

»Auf dem Dach liegt ein Schlüssel. Sollen wir aufschließen?«

»Spinnst du!«, kam es von einem der Anwesenden.

»Nachher haben wir die Bullen am Arsch. Und was soll ich meinen Eltern erklären? Eigentlich bin ich bei Josch zum Lernen«, dabei wies er auf einen der weiteren anwesenden Jungs.

Die Gruppe bestand fast nur aus Jungs. Nur ein Mädchen stach mit ihrer roten Lockenpracht hervor. Sie bewegte sich einen Schritt aufs Auto zu.

»Hanna nicht!«, kam es von dem großen Kerl.

»Ihr Jungs, ihr seid doch alle Memmen. Schämt euch. Komm Paul, wir sehen nach, ob der Schlüssel, der auf dem Autodach liegt passt.«

Hanna griff nach dem Schlüssel. Stellte sich, flankiert von den Jung hinter das Fahrzeug und drückte eine Taste. Mit einem Ruck sprang der Kofferraumdeckel minimal auf.

Wie auf ein Zeichen heulten Sirenen auf. Streifenwagen und zivile Einsatzwagen kamen neben der kleinen Gruppe zum Stehen. Beamte sprangen aus ihren Fahrzeugen und schrien etwas von „Hände hoch und nicht bewegen!".

Wie angewurzelt blieben die Jungs und das Mädchen stehen. Selbst Hanna bekam es mit der Angst zu tun und ließ den Schlüssel in ihren Händen zu Boden fallen.

»Wir haben nichts gemacht. Wir wollten nur sehen wer dort schreit«, stotterte sie immer wieder, während sie vom Auto weggebracht wurden.

Lilly und Max stürmten mit gezogener Waffe auf das Auto zu. Selbst Franz, der selten eine Dienstwaffe benutzte, hielt den Lauf seiner Pistole in Richtung Kofferraum, Lilly öffnete ihn ganz langsam.

Heulend und zitternd kauerte Rainer auf dem Boden des Kofferraums. Mit seinen Armen versuchte er noch immer seinen Kopf reflexartig zu schützen, bevor Lilly ihn beruhigend ansprach.

»Rainer, es ist vorbei. Alles wird wieder gut. Du bist ja verletzt.«

Lilly drehte sich kurz um.

»Wir brauchen einen Krankenwagen. Schnell!«

Max schob Lilly sachte beiseite und ging in die Hocke auf Augenkontakthöhe zu Rainer.

»Rainer, kannst du dich bewegen?«

Rainer nickte kurz.

»Hier, nimm meine Hand. Kannst du rauskriechen?«

Wieder kam ein stummes Nicken.

Franz trat an die Seite von Max, während man aus der Ferne das Martinshorn des sich nähernden Krankenwagens vernahm.

Franz zog gemeinsam mit Max seinen jungen Kollegen an die Abschlusskante des Kofferraumes.

»Kannst du die Beine nach vorn bewegen?«

Langsam schob Rainer die Beine aus dem Fahrzeug, ehe die beiden älteren Beamten ihn in die Senkrechte hievten.

Der Krankenwagen hielt neben ihnen und zwei Sanitäter bemühten sich um den verletzten Kriminalbeamten. Sachte wurde er verarztet. Er hatte Glück im Unglück.

Lilly und Franz hielten inzwischen Rücksprache mit den Jugendlichen, die offensichtlich nichts anderes als neugierig waren und auf das Poltern im Wagen reagierten.

Nur die rothaarige Hanna zeigte etwas Mitgefühl mit Rainer und trat an den Beamten heran, der inzwischen am Rande des Krankenwagens verarztet wurde.

Sie machte sich mit einem Zupfen an seiner verschmierten Jacke bemerkbar. Rainer sah sie an.

»Ich kenne Sie zwar nicht, Herr Polizist. Aber es tut mir leid was mit Ihnen geschehen ist. Sorry.«

»Kleine, da kannst du am wenigstens dafür. Ich hätte vermutlich meinen Kopf nicht zu sehr in den Kofferraum strecken sollen«, beschwichtigte er sie.

Kaum war das Mädchen verschwunden, trat Büchele an Rainer heran.

»Rainer, du hast Glück, dass du so viele Freunde hast.«

Rainer versuchte zu kontern.

»Man wird ja nicht jeden Tag entführt.«

Büchele sah, dass Lilly mit Rainers Autoschlüssel auf ihn zulief.

»Irrtum, mein Junge. Du bist nicht entführt worden. Deine Schlüssel lagen auf dem Autodach. Aber die Wunden an deinem Meggel hast du dir ja wohl kaum im Innenraum zugezogen, soviel steht fest. Worauf hat es dein Widersacher abgesehen?«

Rainer schüttelte so gut es ging den Kopf.

»Kein Plan, Chef.«

Jetzt tastete er sich ab.

»Mein Handy. Mein Handy fehlt!«

Büchele haderte.

»Wegen deinem Handy hat dich doch keiner über-
wältigt, geschlagen und in den Kofferraum gelegt. So
ein Schwachsinn.«

Hanna, die abseits stand hatte gelauscht und trat an die
Gruppe heran.

Reumütig gab sie Rainer ein Handy.

»Haben wir dort drüben am Eingang gefunden.
Gehört es Ihnen?«

Rainer nickte.

Zitternd tippte er seinen Entsperrcode ein.

»Scheiße. Die haben die Daten geklaut. Deshalb
wurde ich niedergeschlagen!«

Lilly fragte nach.

»Welche Daten?«

»Die Aufnahmen aus dem Präsidium.«

Büchele rückte ungehalten seinen Hut zurecht.

»Erstens, wie kommt jemand an deinen Entsperrcode? Und zweitens welche Daten?«

»Nichts Wichtiges. Nur kopierte Aufnahmen der
letzten 14 Tage, die ich noch nicht gesichtet hatte. Ich
wollte dies an meinem freien Tag tun. Verdammt und
so ein Entsperrcode ist Pipi. Sowas kann jedes Kind in
zwei Minuten knacken.«

Max entschärfte die Lage.

»Die Daten sind noch auf dem Server. Keine Aufregung. Und wenn dem so wäre, was möchte derjenige damit? Ist er zu sehen? Am besten wir prüfen morgen früh alles nochmals. Und du Rainer bleibst die heutige Nacht zur Beobachtung im Krankenhaus. Wir erledigen die Sache.«

Franz, der neben ihm stand, war von seinem Partner überrascht.

Zwanzig Minuten später standen Franz und Max mit einer Handvoll Latten in Giselas Wohnstube.

»Alles erledigt. Auch Rainer geht es gut. Der hatte nur was anderes geplant. Hier deine Latten.«

Grinsend hielt Franz die Latten Gisela vor die Brust.

»Was soll ich mit denen hier im Haus? Bring sie gefälligst zum Hühnerstall.«

Max und Rainer begannen zu lachen.

Erst Tage später, sollte Gisela die Wahrheit über Rainers Lattenkauf erfahren. Selbst Lilly schwieg zu diesem Zwischenfall. Erst als Rainer mit einem Pflaster am Kopf bei ihr aufkreuzte, trat die Wahrheit ans Licht.

Aber auch eine Woche nach Prüfung aller Fakten, Sichtung der Videos und genauster Betrachtung und Abwägung der Faktenlage, blieb eine Frage offen. Wer war der Maulwurf?

Selbst als Rainer mit einem USB-Stick vor Bücheles Nase herumfuchtelte, schien dies seine Laune nicht zu beeinflussen.

Franz Büchele schien noch der Kommissar zu sein, der etwas Greifbares haben musste, um zu verstehen, wie die Verbrecher tickten. Demgegenüber gab es die Technik, die stets Rainer favorisierte.

Internet, Cyberkriminalität, chemische Analysen und Tatortbeobachtungen wie in CSI.

Franz begab sich sehr oft lieber in das Land der Tatsachen. Spuren, die man sehen konnte und all die anderen Kniffe, die er in seiner langen Dienstzeit sich angeeignet hatte.

Wie ein hypnotisierter Bulle, sah Franz bewegungslos Rainer in die Augen.

»Chef, alles ok bei dir?«

Sekunden verstrichen, bevor Franz reagierte.

»Ja, ja Rainer. War nur mal in eine andere Welt abgetaucht.«

»In eine andere Welt?«, fragte Rainer.

»In meine Dinosaurierwelt von früher. Aber das verstehst du Jungspund ja nicht.«

Schon das Lächeln von Franz verriet dem jungen Beamten, dass sein Vorgesetzter wohl wieder gut gelaunt war.

»Ich habe die Videoauswertungen aller Tage und Nächte zusammengefasst. Von der Mordnacht ausgehend, bin ich mehr als 14 Tage zurückgegangen.«

»Wie zurück?«

»Eben, bevor dies alles geschah.«

»Und danach?«, wollte Franz wissen.

»Da habe ich 10 Tage zugegeben.«

»Ok.«

»Franz, du machst es mir wirklich nicht leicht. Verstehst du mich überhaupt?«

»Ich versteh dich. Ist doch einfach. Du gingst eine Zeitspanne zurück und eine Zeitspanne vor.«

Rainer nickte.

»Und was hast du gefunden?«

»Nichts Außergewöhnliches. Da gab es das Pflegepersonal, die Heimbewohner und Besucher. Eine Putzkolone, die nach Dienstschluss gereinigt hat, aber sonst gab es nichts. Na ja, von einer Elektrofirma mal abgesehen, die in dieser Zeit neue Feuermelder installiert hatte.«

Rainer sah Franz an und wusste was er hören wollte.

»Wir haben die Monteure überprüft. Ein Lehrling und zwei Gesellen. Mehr gab es nicht. Wir haben bei ihnen nichts gefunden.«

»Und unsere Leute?«

Rainer schluckte.

»Du verdächtigst einen von uns?«

»Überprüft, oder nicht überprüft?«

»Dies macht Lilly. Zumindest habe ich das gehört.«

Büchele kratzte sich am Kopf.

»Sag ihr, sie möge jeden prüfen, der unten durch die Pforte kam.«

»Auch dich?«

»Ich hatte doch gesagt jeden. Oder spreche ich spanisch?«

»Ach ja, …«, versuchte Rainer den peinlichen Moment aufzulockern.

»… sollen wir auch den Hausmeister und die Reinigungskräfte nochmals überprüfen?«

»Ich sagte alle! Zumindest alle, die diesen Raum je

von innen gesehen haben. Und da gehören auch die Putzkräfte dazu. Oder nicht?«

Von hinten kam Max auf Rainer zu. Freundschaftlich schlug er ihm auf die Schulter.

»Franz meint was er sagt. Und vergiss den Chef und den Staatsanwalt nicht. Die waren in der fraglichen Zeit auch hier. Nochmals Videos ansehen und sondieren.«

Kommissar Kaufmann schluckte.

»Jede Minute und jeden Tag?«

Franz und Max scheinen zeitgleich zu nicken.

Rainer verstand.

»Ok, ich mach mich dran. Kann aber etwas dauern.«

»Wie es ist, so ist es, du Jungspund.«

Max setzte sich auf die Schreibtischecke zu Franz.

»Was ist mit der Einladung deiner Sportlehrerin?«

»Was soll damit sein?«

»Na, ich dachte wir gehen mal in den Biergarten zu ihr. Du und ich. Versteht sich.«

Dabei zwinkerte Max seinem Kollegen zu.

»Wir haben für so Firlefanz keine Zeit. Und ich habe endlich mal ab Freitag drei Tage frei. Vielleicht fährt Brigitte ja mit mir mal weg.«

»Mit dir? Wohin?«

»Ich dachte in so ein schickes Wellnesshotel.«

»Du und Wellness?«

»Na ja, war eher ihre Idee. Aber noch ist es nicht spruchreif. Es ist ja noch einiges zu erledigen. Und sie kann nicht sagen, ob sie freibekommt. Somit warten wir es ab.«

Max begann zu grinsen.

»Und ich muss heute Abend beim Blumenladen vorbei. Morgen ist unser Hochzeitstag. Du solltest vielleicht auch mal deiner Brigitte Blumen mitbringen. Ist bestimmt eine gute Tat und sie freut sich.«

»Du meinst einfach so Blumen mitbringen?«

»Einfach so mein Freund.«

Das Abstellgleis

Franz schien das Wochenende mit Brigitte genossen zu haben.

Es war zwar kein Wellnesshotel gewesen, aber eine urige Gastwirtschaft mit Fremdenzimmer im Schwarzwald.

Übermüdet von der langen Fahrt, kamen sie Sonntagabend zurück. Franz setzte Brigitte noch daheim ab und tuckerte gemächlich auf die Weinvilla Fischer zu.

Als er ausstieg, wunderte er sich noch über den aufkommenden Wind, der zu dieser Jahreszeit eher untypisch war. Gebannt, mit Blick nach oben, ging er auf die Türe zu, um sie aufzuschließen. Er wurde bereits von Gisela erwartet.

Keine Stunde später, hatte ihn in der Schlafstube die Müdigkeit übermannt.

Am folgenden Morgen 6:10 Uhr

Mit hoher Geschwindigkeit fuhr Max durch das Tor der Weinvilla, bevor er bremsend, wenige Meter vor der Eingangstür zum Stehen kam.

Max stieg aus und lief auf sie zu. Klopfte, schrie und kam erst zur Ruhe als Gisela öffnete.

»Guten Morgen, Gisela. Geht bei euch keiner ans Telefon? Es ist dauernd besetzt. Gisela, ich suche Franz. Wo ist Franz? Wir haben einen Einsatz. Ist er schon von seinem Kurztrip zurück, oder bei Brigitte?«, kam es jetzt eher hechelnd von ihm.

»Jetzt beruhige dich erstmal. Ich hole ihn.«

»Nicht nötig«, kam es von oben. Franz stand in seinem Schlafanzug im oberen Stock an der Brüstung.

»Bei dem Geschrei kann man ja nicht schlafen.«

»Franz beeil dich, wir haben einen Einsatz!«

»Moment, ich ziehe mir was an. Ich bin gleich unten.« Keine zehn Minuten später, saß er bei Max im Dienstwagen. Krüger schaltete das Blaulicht an und gab Gas.

In der Morgendämmerung, was mehr einem Halbdunkel entsprach, wirkte alles gespenstisch, obwohl die ersten Sonnenstrahlen den Tag für sich eroberten.

Franz bewahrte Ruhe. Routiniert griff er nach dem Zettel, den Max am Armaturenbrett befestig hatte. Noch bevor er ihn las, kam seine erste Frage an seinen Kollegen.

»Ist dort unser Einsatzort?«

Max versuchte sich beim Fahren zu konzentrieren. Keine Leichtigkeit. Auch hier im ländlichen Raum waren die ersten Pendler unterwegs.

»Diese Notiz habe ich von der Zentrale bekommen. Und ja, es ist unser Einsatzort. Wir fahren, wenn ich es richtig gelesen habe, in die Emil-Weber-Straße nach Güglingen. Ich weiß wo es ist. Müsste im Industriegebiet sein.«

Es vergingen einige Minuten.

Franz saß auf seinem Platz, ehe er das Blatt Papier genauer gelesen hatte.

»Kannst du dich noch daran erinnern, in welcher

Straße in Güglingen sich der Biergarten von Carina und ihrem Mann befand?«

Max sah kurz zu ihm herüber.

»Ne, ich kann auch nicht in meine Brieftasche sehen. Du hast doch auch so eine Visitenkarte von ihr bekommen. Hast du die nicht mehr?«

Franz tastete nach seiner Geldbörse.

»So ein Mist. Die liegt auf meinem Nachttisch. Ich habe nur den Dienstausweis dabei. Aber ist auch nicht so wichtig. Wird ja nicht bei ihr sein.«

Max drosselte seine Geschwindigkeit und war einem Streifenwagen gefolgt, der wohl auch zum Tatort gerufen wurde. Jetzt bogen sie in die Emil-Weber-Straße ein. 50 Meter weiter standen sie vor der betreffenden Hausnummer.

Die Beamten der Spurensicherung parkten soeben neben ihnen. Die beiden Freunde sahen sich kurz an.

»Wow, ich glaube es ja nicht!«, gab Max von sich.

»Geht mir genauso. Wir stehen vor einem ausgemusterten Personenwagen der Bundesbahn, mitten im Industriegebiet. Ich möchte nicht wissen wie der hierher kam. Moment.«

Franz sah sich um.

»Es sind zwei Personenwagen. Siehst du es?«

Büchele wies mit dem Finger an eine Ecke des vorderen, ausrangierten Wagens.

»Einfach parallel zwei Wagen positioniert und fertig. Clever gemacht. Muss ich schon sagen.«

»Aber wir beide haben es nach Carinas Einladung nicht in den Biergarten geschafft. Nun hoffe ich, da ist nichts schlimmes passiert.«

Max raubte ihm die Illusion.

»Was denkst du? Wir sind nicht von der Sitte- oder vom Einbruchsdezernat. Weswegen glaubst du holen die uns hierher?«

Wortlos stiegen die beiden Beamten aus. Franz schob sich seinen alten Strohhut etwas nach vorn und lief auf die uniformieren Beamten zu.

»Franz Büchele, Mordkommission Heilbronn.«

Der Streifenpolizist, der vor ihm stand, verglich das Foto des Dienstausweises mit Bücheles Konterfei.

»Ist auch schon etwas älter, Herr Kommissar Büchele.«

Franz nickte stumm, als der Beamte ihm den Weg wies.

Jemand von der Forensik, hielt Franz und Max von ihrem Vorhaben den Tatort zu besichtigen ab.

»Sorry, Herr Hauptkommissar, aber jetzt ist erst die Spurensicherung dran. Eine Neurobiologin und der Pathologe Dr. Fröschle sind schon vor Ort. Bitte warten Sie bis die von drinnen uns ein Zeichen geben! Danke.«

Büchele verwunderte diese ihm etwas suspekte Art des Beamten. Aber er wollte wohl keinen Streit vom Zaun brechen und sah sich im Freien um.

Auf dem inzwischen abgesperrten Gelände wurden Scheinwerfer aufgestellt. Max, der neben ihm stand, griff nach Bücheles Hemdsärmel.

»Habe ich richtig verstanden? Eine Neurobiologin ist bei Fröschle?«

»Ja ich weiß. Aber hättest du, anstatt ständig an deinem Handy rumzufingern, auch mal die Memos aus Papier gelesen, wüstest du Bescheid!«

Max tat verdutzt.

»Habe ich was verpasst?«

»Max, dies liegt wohl im Auge des Betrachters.«

»Kläre mich bitte auf.«

»Wir waren doch letztes Jahr in der Rechtsmedizin.« Krüger unterbrach ihn.

»Wir sind sehr oft in der Rechtsmedizin.«

»Ja schon. Damals, als wir nach dem Weg gefragt hatten, hast du dich doch affig mit einer Weißkittelträgerin angelegt.«

»Du meinst die, die mich gefragt hat was wir hier wollen?«

»Genau und die hat sich als Neurobiologin Dr. Stella Krisch vorgestellt. Und im Memo stand was davon, dass die besagte Dame sich im Fach Rechtsmedizin weiterbilden möchte und Bruno an Tatorten vermehrt zur Hand gehen wird.«

»Ach so!«, tat Max jetzt etwas gelangweilt.

Büchele sah an dem Eisenbahnwagen hoch. Mit großen Lettern war das Wort ZUG angebracht.

»Des sieht doch jeder, dass des en Zug isch, oder net?«

Max zuckte mit den Schultern.

»Scho, aber wenn Nichtschwobe komme, isch vielleicht dann besser man schreibt's hin.«

»Auch wieder wahr. Komm wir gehen mal außen rum.«

Langsam umkreisten die Beiden das Areal, als unter Krügers Füßen splitterndes Glas zu hören war. Ruckartig hob er das Bein und sah zum Boden. Jetzt ging er in die Knie und leuchtete mit einer kleinen Lampe dorthin, wo eben noch sein Bein stand.

»Reste von einem Bierglas.«

Büchele ging weiter. Hinten im Biergarten war das Gelände weitreichend mit einem Zaun gesichert. Max leuchtete an die Oberkanten des Abteils.

»Kameras. Vielleicht haben wir Glück. Egal was uns drinnen erwartet.«

Kaum hatten sie das Gelände umrundet, fiel ihnen eine Frau auf, die sich weinend und schluchzend, ihre Hände vors Gesicht hielt, während jemand vom sozialen Dienst beruhigend auf sie einsprach.

Franz kannte dieses Prozedere. Langsam wurde auch er unruhig, als jemand aus dem Inneren herauskam und den Beamten zwei Paar Überzieher vor die Brust hielt.

»Bitte anziehen! Der Pathologe erwartet sie bereits.«

»Danke.«

Als beide Ermittler die Treppe erklommen hatten, die Türe öffneten, erledigten die erfahrenen Ermittler, was sie bei einer ersten Tatortbegehung immer als erstes erledigten. Sie sahen sich gewissenhaft um. Der erste Überblick ist immer der wichtigste, betonte Büchele stets. Hier war oftmals der erste Eindruck entscheidend. Mit langsamen Schritten bewegten er und Max sich vorwärts.

Krüger stieß ihn an.

»Fällt es dir auch auf?«

Stumm nickend, ging Franz neben ihm her. Ein kaum wahrnehmbares UV-Schwarzlicht, wurde von den vielen Arbeitsscheinwerfern der Spurensicherung an Helligkeit überdeckt. Wieder nickte Franz.

Es war als würden sie das Zugabteil nicht als Fahrgäste sehen, sondern als Beobachter. Das ehemalige Abteil war kaum wiederzuerkennen. Keine Sitzplätze, wie man es von einem Eisenbahnwagen erwartet hätte. Das Inventar entsprach einem Pub.

»Geschmackvoll eingerichtet«, bemerkte Max.

Nachdem sie drei, vier Schritte gelaufen waren, bemerkten sie links einen kleinen, zierlichen Holzofen. Der schien mit seinen Abmessungen gerade noch den vorderen Teil des Eingangsbereiches zu heizen, aber mehr wohl nicht.

Ein angrenzender Biertresen, mit modernen Bierhockern aus schwarzem Holz, gab der linken Seite den gewissen Touch.

Max sah auf den Boden. Auf den schwarz eingelassen Bodendielen war kein Krümelchen Schmutz zu sehen. Tische gegenüber mit schmucken Blumenvasen, gaben einem das Gefühl, als säße man in einem fahrenden Zugabteil.

»Eine gute Geschäftsidee!«, formulierte es Franz indem er seinen Hut nach hinten schob.

Hier waren von der Spurensicherung nur hier und da, einige der Markierungshütchen verteilt. Weniger als erwartet.

Max schien es auf den Punkt zu bringen.

»Da war ja wohl jemand ganz fleißig. Wurden von jemand die Spuren beseitigt? Und wo befindet sich der eigentliche Tatort?«

Franz sah sich um und wies geradeaus.

»Hinter uns sind die Toiletten. Siehst du, da neben dem großen Spiegel. Da sind Männchen aufgemalt.«

Max sah was Franz meinte. Jetzt wies Franz nach vorn.

»Dort hinten. Scheinbar geht es da weiter.«

Mit Überstülpschuhen an ihren Füßen, begaben sie sich fast 20 Meter weiter, in die Richtung, aus denen einige Personen der Spurensicherung kamen.

Vor einer Verbindungstüre stoppte das Duo. Auf dem Boden stand ein Wischeimer, aus dem ein Baumwolltuch herausragte. Max ging in die Hocke. Mit einer Taschenlampe leuchtete er den Boden ab. Hier schien die Spurensicherung schon tätig gewesen zu sein. Zwei Markierungen standen neben dem Putzeimer. Max winkte einem der Techniker, der eben den hinteren Bereich verlassen hatte und in ihre Richtung lief.

»Kollege, sehen Sie was ich sehe?«

Der Beamte ging in die Knie.

»Sie meinen das unter dem Putzeimer?«

Max nickte.

»Die Utensilien sind schon aufgenommen. Eimer, Lappen und ein Abstrich von dem darunterliegenden Gegenstand, wurde bereits genommen. Sie können den Eimer gerne anheben.«

Max zog Einmalhandschuhe aus seiner Tasche, streifte sie über und hob den Eimer im Beisein des Beamten an.

»Ein kleines, abgebrochenes und blutverschmiertes Skalpell! Schon aufgenommen?«

»Jepp. Sagte ich doch. Aber warten Sie, ich sehe nach.«
Flink sah er seine Unterlagen durch und nickte ihm zu.

»Die Spitze ist abgebrochen. Aber Blut haftet noch an der restlichen Klinge und am Griff. Haben wir aufgenommen. Ist ein Werbeartikel. Sehen Sie, hier steht es drauf. Medicsolidation, die werden auch in Krankenhäuser zum Testen ausgegeben und auch benutzt.«

Max schien beunruhigt zu sein.

»Solch ein Ding wurde mir auch zugeschickt.«
Franz zog ihn nach oben.

»Lass uns nach hinten gehen.«
Kaum hatten sie die Schiebetüre des angrenzenden Raumes passiert, stoppte sie eine freundliche blonde Dame mit Pagenfrisur.

Büchele schien abgelenkt zu sein. Er sah über sie hinweg nach oben und entdeckte die leuchtenden Buchstaben eines übergroßen Schriftzuges.

–RAUCHERZONE–

Die freundliche Dame gegenüber sprach ihn trotzdem an, ohne dass er sie momentan ansah.

»Guten Morgen, Herr Büchele.«
Franz erkannte die Dame. Hatte sie doch bei seinem letzten Fall seinen Kollegen Krüger, auf das scheinbar übliche, ärztliche Niveau heruntergeholt. Nun stand Frau Dr. Stella Krisch, lebensgroß mit Mundschutz und weißem Overall, vor ihm.

In diesem Moment rief jemand Büchele vom Parkplatz

aus etwas zu. Er konnte zwar nicht den Wortlaut verstehen, aber als er durch die Scheibe sah, erkannte er Lilly und Rainer, die wie wild mit den Armen fuchtelten.

»Max, siehe bitte nach, was die Beiden möchten. Ach so. Bitte übertrage ihnen die Befragung der Kontaktperson, die bei der Polizei angerufen hat. Und sage ihnen wir kommen gleich raus. Danke.«

Max verschwand nach draußen.

Jetzt wandte sich Franz wieder der freundlichen Dame zu.

»Sorry, Frau Krisch für meine etwas plumpe Art. Ist Bruno auch da?«

Die Dame holte tief Luft. Was würde sie wohl jetzt als erstes tun? Büchele in die Schranken weisen, weil er den Doktortitel in der Anrede nicht vorangestellt hatte? Oder weil sie ihn als Frau übergehen wollte?

Beides schien für sie unangebracht, und so entschied sie sich völlig normabweichend vorzugehen.

Sie streckte ihm lächelnd ihre Hand entgegen.

»Da wir uns ja schon von früher kennen und uns ja mehrfach gesehen hatten ....«

Frau Doktor Stella Krisch legte eine wohlüberlegte kurze Sprechpause ein.

»... denke ich, wir sollten uns unter Kollegen duzen. Meinen Sie nicht, Herr Büchele? Ich bin ganz einfach die Stella. Wir sind doch alle im selben Boot, oder nicht?«

Franz, konnte nicht anders und schob ihr seinerseits, seine Hand entgegen, die neben ihrer zarten Hand, eher wie eine Baggerschaufel wirkte.

»Franz, einfach Franz.«

Hinter ihm tauchte Max wieder auf.

»Ah, Herr Krüger ist auch präsent. Wie schön Sie wiederzusehen.«

Auch ihm reichte sie ihre geschmeidige Hand, mit einem überfreundlichen: »Stella.«

Max reagierte ungewohnt, etwas kühler mit einem leisen und brummigen: »Max.«

Sie machte für beide Ermittler den Weg frei.

Franz sah sich den Tatort an, ohne viel zu behindern. Sofern es in dem engen Raum möglich war. Drei Dartautomaten standen in einer Ecke. Wobei einer angeschaltet war und blinkte. Dort nahm die Forensik soeben Fingerabdrücke.

Am Fuße der Automaten stand ein Pflanzkübel mit einer Palme darin. Hier in diesem eher stinkenden Teil des Pubs, wirkte sie nach Bücheles Gutdünken eher deplatziert. Zudem lagen auch vor allen Geräten ausgerollte Teppichläufer, die viele Laufspuren aufwiesen. Ein Aschenbecher mit Kippenreste und drei Teelichthalter befanden sich auf dem Fenstersims.

An der gegenüberliegenden Stirnseite befand sich ein kleiner Tisch, an dem sich zwei Stühle, mit auffällig roten Beinen befanden. Eigentlich bestand Platz für vier. Büchele notierte dies in seinem Notizbuch. Auf der Tischfläche befanden sich zwei Biergläser. Eines mit Inhalt, das andere schien leer zu sein. Am hinteren Tischende saß eine leblose Person. Modern angezogen und mit einem Hut auf dem Kopf. Der Kopf war leicht nach hinten geneigt. Franz ging näher heran, als der Pathologe, der an der Leiche arbeitete, sich bedrängt fühlte.

»Guten Morgen Franz. Jetzt lass mich erst meine Arbeit erledigen. Dann kannst du den Toten besichtigen.«

Unverhohlen fragte Büchele nach.

»Hast du für mich, den ungefähren Todeszeitpunkt? Hat er Papiere bei sich? Brieftasche, Führerschein oder so?«

»Hat alles die Spurensicherung. Todeszeitpunkt steht im Bericht, der dir spätestens morgen vorliegt.«

Franz nickte in diesem Moment auch Max zu. Was wohl bedeutete, dass er sich darum kümmern musste. Max ging nach draußen zum leitenden Beamten.

Soviel stand eindeutig fest. Diese Person kam gewaltsam zu Tode. Die Augen waren aufgerissen und auch der Mund stand offen. Schien so, als hatte der Tote nicht mit dieser Tat seines Mörders gerechnet.

Büchele machte sich weitere Notizen.

Ein langer Schnitt im Halsbereich, mit viel Blutverlust, zeigte selbst ihm an, dass der Täter nicht lange gefackelt hat. Es ging schnell, sehr schnell.

Aber noch ehe der Ermittler den Pathologen was fragen konnte, wies dieser mit seinem Zeigefinger zu dem Bierglas auf dem Tisch.

»Sieh dir das Glas genau an. Derjenige, der dem armen Kerl dies angetan hat, war nicht zimperlich. Im Bierglas schwimmen zwei Finger. Genaugenommen ein Ring- und ein kleiner Finger. Die hatte die Spurensicherung schon rausgeholt und fotografiert.«

»Und dann schwimmen die noch immer im Glas herum?«

Fröschle grinste.

»Wir wollten für dich alles so belassen, wie wir es vorfanden. War das falsch?«

Franz schüttelte mit dem Kopf.

»Wenn du dir das angesehen hast, packen wir es wieder ein. Aber noch drei Fakten, die interessant sind, habe ich an der Leiche gefunden.«

»Ich höre!«, tat Franz neugierig.

Am linken Oberarm habe ich einen Einstichpunkt bemerkt. Vermutlich wurde ihm, bevor ihm sein Gegenüber die Kehle aufgeschlitzt hat, Chlorpromozin gespritzt. Aber da warten wir erst den toxikologischen Befund ab.«

»Was ist Chlorpromozin?«

Die Neurobiologin Dr. Stella Krisch mischte sich in das Gespräch mit ein.

»Ganz einfach formuliert, ist es ein Tranquilizer zum Ruhigstellen. Du bekommst die ganze Show mit, aber kannst dich nicht bewegen.«

»Ekelhaft.«

Selbst Franz, der an Brunos Seite stand, schluckte kurz.

»Armer Teufel.«

Einige Momente danach, flüsterte Max, der inzwischen wieder an Bücheles Seite stand, ihm etwas ins Ohr. Franz ging zum Fenster und sah nach draußen.

»Was war deine Nummer Zwei?«

Bruno winkte den Ermittler näher an sich heran. Mit

einer Pinzette klappte er oberhalb der Hutkrempe, die Hutschlaufe, die aus einem weicheren Stoff bestand, nach vorn.

»Überraschung!«, tönte er etwas lauter.

»Euer Mörder ist ein Poet!«

»Verstehe ich nicht«, kam es von Büchele.

»Franz, lies doch einfach vor was dort steht.«
Büchele griff sich in die Innentasche seiner Jacke und zog seine Lesebrille hervor.

»Ich liebte schon immer den Verrat, aber ich hasse den Verräter. Früh bemerkt ist lange tot. GG.«
Fröschle übergab jetzt den Zettel samt Hut den Technikern.

»Könnt ihr mit dem Satz etwas anfangen?«

»Leider nicht. Nur das Kürzel GG, kommt bei den Ermittlungen, im Fall Seniorenstift, immer wieder vor. Sonja hat eine Menge Arbeit damit. Und es wird nicht weniger. Und Max hat ein scheinbar, bewusst zurück-gelassenes Skalpell gefunden. Ich denke, der Täter lenkt mit seinen Aktionen ab. Na ja, der Tote hier ist keine Ablenkung, sondern aus seiner Sicht, die Beseitigung eines unliebsamen Helfers. Und jemand aus der Bereitschaft hat diesem Fall den Namen „ZUG" gegeben und dies ist jetzt unser Fall.«
Bruno wusste, hatte sich Franz in etwas verbissen gab es kein Zurück. Er wollte den Fall lösen.

»Du hattest vorhin drei Fakten erwähnt. Was fehlt noch?«

»Könnten auch noch mehr sein. Klingt zwar nicht vielversprechend, aber diesem Herrn wurde ja der Hals durchgeschnitten. Wenn man den Blutverlust sieht, so ist es hier geschehen. Aber was interessant sein könnte, ist die Tatsache, dass die Finger im Glas mindestens eine Stunde vorher seinem Besitzer enteignet wurden. Wahrscheinlich mit dem gleichen Werkzeug und Instrument, wie die Aktion an seinem Hals. Wir müssen nur das Schnittmuster mit dem gefundenen Skalpell im anderen Raum vergleichen. Aber ....«

Bruno unterbrach ihn, um sich noch mehr Aufmerksamkeit zu sichern. Er neigte den Kopf des Opfers nach hinten und leuchtet mit seiner Helmlampe in die Schnittstelle.

»... aber hier, steckt noch ein winziges Teil im Körper fest. Was immer es ist, wir bekommen es heraus. Und klären mit wissenschaftlichen Methoden wozu es gehört hat.«

»Könnte von dem Skalpell stammen, das die Spurensicherung im Vorraum gefunden hat.«

»Bist du da sicher?«, kam es zweifelnd von Max.

»Hat die Wissenschaft schon mal gelogen, oder sich geirrt?«

»Danke Bruno«, wisperte Büchele ihm zu.

»Aber wir müssen raus und Zeugen befragen. Du schickst uns sowieso alles was du hast, sobald es ausgewertet ist.«

Fröschle war überrascht. Sonst drängen ihn alle Ermittler, selbst Franz, auf eine schnelle Analyse und toxikologische Lage hin. Aber heute zeigte Büchele Ausgeglichenheit. Bruno gefiel die neue Einstellung von Franz.

Mit anheben des Hutes verschwand Franz, gefolgt von seinem Kollegen Krüger, nach draußen, wo noch immer Lilly beruhigend auf die weinende Putzhilfe einwirkte.

Draußen sah Franz nach oben. Inzwischen waren knapp zwei Stunden vergangen und es wurde langsam hell. Im Ort hatte es sich herumgesprochen, dass Polizei im Industriegebiet ermittelte. Worum es ging, wusste niemand, aber die ersten Schaulustigen standen bereits an der Absperrung und machten Fotos. Büchele wunderte sich, dass noch niemand von der Presse anwesend war. Sind sie doch oftmals die ersten, die sich an einem Tatort versammelten. Kaum hatte er darüber sinniert, erschien wie aufs Stichwort, der Übertragungswagen von Ländle TV und den CFV-Nachrichten an der Ecke der Straße.

»Deine Brigitte wird dich gleich wieder löchern«, bemerkte Max sarkastisch, als auch er den Wagen einbiegen sah.

»Ja, kann sein.«

Angekommen bei Lilly, hörten Franz und Max ihren beruhigenden Worten zu. Max sah sich um.

»Wo ist Rainer abgeblieben?«

»Der redet hinten im Biergarten mit den Technikern.« Max folgte Lillys Fingerzeig. Nur Franz stand neben ihr, als die Putzhilfe sich jetzt auch an ihn, den leitenden Ermittler, wandte.

»Bitte, darf ich meinen Mann anrufen? Der sorgt sich bestimmt schon um mich.«

»Sofort, meine liebe Frau …?«

»Hofmeister, Hedwig Hofmeister. Herr …?«

»Sorry, ich habe mich noch nicht vorgestellt. Mein Name ist Hauptkommissar Büchele. Ich leite die Ermittlungen hier vor Ort. Aber erzählen Sie mir doch einfach, was Sie hier gemacht haben.«

»Herr Kommissar, ich bin wie jede Woche einmal zum Putzen hier. Eigentlich sollte Sabine mit mir hier putzen, aber die war diese Woche bei ihrem Bruder. Somit habe ich eben allein diese Arbeit erledigt. Wie jede Woche war ich so gegen halb Fünf hier.«

Franz unterbrach sie.

»So früh?«

»Ja, geht ja nicht anders. Der Pub hat doch immer bis ein Uhr geöffnet. Ich habe wie immer den Boden, den Tresen und die Stühle abgewischt.«

»Und dann fanden sie den toten Gast?«

Hedwig hielt sich schon bei Bücheles nüchterner Ausführung die Hand vor den Mund und begann ergriffen zu weinen.

Lilly sah Franz etwas diffus an. So als appellierte sie an sein Taktgefühl. Aber wie bemerkte Gisela letzte Woche so treffend, Franz hätte das Taktgefühl eines alten Besens.

»Und dann? Dann haben Sie uns angerufen?«

»Nein, Herr Kommissar. Ich habe das nie gesagt. Ich wische also wie immer alles ab und lege dabei was ich finde, in eine kleine Schale, die neben der Kaffeemaschine steht. Meist sind es Geldstücke, Ringe oder Ähnliches, was den Gästen oftmals unbemerkt vom Tresen, oder aus der Hose gefallen ist. Auch Ausweise waren schon dabei«, betonte Hedwig aufrichtig.

»Frau Hofmeister, was war diesmal dabei?«

Hedwig Hofmeister überlegte kurz.

»Eine Puderdose, die im WC vergessen wurde. Ein fünf Euroschein und ein Handy. Aber dies habe ich auch meiner Chefin Frau Ziegler am Telefon erklärt.«

Lilly verschwand als sie das Wort Handy hörte nach drinnen.

»Ein Handy? Und Sie rufen mitten in der Nacht ihre Chefin wegen eines gefunden Handys an?«

»Nein, nein. Jetzt wo Sie es sagen Herr Kommissar, fällt es mir wieder ein. Sie hat mich angerufen. Aber nicht wegen des Handys, sondern sie hat einfach gefragt, ob alles ok wäre.«

»Tat sie dies öfters?«

»Eigentlich nicht. Moment, vor einem Jahr rief sie mich auch an. Aber da hatte sie den Schlüssel für den Kühlraum vergessen. Ich habe ihn ihr gebracht und mehr war nicht.«

Franz bückte sich und hob einige kleine Schottersteine vom Boden auf. Als er wieder in die Senkrechte kam, sah er ohne es zu wollen, 20 Meter weiter, Brigitte Kohlmarx von Ländle TV winken. In ihrem gelben Sommerkostüm, mit schwarzen Kragenbesatz und gelben Pumps, war sie der Blickfang schlechthin. Franz wandte sich aber ohne jegliche Regung wieder Frau Hofmeister zu.

»Frau Hofmeister, können Sie mir sagen wo sich Frau Ziegler gerade aufhält?«

In diesem Moment, kam unweit von ihnen, ein Auto

zum Stehen. Eine Tür wurde zugeschlagen und jemand lief schnell, ohne sich aufhalten zu lassen, in Jogginganzug und Turnschuhen auf die Putzhilfe zu.

Hedwig Hofmeister wies auf die Person, die sich geradewegs auf die kleine Gruppe zubewegte.

»Hier kommt sie.«

Büchele sah seine Rehatrainerin Carina auf die kleine Gruppe zulaufen. Momente später stand sie bei dem Duo.

»Guten Morgen, Franz. Hallo Hedwig, hab gehört, dass ihr mich braucht. Was ist geschehen? Ein Einbruch, oder was?«

Hedwig nickte verhalten. Ohne Carina sofort zu bedrängen, schüttelte Franz den Kopf.

»Nichts dergleichen. Wir sind von der Mordkommission.«

Carina sah Beide an. Als noch Lilly und Max bei Franz eintrafen, war die Verwirrung für Carina perfekt.

»Moment, ich wusste, dass Max und du von der Polizei seid. Aber einen Moment, damit ich es realisiere. Du sprichst von einem Mord bei uns im Zug? Das kann kaum sein.«

»Weshalb nicht?«

Unschuldig zog Carina die Schultern in die Höhe.

»Ich habe kurz vor Zwei, mit meinem Mann Stefan alles kontrolliert und abgeschlossen. Da war niemand mehr im Haus. Und Hedwig ist vermutlich wie immer um halb fünf eingetroffen. Fand man Einbruchspuren?«

Franz beschwichtigte sie.

»Deshalb sind wir hier, um den Sachverhalt zu klären. Wo ist dein Mann jetzt?«

»Zuhause, wo sonst?«

Carina schien wütend zu werden. Aber noch bevor die Situation aus dem Ruder lief, gebot Franz mit folgenden Anweisungen dem Einhalt.

»Carina, meine Kollegin Lilly Hansen nimmt dich zur Befragung mit aufs Präsidium. Und auf dem Wege dorthin, holen wir deinen Mann ab. Dauert nicht lange, ok?«

Dies schien einleuchtend zu sein. Carina folgte der Beamtin zu ihrem Dienstfahrzeug. Büchele wandte sich Frau Hofmeister zu.

»Sorry für die Unterbrechung. Aber wo ist der Müll, den Sie aufgewischt oder aufgefegt haben?«

Frau Hofmeister wies zu einem Müllcontainer.

»Noch bevor ich die Raucherzone wische, bring ich immer den Müll raus. In dem Container finden Sie eine gelbe Mülltüte. Die ist von mir.«

Max fand was die Putzhilfe angegeben hatte und brachte sie zur Spurensicherung.

Franz winkte einem Streifenpolizisten zu.

»Frau Hofmeister, bitte folgen Sie doch dem netten Beamten. Er wird Sie zur Befragung aufs Polizeipräsidium fahren. Die Aufnahme ihrer Daten dauert nicht lang. Und ich verspreche Ihnen, er bringt Sie danach auch wieder hierher.«

In diesem Moment trat Rainer von hinten an seinen Vorgesetzten heran.

In einer Plastikhülle, die er Büchele vor Augen hielt,

befand sich ein teilweise zerrissener Kontoauszug, mit dem er hin und her wedelte.

»Was ist das?«

»Ein Kontoauszug.«

»Habe ich auch zuhause. Werde genauer Rainer.«

»Der Kontoauszug stammt von einer Frau Rosi Fischstein.«

»Kenne ich nicht, und weiter?«

Rainer schien enttäuscht und zugleich entrüstet zu sein.

»Franz, du solltest deine Akten genauer lesen!«

»Wieso? Jetzt spiel net de Affegazando und spucks aus.«

»Die erwähnte Frau Rosi Fischstein, ist eine der ermordeten Damen vom Seniorenstift. Und hier ist eine Überweisung von 30.000 Euro an jemanden, den wir bereits kennen. Luis Eckesberger.«

»Wer ist das?«

Rainer Kaufmann wies in das Zugabteil.

»Luis Eckesberger ist unsere Leiche. Sofern der Ausweis stimmt. Aber dies wird die Spurensicherung anhand von Fingerabdrücken feststellen. Und noch was! Ich habe die Leiche zwar noch nicht gesehen, aber unser Herr Eckesberger ist auch Notar und Versicherungsmakler. Genau, der Notar bei dem ich damals meine Nachfrage mit Lilly gestartet habe. Wieso den jemand ins Jenseits befördert hat, ist mir aber schleierhaft.

»Und weshalb hattet ihr IT-Freaks, dies nicht gesehen und erkannt? Wozu habe ich euch? Soll ich persönlich Kontoauszüge durchblättern?«

»Ok, wir gehen nochmals alles durch.«

Büchele wurde wütend.

»Hier wird bitte jeder Stein umgedreht, jede DNA und jeder Fingerabdruck abgeglichen, verstanden? Ich möchte den Bezug der Tatwaffe zum Opfer wissen. Ich möchte erfahren, weswegen die Besitzerin des Pubs, die Putzfrau um fünf Uhr anruft. Und ich muss von euch wissen, wie ein Kontoauszug einer Verstorbenen, erstens hier gelandet ist und zweitens eine hohe Summe aufweist. Habt ihr dies erledigt. Und ich meine dich und Lilly, dann erst möchte ich Fakten haben.«

Rainer verstand. Ohne groß zu widersprechen zog er sich in Richtung Biergarten zurück. Auch Max hatte eben noch den Müllcontainer durchstöbert und die Tüten an die Spurensicherung übergeben, als er danach auf Franz zulief.

Der Disput mit Rainer blieb nicht unbemerkt.

»Franz, war dies nötig?«

Franz sah ihn nur an.

»Vermutlich nicht, aber mir hat es auch mal gutgetan. Verstehst du?«

»Habe ich, aber so hart hättest du den Jungen nicht in Senkel stellen müssen.«

Franz atmete durch.

Brigitte stand plötzlich neben ihm.

»Denkst du nicht, du bist mir eine Erklärung schuldig?«

»Brigitte, bitte. Ich tue hier nur meine Arbeit und kann dir kein exklusives Interview geben. Wie würde das aussehen?

Vielleicht später bei der Pressekonferenz. Ok? Sei lieb und behindere meine Ermittlungen nicht.«

»Franz, so einfach kommst du mir nicht davon. Wer ist die Leiche im Zug?«

»Woher weißt du von einer Leiche?«

»Journalismus. Wir sind ein freies Land.«

Franz wurde wütend.

»Es ist ein Notar. Mehr kann ich nicht sagen. Bitte halte dich mit dieser Information zurück. Du nervst heute ganz schön. Brigitte, forsche lieber im Fall Seniorenstift nach.«

»Ist dies ein Tipp?«

Wortlos sah Franz sie an. Brigitte dachte zu erkennen, dass Franz ihr zuzwinkerte. Oder litt sie inzwischen an Einbildung?

Franz drehte sich um und wandte sich Max zu.

»Lass uns fahren. Hier gibt es wohl nichts mehr zu tun. Bruno ist noch beschäftigt und die Spurensicherung benötigt auch noch einige Zeit. Wir sind hier nur im Weg.«

Max folgte den Anweisungen seines Partners und setzte sich in die Richtung in Bewegung, wo ihr Dienstfahrzeug stand.

»Sag mal. Was ist außerdem mit deinem alten Audi los?«

»Du meinst meinen 200er 20V?«

Max nickte.

Franz winkte ab.

»Ich glaube mein Schrauber hat in dem Auto seine

Erfüllung gefunden. Die Schließanlage geht nicht mehr.«

»Die ging doch schon ewig nicht.«

»Stimmt so nicht, lieber Kollege. Mit dem Schlüssel ging immer noch was. Aber jetzt geht nix mehr.«

Max wies auf seinen Dienstwagen.

»Wie wäre es mit einem zuverlässigen Neuen mit Stern?«

Wortlos stieg Büchele ein.

Die Fügung

Erschöpft traf Franz auf der Weinvilla ein. Die Ereignisse der letzten Monate hatten an seinen Nerven und an seiner Konstitution gezerrt. Einige Tage Erholung hätten ihm sicherlich gut getan. Aber sein neuer Fall ließ den Beamten nicht zur Ruhe kommen. Im Gegenteil.

Nach dem Frühstück wollte sich Büchele noch bis Max ihn abholen würde, die Beine vertreten. Kaum hatte er die Türe geöffnet, sah er in einiger Entfernung Brigitte stehen, die sich entspannt an ihr Fahrzeug lehnte.

Zielstrebig ging sie auf ihn zu. Ohne Umschweife kam sie auf den Punkt.

»Franz, wir müssen reden!«

Franz ahnte das gleich ein Gewitter von Vorhaltungen über „Wir haben wenig Zeit füreinander. Wie gestalten wir unsere Tage. Jeder für sich usw." auf ihn niedergehen würde. Aber nichts davon kam als Vorwurf von seiner Vertrauten Brigitte.

Sie nahm seine Hand und drückte sie.

»Zuerst, guten Morgen, Franz. Aber ich möchte es aussprechen.«

Verwundert sah Franz sie an.

»Franz, du siehst, um es linde auszudrücken, richtig unvorteilhaft aus.«

Franz verstand nicht.

»Was meinst du damit?«

»Sie dich doch an. Ich meine nicht deine Kleidung. Obwohl wir an deinem Outfit auch noch arbeiten müssen. Aber mir geht es um dich. Du bist überarbeitet. Du hängst dich in alles rein. Franz, so kann es nicht weitergehen. Denk an deine Gesundheit. Zumal du auch nicht mehr der Jüngste bist. Du möchtest es auf die harte Tour?«

Franz nickte, ohne die Konsequenz zu ahnen.

»Sieh dich an. Du siehst einfach ausgelaugt und Scheiße aus.«

Erstmalig fehlten Büchele die richtigen Worte. Es entsprach der Wahrheit was Brigitte sagte. Hätte ein anderer dies gesagt, dem hätte er schlichtweg eine vor den Latz geknallt. Aber sie. Sie durfte mehr als andere. Sie kannte ihren Brummbär, wie sie ihn nannte, genau.

»Spann einfach mal aus. Erhole dich. Mach Ferien.«

Franz sah sie an.

»Und du? Meinst du nur ich benötige Entspannung? Nein, auch du meine Liebe. Du hechelst doch, jeder noch so kleiner Story hinterher. Lass auch mal die Jungen ran. Du hast doch eine fähige Volontärin, und die hat doch bereits als Hospitantin gute Arbeit geleistet. Zumindest hatte ich dies gehört? Ist ihr Name nicht Angela?«

Brigitte lief rot an.

»Franz Büchele!«

»Ja, Frau Kohlmarx?«, kam es jetzt schnippisch von ihm.

»Du spionierst mir hinterher wie ein billiger Stalker?«

»Brigitte beruhige dich. Ich spioniere nicht. Ich interessiere mich nur für deine Arbeit. Und dieser Umstand ist völlig anders als jemanden zu Stalkern.

Jetzt höre bitte auf. Ich weiß ja, dass wir beide im Dauerstress sind und Erholung benötigen. Und ich verspreche es dir, wir werden uns erholen. Aber ich habe noch zwei Fälle an der Backe, die meine völlige Konzentration benötigen.«

Brigitte nahm ihn jetzt liebevoll bei der Hand.

»Darf ich dich revidieren? Du hast nur einen Fall. Du hast jetzt den Fall „Zug". Und „Seniorenstift Neckarwasser", ist Sonjas Fall. Oder wie immer man es nennen mag. Sei bitte vorsichtig. Ich hörte, es soll ein Serientäter sein?«

»Wenn, dann ist er verdammt clever. Aber sein Motiv lässt sich leider nicht erkennen.«

»Habt ihr schon beim Notar angesetzt?«

»Sorry, Brigitte. Der Fall ist erst wenige Stunden alt. Wie könnten wir. Aber wir werden es sicherlich tun.«

Brigitte schmiegte sich unverhohlen an Franz. Sie strich mit der flachen Hand über seinen Bauchansatz, wie er es immer nannte.

»Lass uns einen Kompromiss aushandeln.«

»Aushandeln ist immer gut«, bemerkte er.

»Wenn dein Fall gelöst ist, versprichst du mir dich in deiner Dienststelle zurückzunehmen und Aufgaben an die jungen Leute zu delegieren.«

Kritisch sah er seine Brigitte an.

»Weiter!«

»Im Gegenzug, sofern es deine Arbeitszeiten zulassen, unternehmen wir an jedem Wochenende etwas anderes.«

In Bücheles Gehirn formierte sich die Frage, ob dies

alles in Stress ausarten würde.

Zärtlich spielte Brigitte jetzt mit seinem Hemdskragen herum.

»Und du Brigitte? Welche Rolle spielst du dabei?«

Brigitte schien jetzt alle weiblichen Reize einzusetzen.

»Ich würde dich massieren, dir etwas wunderschönes kochen und noch vieles mehr.«

»Auch Rostbraten?«

»Auch deinen heißgeliebten Rostbraten. Sofern Gisela mir zeigt, wie es geht.«

Büchele nahm seine Brigitte in den Arm und sprach aus, was sie wohl eh nicht verstand.

»Magsch Du mi au, im Fall, daß i dich möga däd?«

Anscheinen verstand sie es und nickte.

Gerade begannen sich beide zu küssen, als die Eingangstür geöffnet wurde.

Gisela und Lilly standen in der Tür. Noch bevor Gisela ihre Stimme erhob, reckte Lilly ihren Daumen nach oben.

»Cool, Körperflüssigkeiten austauschen finde ich supi.«

Gisela hatte da weniger schmeichelhaftes parat, aber sie lächelte dabei.

»Jetzt machet, dass ihr vom Hof kommet. Die Henne gucke scho nach euch. Sonsch wird mein Geckel au noch brommhummlig wie ihr.«

Franz sah Brigitte in die Augen.

»Ich verstehe nicht, weshalb Max noch nicht aufgetaucht ist?«

Lächelnd sah Brigitte ihn an.

»Tja, Herr Kommissar. Alles Timing. Ich bin eure Fahrgelegenheit. Steigt ein.«

Lilly drängte sich auf den Rücksitz, währenddessen Franz vorne Platz nahm.

Der Tag schien schön zu werden, als Brigitte ihre beiden Fahrgäste am Polizeipräsidium aussteigen ließ.

Die Zeit verging wie im Flug. Selbst die ganze Woche schien schneller zu vergehen, als erwartet. Kein Wunder. Die Aktenlage im Fall SENIORENSTIFT NECKARWASSER verdichtete sich und alle Parameter in Bücheles Fall ZUG, wiesen auf einen Zusammenhang zwischen Notar, Seniorenstift und Pup hin. Wer konnte sich so verstecken? War der Maulwurf noch aktiv? Scheinbar unlösbare Konflikte taten sich auf. Aber die beiden Teams von Sonja und Franz, arbeiteten jetzt noch mehr Hand in Hand.

Büchele ging, sofern er die Zeit dafür erübrigen konnte, zum Überlegen in den nahe gelegenen Park. Immer, wenn er auf seinen Lippen herumkaute, war es soweit, bemerkte Max vor Jahren.

Max stand neben seinem Freund an der Wand, wo alle Fotos der Verdächtigen, angepinnt wurden. Hier sah man, noch nach alter Ermittlungsart Tatortfotos und vieles mehr.

Lilly, Rainer und die anderen Crewmitglieder sahen sich die Vorgänge lieber auf dem Touchscreen an. Sie wischten, schoben und drückten auf dessen Oberfläche herum, als ginge es um ihr Leben.

Franz beugte sich nach rechts und sah ihnen dabei zu.

»Max, des isch nemme mei Welt. Isch zwar schee und

hilfreich. Aber nix meh für so alde Seggel wie mir boide.«

Max, der seinen Partner nur zu gut verstand pflichtete ihm bei.

»Zur Analyse, Spurensuche oder Datenabgleich bestimmt gut. Aber bei uns ist noch immer das persönliche Gespräch und Zeugenbefragung an erster Stelle.«

Hauptkommissar Büchele sah ihn nur an.

»Lass uns mal zu Sonja gehen.«

Max sah sich um, als Lilly ihm von der Tür aus zulächelte und nach draußen verschwand. Sekunden später sahen sie zum Arbeitsbereich von Sonja Pfeiffer. Die Sitzplätze waren wie leergefegt. Nur ihr Mitarbeiter Benjamin Taler, tippte am PC Daten ein.

»Lass uns rübergehen und fragen, wo sie ist.«

Angekommen, stütze sich Büchele mit seinen Händen auf dem Schreibtisch ab und beugte sich zu Taler herab.

»Benjamin, wo ist deine Chefin abgeblieben?«

Der junge Polizist Benjamin Taler war so mit seinem PC beschäftigt, dass er Max und Franz nicht kommen sah.

Mit großen Augen sah er Büchele an.

»Herr Büchele, sie hat sich vor zwei Stunden abgemeldet. Sie wollte zum Seniorenstift fahren und einen Bestatter besuchen.«

»Einen Bestatter?«

»Zu wem, kann ich Ihnen nicht sagen.«

Max mischte sich ein.

»Ich glaube ich weiß wohin sie fährt. Vielleicht zu dem Bestatter, der sich um die Leichen der Damen gekümmert hat?«

Max und Franz sahen Benjamin an.

»Möglich. Ich bin mit Auswertungen beschäftigt. Aber blöde gefragt, wieso hat sich ein einzelner Bestatter um vier verschieden Frauen gekümmert?«

Franz klopfte dem jungen Mann auf die Schulter.

»Keine Panik. Denn diese Frage klären wir jetzt.«

Max griff nach seinem Handy.

»Komisch, sie geht nicht ran.«

»Vielleicht spricht sie mit jemandem. Warten wir bis sie kommt. Dann fragen wir sie, was es mit dem Bestatter auf sich hat. Kann ja auch sein, dass Benjamin etwas falsch aufgeschnappt hat.«

Nach Sonjas Heimkehr war das Problem schnell geklärt. Eine bayrische Bestattungsfirma hatte kostenlos die Einäscherung der verstorbenen Personen übernommen. Wieso auch immer.

»Seit wann übernimmt jemand Kosten für einen Menschen, den er gar nicht kennt?«

»Klang auch für mich seltsam.«

»Holst du dir darüber mehr Infos ein?«

»Ich habe es per SMS an Benjamin gesendet. Der ist fast so gut, wie deine Lilly und Rainer.«

Sonja zwinkerte den beiden älteren Beamten zu.

»Ihr entschuldigt mich. Ich habe noch viel Arbeit vor mir.«

Max und Franz sahen sich wieder an. Dabei beobachtet Max wie Franz auf seiner Unterlippe herumnagte. Die war für ihn ein klares Zeichen.

»Magst mit mir, zum Überlegen, zur Parkbank gehen?«

Dort angekommen fiel kurze Zeit kein Wort, bis Franz den Fall im Seniorenstift Neckarwasser aufgriff.

»Ich glaube wir sollten nochmals alte Akten durchsehen und im Labor vorbeisehen.«

Sein Freund versuchte ihn aufzuziehen.

»Du meinst die aus Papier im Keller?«

»Genau die. Dort können wir besser nachlesen als am PC. Dort gibt es auch Randnotizen, die vielleicht niemand in den PC eingetragen hat.«

»Lilly ist zwar schon alles durchgegangen. Aber mich würde interessieren, was die alten Damen, so über den ganzen Tag verteilt, getan haben.«

Max witzelte.

»In den Filmen spielen sie immer Bridge.«

Franz verstand den Humor seines Freundes.

»Dann scho lieber Gaigel oder Binockel.«

In den polizeilichen Katakomben angekommen, tat sich im Keller eine andere Welt auf. Hinter Stahl und Plexiglas verbargen sich die gesammelten Werke von etlichen Jahren Ermittlungsarbeit, sowie die Asservatenkammer. Ein Herr in grauem Anzug fragte nach ihren Wünschen und verlangte nach ihren Dienstausweisen.

»Wir möchten bitte alles durchsehen, was den Fall Seniorenstift betrifft.«

Der freundliche Herr gab die Anfrage in seinen PC ein und schüttelte mit dem Kopf.

»Die Akten sind noch nicht abgeschlossen und liegen noch bei den zuständigen Ermittlern.«

Franz sah auf das angeheftete Namensschild seines Gegenübers.

»Herr Gruber! Aber die Beweisstücke, die liegen doch hier, oder nicht?«

Gruber sah wieder im PC nach und öffnete die Absperrung.

»Folgen Sie mir bitte!«

Zwei Minuten später, zog er drei Kartons vom Regal und schob sie den Beamten, die er an einen Tisch platziert hatte, zu.

»Dies ist alles. Bitte öffnen Sie keine Umverpackung, sonst könnten Sie die Beweise verunreinigen! Und was wichtiger ist, NICHTS mitnehmen! Danke.«

Gruber verschwand wieder an seinen Arbeitsplatz.

Drei volle Kartons mit Beweisen und nichts davon führte sie zum Täter. Max packte aus und legte alles auf den Tisch. Franz versuchte es zuzuordnen.

Persönliche Gegenstände. Dinge aus dem Altenheim und ganz zufällig deklarierte Beweismittel, die jedem unscheinbar vorkamen. Auf solche Dinge versuchte Franz sein Augenmerk zu legen.

»Hier sind Plastikfiguren und Spielzeugteller von Frau Mering. Einige persönliche Briefe von Frau Schopp, aber nichts was mich vom Hocker haut.«

Max hatte eben den Inhalt des dritten Kartons ausgebreitet.

»Was glaubst du zu finden, wenn wir schon seit Monaten jeden Strohhalm durchleuchtet haben?«

»Keine Ahnung. Vielleicht ein Hinweis auf den Täter?«

»Franz, du träumst. Wenn, dann sind es heutzutage die Fingerabdrücke die einen Täter überführen.«

»Kann schon sein. Aber die sehen wir ja nicht.«

Als Max alles vor sich ausgebreitet hatte, wurde er stutzig.

»Heiliger Strohsack. Wie kommt denn der Deckel hierher?«

»Was? Sag das nochmal!«

Büchele schupste seinen Freund ein wenig zur Seite. Und griff vor sich auf den Tisch.

»Heilige Muttergottes wir haben den Hinweis.«

In Plastikfolie verpackt, hielt er ein Beweisstück vom Seniorenstift in Händen. Welches die Aufschrift VIZ1887, Zimmer Frau Abele, auf der Gehhilfe gelegen, siehe Akte VIZAbele trug. Aber das Beste an diesem Deckel war, es war ein Bierdeckel mit dem Logo des Pubs ZUG darauf. Mehr noch, die Bedienung hatte die Bestellung darauf eingetragen. So wie es in schwäbischen Gastwirtschaften üblich war.

»Bingo. Wenn wir wissen, wer das bestellt hat, wissen wir auch den Tag. Und im Umkehrschluss können wir die Gästeliste einengen. Aber wieso hatten wir dies nicht bemerkt?«

»Einfach zu erklären, Franz. Damals gab es noch keinen Fall ZUG.«

»Lass uns zusammenpacken und verschwinden. Machst du bitte ein Foto?«

»Wenn du es möchtest. Ist aber doch aufgenommen

und somit aufrufbar.«

»Mache es einfach für mich. Danke.«

Die Beamten beeilten sich, um wieder nach oben zu gelangen. Aber schon beim Betreten des Aufzuges war etwas seltsam.

Max wunderte sich im Gegensatz zu Franz, der es kaum erwarten konnte oben auszusteigen.

Die Tür ging auf und Max hatte Mühe mit Franz schrittzuhalten. Büchele öffnete ruckartig die Dezernatstür und blieb stehen.

Nur noch wenige Beamten waren anwesend. Die Nachtschicht hatte übernommen und draußen wurde es dunkel.

»Franz, hat dies nicht bis morgen Zeit? Ist doch eh niemand da, dem wir was sagen könnten.«

In diesem Moment kam Sonja zur Türe herein. Büchele schnippte mit den Fingern und Max öffnete das Display seines Handys.

»Wir haben in den Unterlagen vom Seniorenstift einen Bierdeckel gefunden, der aus dem Pub stammt. Kann Zufall sein oder auch nicht. Damals bei der Untersuchung bemerkte Max, dass es noch keine Verbindung zum Pub gab. Deshalb ist es auch keinem Ermittler aufgefallen. Aber heute ergibt sich daraus, ein eher graziles Bild. Prüfst du bitte, wem die Fingerabdrücke auf dem Deckel gehören und wer die Rechnung beglichen hat?«

»Mache ich, kein Problem. Die Abdrücke wurden bestimmt schon bei der Aufnahme des Objektes gespeichert.«

»Heute ist Freitag und wir beide gehen heim. Ich hoffe bis Montag haben wir was auf dem Tisch. Sonja, wir wünschen dir noch einen schönen Abend und stressfreien Dienst. Wir sind dann mal weg.«

Die beiden Ermittler verschwanden mit der Hoffnung auf eine Lösung in Richtung Parkplatz.

»Franz, was erhoffst du dir von dem Bierdeckel?«

»Kann ich dir sagen. Wenn die Fingerabdrücke, wie ich erwarte, schon aktenkundig sind, und wir wirklich herausbekommen, wann der Deckel im Pub abgerechnet wurde. Ja dann können wir Zeitraum und Personenkreis etwas einengen.«

»Mehr nicht?«

Verwundert blickte Büchele ihn an, währenddessen Max die Türe des Dienstwagens entriegelte und sie einstiegen.

»Reicht doch, oder nicht?«

»Na ja, Partner. Ich hatte mir wohl mehr von deiner Aktion erhofft.«

»Warte es ab. Eile mit Weile, wie das Sprichwort sagt. Jeder kleine Schritt, führt uns ein wenig näher an den Täter heran. Mir persönlich wäre ein Tatmotiv für den Seniorenstift ja lieber, aber noch lässt sich dies nicht erkennen. Ich frage mich noch immer, wie die vier Damen zusammenhängen. Womöglich haben sie was mit dem Notar zu tun?«

»Franz, Rainer überprüft ihn doch schon. Ich frage mal per SMS nach wie weit er ist.«

Max zückte in diesem Moment sein Handy.

Franz wehrte ihn kurz ab.

»Lass gut sein. Wenn ich richtig liege, werden er und Lilly heute Abend bei uns daheim vor dem Laptop sitzen und irgendetwas ausbaldowern. Und für uns liegt noch einige Arbeit am Montag auf dem Tisch. Was Sonja nicht weiß, es ist ja dann ihre Arbeit, ihr Fall. Wir kümmern uns dann um den Fall ZUG.«

Lächelnd gab Max seine Zustimmung.

»Bestimmt. Die gehen ja nicht wie wir, ab und an in die Natur. Denkst du die finden was?«

»Wenn nicht die beiden Freaks, wer dann?«

»Aber ich denke, der Notar hängt mit unserem und Sonjas Fall zusammen. Es gibt zwar Zufälle, aber dies ist mehr als zufällig.«

Büchele schien beruhigt zu sein, dass Max und er, sich auch dieses Mal auf einem gleichen Bearbeitungs- und Denklevel befanden.

Kurz vor der Weinvilla begann Max, Franz einen Denkanstoß zu präsentieren.

»Was hältst du davon, wenn wir die nächste Woche so quasi Inkognito, zu Carina in den Biergarten gehen?«

»Mit oder ohne weibliche Begleitung?«

»Mir egal«, konterte Max.

»Partner, du entscheidest und gib mir am Montag Bescheid.«

»Alles klar. Aber du hast was vergessen?«

»Was habe ich vergessen?«

Max griff vom Fahrersitz aus nach rechts zum Handschuhfach.

»Dein Handy. Damit ich dich erreichen kann.«

»Möchtest du mir das Wochenende versauen? Wenn was ist kannst du mich ja auf dem Festnetz anrufen!«

»Schon, aber tue mir den Gefallen und nehme es mit, wenn du in der freien Natur unterwegs bist. Und übrigens, kann man mit dem Telefon auch Sprachnachrichten versenden und gute Fotos schießen. Probiere es aus. Franz, ist doch nicht böse gemeint.«

Büchele musste, wenn er mit der Zeit gehen wollte, vermutlich seine Haltung zu der generationsübergreifenden Telefontechnik überdenken. Aber wollte er dies wirklich?

Franz wusste, dass Fortschritt nicht gleich Fortschritt bedeutete. Aber in diesem Fall konnte es nur besser werden und stieg mit heiteren Gedanken aus dem Auto.

Max wendete und verschwand.

Franz atmete die frische Abendluft tief ein. Nur das Zwitschern von einigen Vögeln war zu vernehmen, die sich in den gegenüberliegenden Obstbäumen aufhielten. Aber die so tolle Stimmung wurde jäh unterbrochen, als sich die Haustüre öffnete und Gisela mit ihrer umgebundenen Kochschürze im Türrahmen erschien.

»Esse isch fertig. Kommsch rei. Händ wäsche! Die Kids hocke scho uf de Stühl. Beeilung!«

»Welche Kids? Wir haben keine Kids.«

»Ich meine Lilly und Rainer. Für mich sind sie Kinder, für dich nicht?«

Die Realität hatte ihn eingeholt.

Kurz nach dem Abendessen lenkte Franz das Thema

auf den toten Notar Luis Eckesberger.

»Habt ihr über Eckesberger etwas erfahren?«
Rainer sah zuerst zu Lilly, dann zu Franz.

»Laut meinen Nachforschungen hat er Jura studiert. Arbeitete in Duisburg, München und dann in Heilbronn. Danach wickelte er oftmals seine Verträge über eine Holding im Ausland ab. Genauer gesagt, als Fond auf die Fidschiinseln. Nichts Dramatisches und auch nichts Auffälliges. Aber die vier Damen haben bei ihm ihre Testamente abgewickelt. Doch etwas sonderbar ist der Umstand, dass alle schon vorher, ein älteres, bereits bestehendes Testament besaßen. Was wohlweißlich danach bei Herr Eckesberger geändert wurde. Und jetzt kommt es. Im Falle ihres Todes, wurde die jeweilige Summe an einen Herrn Dietmar Irka ausbezahlt.«
Jetzt schrie Franz.

»Rainer, wieso hast du das nicht schon vorher gesagt! Wir haben den Schweinehund. Rainer, wo wohnt der Herr Irka?«
Lilly kannte anscheinend den Sachverhalt und versuchte Franz zu beruhigen, der aufgestanden war und aufgeregt im Zimmer herumlief.
Es schien, als wäre er seinem Ziel, den Mörder vom Seniorenstift Neckarwasser zu fassen, zum Greifen nah.
Als Franz an Lilly vorbeitigerte griff Sie nach seiner Hand.

»Komm runter Franz. Dies ist eine Sackgasse. Wir haben dies schon geprüft!«

Büchele blieb vor seinem Sessel stehen.

»Damit ich es begreife. Ihr beide Jungschnäbel erzählt mir, dass es eine Sackgasse ist? Das Geld ist doch dorthin geflossen. Und laut Aussage von Dorle, bzw. Dorothea Zapfenmann, hat ein GG damit was zu tun. Wer ist GG?«

»Franz, du hast schon Recht. Aber das Geld wurde hier in Deutschland nie abgehoben. Herr Dietmar Irka ist schon lange tot und liegt auf dem Westfriedhof in Heilbronn. Aber das Konto besteht noch immer. Und wer zur Hölle ist dieser Dietmar Irka?«

Franz ließ sich in den Sessel fallen.

»Jetzt sind wir so nahe dran. Und doch nichts. Ich möchte, dass ihr beide die ganze Verwandtschaft, Onkel, Tante, Geschwister sowie Ehefrau und Freundinnen von dem Herrn findet. Finanzen durchleuchtet und Beziehungen überprüft und wenn es einen Monat dauert. Verstanden?«

Büchele schien wütend zu sein. Er ging nach draußen und warf dabei wütend mit einem Stein, den er aufgehoben hatte, zum Apfelbaum hinüber. Zur gleichen Zeit tauchte dort Brigitte hupend mit ihrem roten Flitzer an der entfernten Grundstücksgrenze auf.

Hatte sie sich zum Essen angesagt? Dafür war es wohl zu spät. Oder hatte sie wenigstens beruhigende Nachrichten für Franz?

Lächelnd hielt sie neben ihm und stieg aus. Sie wusste ja nicht, dass Franz soeben emotional auf 180 war.

Aber seine unbewusste Angst vor Nähe, verriet ihr, dass etwas anders war.

»Guten Abend. Hast du Lust auf einen Ausflug?«

»Mir ist nicht nach Ausflug zumute!«

Brigitte wandte jetzt eine weibliche Taktik an und ging zum Auto zurück und öffnete die Tür.

»Ich sage dann eben Max und Babsi, wenn wir uns im Biergarten im ZUG treffen, dass du verhindert bist. Ok? Bis morgen dann. Schönen Abend noch.«

Büchele lenkte ein.

»Moment, Moment. ZUG, Biergarten? Wie kommt es dazu?«

»Max hat mich angerufen. Er meinte du bekommst dies eh nicht hin mich zu fragen.«

Bücheles Temperament stieg an.

»So ein Scheißer. Ich wollte dich eben fragen ….«

Brigitte winkte gelassen ab.

»Entweder du kommst mit, oder bleibst hier. Entscheide dich.«

»Klar komme ich mit.«

»Gute Entscheidung, Herr Kommissar.«

Lächelnd und augenzwinkernd warf sie ihrem Schatz einen gehauchten Kuss zu. Als er zu ihr ins Cabrio stieg.

Dort angekommen, kam ihnen Carina entgegen. Franz rechnete mit einem Donnerwetter von Brigitte. Aber was geschah, ehe Carina ihnen den Weg zum Tisch wies, an dem schon Max und Babsi saßen? Die beiden kannten sich schon. Wieder schien Büchele derjenige zu sein, der alles als Letzter erfuhr.

Es wurde ein wunderschöner Abend, an dem viel gelacht wurde. Der September hielt alle seine Farben parat. Nach einbrechender Dunkelheit erhellten kleine Fackeln, sowie Lichterketten und auf den Tischen positionierte Teelichter den Biergarten. Selbst die beiden Zugabteile wurden dabei in ein mystisches Licht getaucht.

Franz konnte nicht anders und sprach Carina auf den Bierdeckel an, von dem Max einige Fotos gemacht hatte. Sie zückte ihr eigenes Handy.

»Max, schickst du es mir per WhatsApp?«

Max nickte.

Als sie sich das Foto ansah, musste sie lachen.

»Franz, wenn du mich am Montag im Seniorenstift besuchst, lege ich dir die Belege vor. Sofern ich welche habe. Ok?«

Franz schien zufrieden zu sein. Nur Max wurde skeptisch.

»Dachte deine Gymnastikgruppe ist am Donnerstag?«

»Habe mit Isolde getauscht. Deren Mann bekommt heute eine neue Hüfte. Da möchte sie ihn besuchen. Und somit habe ich ihren Dienst einfach übernommen. Ist für mich kein großes Ding.«

Max war beruhigt.

Keine zwei Tage später stand Max und Büchele vor der Eingangstür Seniorenstift Neckarwasser. Max studierte noch den Belegungsplan an der Pinnwand, als Franz ihn am Ärmel zog.

Carina hatte sie von oben entdeckt und winkte.

»Hier oben bin ich. Max, Franz hier oben!«, rief sie immer wieder und begann ihnen zuzuwinken.

Oben angekommen, hatte sie schon etliche Blätter

Papier vorbereitet, die sie in ihren Händen hielt.

»Euer Bierdeckel wurde von einer Mitarbeiterin ausgestellt und abgerechnet. Aber ich kann mich jetzt daran erinnern, wer die Speisen und Getränke geordert hatte.«

»Wirklich?«

»Ja, vom Seniorenstift. Lena hatte Geburtstag und hat die ganze Abteilung in den Biergarten eingeladen.«

»Wieviel Personen?«

»Elf. Drei Pfleger und acht Pflegerinnen. Aber das erstaunliche daran war, dass nicht sie die Kosten übernommen hatte, sondern sich Georgy spendabel zeigte und die 235 Euro übernommen hatte.«

»Wieso erstaunlicherweise? Und wer ist Georgy?«

»Georgy Götz. Er ist eher der knickrige Typ. Aber er hat zu Lena ein gutes Arbeitsverhältnis. Vielleicht hat er deswegen bezahlt. Für mich ist er eher ein kalter unmenschlicher Zeitgenosse. Er belegt auch einen Rehakurs in meinem Sportstudio, aber ehrlich gesagt ich kann ihn nicht leiden. Na ja, aber keine Ahnung, wieso er die Kosten der Zusammenkunft übernommen hat.«

»Ist diese Lena verheiratet?«

Carina lächelte Franz an.

»Und wie. Sie hat einen tollen Mann und zwei klasse Kinder. Franz denk nicht mal an das, was du jetzt denkst.«

»Was denke ich?«, kam es ungekünstelt von ihm, ohne dass er von Carina eine Antwort erhielt.

»Ich weiß ja nicht ob es hilft. Aber an dem Abend

war Georgy ziemlich angetrunken und hat uns zwei Gläser umgeworfen. Vielleicht hat er auch deshalb die Rechnung übernommen. Keine Ahnung, aber ich habe noch was. Kommt mal mit.«

Carina ging mit den Beamten in einen kleinen Raum und zog aus einer Plastiktüte, eine weitere Tüte mit Glasresten hervor.

»Er hatte die Gläser aufgehoben und mir an den Tresen gebracht. Ich wollte sie wegwerfen, habe es aber vergessen. So standen sie die ganze Zeit in einem Putzeimer rum. Vielleicht könnt ihr was damit anfangen. Wenn nicht, entsorgt die Scherben bitte.«

»Wir werden die Gläser auf Fingerabdrücke untersuchen.«

Büchele bedankte sich und versprach Stillschweigen zu bewahren. Kaum draußen angekommen, klingelte sein Telefon. Ärgerlich ging er ran.

»Büchele!«

Am anderen Ende wurde nur kurz geredet bevor Büchele antwortete.

»Nein, haben wir nicht. Aber alles klar Bruno, wir sind unterwegs.«

Fragend sah Max ihn an.

»Bruno möchte uns sehen.«

»Und weiter?«

»Er fragte, ob wir heute schon was gegessen haben.«

»Gegessen?«

»Verstehe ich auch nicht. Vielleicht ist es wieder einer seiner Witze, die er mit uns macht. Besuchen wir ihn und wir wissen was er meint.«

Krüger schüttelte den Kopf. Den teilweise schwarzen Humor des Pathologen hatte er noch nie verstanden.

Jetzt waren sie fast vor Fröschles Abteilung, als Frau Dr. Krisch hinter ihnen auftauchte.

Das Duo blieb stehen.

»Ist Bruno da?«

Stella wies nach vorn.

»Der ist immer in seinen Räumen. Wo sollte er sonst sein?«

»Auch wieder wahr.«

Beide Ermittler liefen mit der Neurobiologin ein stückweit mit, ehe sie in einen andern Korridor abbog.

»Viel Spaß, die Herren. Und noch einen schönen Tag.«

Franz hatte das Gefühl, sie würde die Herren veräppeln. Kaum hatten sie die Räume von Fröschle betreten, eilte dieser ihnen entgegen.

»Kommt mal mit! Ich habe da was.«

Max und Franz bekamen Gänsehaut, als Bruno, sie vorbei an aufgebahrten Leichen, in sein Büro vor einen Bildschirm bugsierte.

»Ich weiß, ihr mögt keine aufgeschnittenen Menschen, daher habe ich euch was am PC vorbereitet.«

Flink klickte er sich mit seiner optischen Maus durch zahlreiche Programme, ehe er das entsprechende Foto erreicht hatte.

»Hier Männer, sehen wir den Mageninhalt des Herrn Eckesberger. Normalerweise nichts was absonderlich wäre, bis auf ….«

Franz bekam große Augen.

»Ist das wofür ich es halte?«

Der Pathologe nickte.

»Noch viel besser. Das Foto zeigt ein kleines Blatt Papier, worauf Zahlen und Buchstaben aufgemalt sind. Die Magensäure hat es nicht geschafft ihn zu zersetzen. Somit sind alle Zeichen, oder eben auch die Zahlen, erhalten geblieben. Ich habe es als Foto bereits vor zehn Minuten Lilly geschickt und sie faselte etwas von einem NATSCHI-CODE, was auch immer sie damit gemeint hat. Ach ja, bevor ich es vergesse. Der Zettel ist bei der Technik. Die wollen es auf Finger-abdrücke untersuchen. Aber wenn ihr meine Meinung hören wollt, sind alle Abdrücke verwischt oder vom Magen vernichtet worden. Aber vielleicht finden die ja was. Aber jetzt zur Hauptattraktion.«

Bruno blätterte im System etwas weiter. Ein kleines Stück Metall wurde sichtbar.

»Hier haben wir den Rest einer Klinge, die in Herrn Eckesbergers Hals steckte. Du erinnerst dich noch? Das abgebrochene Stück des Skalpells. Was aber wiederum nicht dem Halter entspricht, den wir in Maxs Kofferraum fanden. Nein Freunde, sie passt exakt an die Halterung in die Klinge, die wir im Pub gefunden haben. Aber bei der Wirkung von dem Chlorpromozin, ist es eher eine schreckliche Vor-stellung, so zu sterben. Aber nur eines ist wichtig. Die wissenschaftlichen Fakten.«

Büchele schlug Fröschle, der vor ihm auf dem Stuhl saß, auf die Schulter.

»Klasse, der NATSCHI-CODE. Eine großartige Entdeckung. Danke.«

»Bruno, du warst uns wie immer eine große Hilfe. Danke.«

Verwundert sah Bruno Franz an.

»Franz, du lobst mich und die Pathologie? Was für ein wundervoller Tag. Das ich dies noch erleben darf.« Jetzt begann er zu lachen.

»Aber jetzt raus aus meinem Büro. Sucht lieber euren Mörder und geht mir nicht auf die Nerven!«

Winkend verschwanden die Beamten in Richtung Ausgang.

»Ab ins Heilbronner Polizeipräsidium. Wir müssen dort mit der Forensik und Lilly reden.«

Im Morddezernat wurden die Ermittler mit einer kleinen Neuigkeit erschreckt. Lilly und Rainer waren nicht anwesend. Rainer würde laut seinem Dienstplan erst am Abend von einer Schulung zurückkommen und Lilly hatte von Sonja nochmals die Aufgabe bekommen, Carina im Seniorenstift zu befragen.

»Verdammt, immer wenn man die Leute braucht sind sie unterwegs.«

Auf dem Notizblock, der zwischen den Tischen von Max und Franz stand, hatte Lilly einen USB-Stick liegen lassen und etwas mit rotem Textmarker aufgeschrieben.

Max sah die Notiz und griff nach dem Stick und las die Notiz vor.

»Habe nachgeforscht. Seht euch bitte das Video an. Rainer hat es bearbeitet. Seht euch den Zeitstempel und den Verdächtigen an. Seht hin was er unter der Kapuze trägt. Alles weitere persönlich. Liebe Grüße bis bald, Lilly!«

»Schieb das Ding in den PC.«

»Franz, meinst du sie hat was gefunden, was wir alle übersahen?«

Franz tat eher ratlos.

»Ich denke nicht. Aber mit der heutigen Technik scheint einiges möglich zu sein. Spiel das Ding ab.«

Max zog seinen Stuhl näher an den seines Kollegen heran und startete die Filmsequenz. Aber widererwarten konnten die beiden nichts erkennen was sie zum Jubeln gebracht hätte.

»Ist dir etwas aufgefallen?«

»Nein, nicht wirklich. Ich starte nochmal.«

Sie benötigten einige Versuche, bis sie wussten was Lilly meinte. Zur Tatzeit zeichnete zwei Stunden zuvor die Außenkamera des Altenheims zwei Personen auf. Einer davon schien die Türe von innen zu öffnen. Der andere, der mit dem Regenponcho sah für einen Augenblick zur Kamera. Er wusste, dass er beobachtet wurde und schlug nach der Kamera, die daraufhin ausfiel.

»Max, spule bitte ein Stück zurück und halt da an, wo der mit dem Regenponcho zur Kamera hochsieht an.«

Max wiederholte die Aufnahme.

»Stopp. Genau hier. Und jetzt Zoom ihn etwas her.«

Krüger tat was Büchele ihm auftrug. Langsam wurde das Bild zwar größer, aber auch unschärfer. Max schob den Regler abwechselnd hoch und runter, bis er eine annehmbare Vergrößerung und eine für die abendlichen Lichtverhältnisse geeignete Einstellung fand.

»Das Gesicht ist nicht zu erkennen. Aber was zum Henker meint Lilly dann?«

Das Diensttelefon klingelte und Max ging ran, während Franz noch immer nach etwas suchte, worüber Lilly gestolpert war.

»Krüger.«

Franz sah zu Max, der seinen Blick mit dem Telefonhörer am Ohr, auf den Bildschirm richtete.

»Lilly, wir sind dabei. Aber wir finden nichts.«

Max blieb für Sekunden stumm.

»Ok, mach ich. Danke. Bis nachher.«

Max legte den Hörer auf die Basisstation zurück.

»Was? Was hat sie gesagt?«

Krüger schluckte kurz.

»Lass bitte nochmals laufen.«

Jetzt drückte Franz auf Play. Max verdrängte ihn in diesem Moment von seinem Platz am Bildschirm und stoppte an der gleichen Stelle wie vorher.

»Vergrößern und Bingo.«

Franz sah ihn an.

»So weit sind wir eben schon gewesen. Und was soll dein blödes Bingo?«

»Franz, sieh her. Der, der die Tür öffnet ist nicht auf dem Video. Aber der zweite Täter, der ist drauf. Der Typ trägt unter dem Regenponcho einen Hut!«

»Ja und? Mach ich auch. Was soll daran so aufregend sein? Das wussten wir bereits.«

»Das mit dem Hut nicht. Und wenn du die Fotos vom Tatort ZUG ansiehst. Was wir ja nicht brauchen, da wir am Tatort waren. Da müsste auch bei dir der Groschen fallen. Oder nicht?«

»Nein, da muss ich passen.«

»Ok, für ältere Ermittler zum Mitschreiben.«

»Max, bitte tue nicht so als wäre ich doof. Erkläre es einfach.«

»Ganz einfach. Es ist der Hut. Unsere Leiche vom Tatort ZUG muss entweder der Mörder von den Frauen gewesen sein oder der Komplize. Vermutlich hat der zweite Täter, der, der ihm die Türe geöffnet hatte, ihn zum Schweigen gebracht. Wir benötigen nur die Fingerabdrücke und dann können wir ihn zuordnen.«

»So einfach ist es nicht. Da gehört mehr dazu. Aber vergleiche sie.«

Büchele glaubte nicht an Zufälle. Hier gab es mehrere Parabeln, die eher unschlüssig, als schlüssig waren. Und, dass jemand seinen Komplizen beseitigte und mit dem Text „Ich liebte schon immer den Verrat, aber ich hasse diesen Verräter. Früh bemerkt ist lange tot. GG", an dem Hutband hinterlässt, erschien zu gewagt. Franz zweifelte an der These, dass nur ein Täter diese schreckliche Tat verübte. Aber was war dann mit den beiden Fingern im Bierglas?

Es wurde schon Nachmittag und Lilly war noch immer unterwegs, als Bruno Fröschle sich telefonisch nach der Auswertung des Zettels aus Eckesbergers Magen erkundigte.

Kommissar Büchele schien nicht mehr auf dem Laufenden zu sein. Jeder tat etwas, aber der Vorgesetzte schien kaum ein Gesamtbild im Kopf zu haben. Dies musste sich ändern.

Franz berief für 17 Uhr eine Besprechung in kleiner Runde ein. Bis dahin sollte selbst Rainer und Lilly zurücksein.

Waren sie aber nicht. Franz war richtig sauer. Max hätte seine Stimmung als richtig angepisst deklariert. Aber keiner traute sich Büchele auf diese Gemütsverfassung hinzuweisen. So vertagte Büchele alles auf den nächsten Morgen.

Selbst zuhause schien nichts zu laufen. Franz musste sich um störende Kleinigkeiten kümmern, die früher Gisela erledigt hatte. Aber sie meinte, es wären Männeraufgaben. Was bitteschön und wieso sollte Hühnerstall ausmisten als Männeraufgabe angesehen werden? Büchele gab murrend nach. Wusste er doch zu gut, dass Gisela sonst ihm immer alles abnahm, wenn sie nur konnte.

Lilly erschien nicht zum Abendessen.

Gisela schlich nach dem Essen, unruhig von Zimmer zu Zimmer. Sie wurde immer unruhiger.

»Muss ich mich um das Mädchen sorgen?«

Franz beschwichtigte sie.

»Die taucht schon wieder auf. Ist doch ein großes Mädchen. Keine Panik, die meldet sich.«

Rainer, der oben in Lillys Zimmer an seinem Laptop saß, schrie etwas herunter.

»Lilly hat eine WhatsApp-Nachricht geschrieben.

Macht euch keine Sorgen mir geht es gut. Bin noch mit Freunden was essen. Kann spät werden. Ich glaube ich habe was. Eure Lilly.«

»Gott sei Dank.«

Scheinbar registrierte niemand den kleinen Beisatz, ich glaube ich habe was. Nur Rainer lies die Konversation nicht offen stehen und schrieb ihr zurück.

Am nächsten Morgen zu Dienstbeginn war alles wie jeden Tag. Lediglich die Wetterlage zeigte sich wechselhaft.

Keine Viertelstunde nach Büchele, trudelte auch Lilly mit Rainer ein. Sie hatte die Nacht bei einer Freundin verbracht, war aber nicht untätig gewesen. Sie konsultierte an frühen Morgen die Technikabteilung und lieferte etwas zur Analyse ab.

Franz schien auch wieder gute Laune zu haben.

»Bitte alle meiner Abteilung zur Besprechung!«

Franz schlenderte eben zum Kaffeeautomaten, als auf halber Strecke, ihn Max mit seinem Getränkebecher streifte. Mit einem Schwupp ergoss sich der ganze Inhalt über Bücheles Hemd.

»Sorry, Franz. Tut mir furchtbar leid.«

Büchele holte tief Luft und wollte seiner Wut Raum geben. Während Max mit einer Papierserviette versuchte, den Schaden zu begrenzen.

»Hör auf Max! Du verschmierst mehr als es Wert hat.«

»Hast du Wechselwäsche dabei?«

»Woher denn? Im Spind befinden sich nur

Gummistiefel und eine Taschenlampe. So ein Mist. Jetzt muss ich heimfahren und mir ein neues Hemd holen.«

»Ich habe eine Idee.«

»Welche Idee?«

»Bin gleich wieder zurück.«

Ohne zu sagen wohin er ging, verschwand Max aus der Tür.

Keine fünf Minuten später kam er zurück und hielt Franz ein T-Shirt vor die Brust, auf dem das übergroße Logo eines Kinderbausteinherstellers prangerte.

»Habe es vom Thomas aus der Forensik. Nein, nicht was du denkst. Ist kein Beweisstück, aber er trägt so etwas. Ist zwar ein oder zwei Nummern kleiner als deine Kleidergröße, aber immerhin. Entweder du musst die Besprechung absagen und heimfahren, oder einfach da durch und das T-Shirt anziehen.«

»Läuft der jetzt obenrum nackig in der Forensik rum?« witzelte Franz.

»Ne, er hat immer einige zur Reserve.«

Franz verschwand für einen Moment in der Umkleide. Kaum zurück lief er in den Besprechungsraum. Dabei hielt er ständig das zu kleine Kleidungsstück mit beiden Händen fest.

Jeder im Raum sah ihn an.

Immerzu nörgelte er in sich hinein, währenddessen er versuchte, dass seine neue Bekleidung nicht ständig nach oben, in Richtung Bauchnabel rutschte. Vielleicht wäre es besser gewesen, wenn er doch zum Umziehen nachhause gefahren wäre.

Die erste, die sein Auftreten kommentierte war Lilly.

»Na ja, Franz. Da du fast einen Sixpack hast ist dies ein guter Kompromiss. Aber sag mal. Bist du jetzt in der Spielwarenabteilung?«

Dabei zeigte sie auf den übergroßen Legostein.

»Wenn nur einer von euch noch so ne blöde Bemerkung hat, dann schlag ich dem so uf die Gosch, das die Zähn im Arsch Klavier spiele.«

Diese Warnung war bei allen angekommen.

»Was haben wir? Ich möchte alle Tatsachen auf dem Tisch haben!«

Rainer hob kleinlaut wie ein Schüler den Zeigefinger nach oben.

»Rainer, was gibt es?«

»Chef, wir hatten noch nicht mal Zeit uns vorzubereiten.«

Büchele ließ dieses Argument nicht gelten.

»Aus dem Bauch heraus. Ihr müsst Fakten im Kopf haben. Lasst hören!«

Max preschte nach vorn.

»Vier Leichen. Eine Menge Fingerabdrücke sowie viel DNA.

Keine wirklichen Verdächtigen aber auch kein Motiv.«

»Die Abdrücke sind überall verteilt. Keine Person, die wir kennen. Auch im Altenheim haben wir die Fingerabdrücke gesammelt«, zog Lilly nach.

Rainer mischte sich jetzt ein.

»Die uns damals unbekannten Abdrücke, sind stellenweise mit dem von Herrn Luis Eckesberger, der männlichen Leiche aus dem Musik-Pub ZUG identisch. Somit ist Herr Eckesberger einer der Hauptverdächtigen oder gar der Täter selbst.«

Sonja Pfeiffer, die etwas abseits stand, warf ihre Argumente ein.

»Wir, da meine ich die Nachtschicht, die den Fall Seniorenstift hat, denkt, da er ermordet wurde, dürfte es sich um einen Mittäter oder Helfershelfer handeln. Kein Ersttäter, eher der die Drecksarbeit tat. Für was und wen auch immer.«

Ihr Mitarbeiter Tobias ging noch weiter.

»Da der Leichenfund im ZUG eng mit dem Fall Seniorenstift zusammenhängt, glaube ich an einen Serientäter. Wie auch immer, der eine Fall schließt den anderen Fall nicht grundsätzlich aus.«

Lilly bekam eine SMS und meldete sich.

»Ich war gestern mit einer Freundin bei Carina zum Essen. Sie berichtet, dass Pflegepersonal auch mal ruppig zu Insassen gewesen ist. Zwei davon waren auch rein zufällig anwesend. Ingolf Martens, einer der schon vier Jahre bei der Pflegegruppe ist und scheinbar immer auf Trinkgeld der Hausbewohner aus ist. Aber auch Georgy Götz, ein eher stiller Geselle, der immer anstandslos seine Arbeit verrichtet.«

Lilly spannte den Handlungsbogen noch weiter.

»Ich hatte gestern Utensilien mitgenommen, die ich im Zug fand. Ein Glas und Kippen. Ich muss ehrlicherweise gestehen, sie waren nur von den beiden Pflegern. Na ja, war nicht anders als erwartet. Die Fingerabdrücke waren, Stand heute Mittag, identisch mit denen vom Seniorenstift.«

Lilly holte tief Luft.

»Ich persönlich, kann keinen der Pfleger verdächtigen. Sie arbeiten im Pflegeheim und was sie in der Freizeit tun, ist jedem freigestellt. Ich war ja schließlich auch dort, und bin kein Serienkiller.«

Franz nickte, währenddessen er den Saum seines neuen Kleidungsstückes nach unten zog.

»Mir geht so manches, über die Opfer durch den Kopf.«

Sonja stupste ihn an.

»Lass hören!«

»Die Leute haben gespendet. Bei denen lief soweit ich es überblicken kann, alles in geordneten Bahnen. Aber an einem Tag, mit viel Sturm und Stromausfall, wird ihr Leben beendet. Ihre Spenden sind ordentlich. Na ja, keine Reichtümer, aber ausreichend und dennoch werden auf Eckesbergers Konto, was für einen Notar nicht unüblich ist, Kontobewegungen entdeckt. Dem nicht genug, haben wir auf dem Konto von Dietmar Irka Spenden und Zuwendung gefunden, die nie abgehoben wurden. Der Mann ist seit über 16 Jahren tot. Somit scheidet Habgier als Tatmotiv aus.«

Franz machte einige Schritte auf den Tisch zu.

»Und was macht ein Bierdeckel, vom Pub im Seniorenstift? Aus dem Pub, in dem rein zufällig, Monate später jemand ermordet wird? Ich gehe noch weiter. Unser Täter spielt mit uns. Die Sprüche, die Smileys und noch einiges mehr, sagen mir, er ist sich sicher, nicht erwischt zu werden. Oder er ist vollkommen durchgeknallt. Aber keiner unser

Verdächtigen passt in dieses Profil. Wir müssen über den Tellerrand hinaussehen. Vielleicht sind die vier Leichen kein Zufall. Und auch nicht die ersten Morde, die unser Täter beging? Vielleicht liegt die Beziehung der Viktimologie, doch ganz anders, als wir vermuten. Der Täter scheint den Zyklus, in dem er tötet, zu verkürzen.«

Max trat auf den Tisch zu.

»Ich denke er wird mutiger. Und da Geld ihn nicht interessiert wird er auch gefährlicher.«

Lilly schnippte mit ihren Fingern, als sie auf ihr Handy sah.

»Die Forensik konnte aus dem Schnipsel, Zahlen und Buchstaben zusammensetzen.«

Lilly schluckte und sah zu Büchele.

»Was ist los?«

»Die Zahlen ergeben wie schon vermutet die Türnummern der Leichen. Aber eines kam auch noch dabei raus.«

Büchele zupfte erneut am Saum seines viel zu kurzen T-Shirts herum.

Jetzt hielt Lilly beschämend das Handy nach oben.

»Das gesuchte Wort wo noch fehlte, lautet BÜCHELE. Ihr wisst was ich denke. Franz ist auf seiner Todesliste. Wir müssen diesen Mistkerl finden und dingfest machen. Koste es was es wolle.«

Sonja kam in Rage. Sie schnappte sich ohne Vorwarnung den Klappstuhl, der für Gäste in der Ecke stand und warf ihn wütend ohne Vorwarnung an die Wand.

»Fick dich du Arschloch! Wir kriegen dich! Wir sind hier nicht im Dschungel. Und vor uns kannst du dich nicht verstecken. Und du kriegst keinen von uns klein. Hast du mich verstanden?«

Die Beamten Taler und Lohmann gingen auf ihre Chefin zu und beruhigten sie.

Franz konnte sie verstehen und kam zur Sache.

»Leute ihr müsst alles noch genauer durchgehen. Befragt auch mal die Ärzte und auch die Reinigungs-firmen nach Unstimmigkeiten. Ich will eine Liste vom Pflegepersonal und jedem anderen auch. Wenn es sein muss vom Gärtner und Hausmeister. Ich möchte wissen wer zur Tatzeit, plus minus vier Stunden, wann wohin ging. Und wenn der aufs Klo ging möchte ich es auch erfahren. Lilly, ihr erledigt die Aufgabe. Aber leise. Verschwindet!«

Lilly und Rainer verstanden was Franz meinte.

»Ich brauche Brigitte vom Ländle TV. Ich muss überlegen was wir der Presse und den Menschen mitteilen!«

»Findest du sowas gut? Dann warnen wir ihn doch.«

»Sorry, Max. Du hast natürlich Recht. Streichen wir die Pressekonferenz.«

Wieder vergingen Tage ohne Ergebnis.

Selbst eine Intensive Unterredung mit Brigitte, erbrachte nichts Positives. Klar, sie hatte Kontakte an die Büchele nie rankam, aber wieso wusste niemand in dem Milieu etwas? Hatte jeder Angst? Einige Pflege- und Altenheime engagierten eine eigene Security. Um solchen, etwaigen unnatürlichen Ereignissen sprich

Todesfälle gegenüber, gut gewappnet zu sein.

Auf seinem Bürostuhl schien er zu sinnieren. Er sah wie abwesend nach draußen. Beobachtete das Wetter, während er einen tiefen Atemzug in sich aufnahm, was schon eher einem Seufzer ähnelte. Er blickte zum Himmel und genoss hier drinnen, die scheinbare und doch so vertraute Welt dort draußen.

Die Sommertage wurden kürzer und langsam färbten sich die Blätter. Der Herbst streckte seine Fühler aus. Im gefiel dieser Zustand. Aber nicht das Farbenspiel der Bäume bereitete Büchele einige schlaflose Nächte. Nein, ihm ging immer wieder dieselbe Frage durch den Kopf: Würde der Täter wieder zuschlagen?

Hilfestellung

Seine regelmäßigen Besuche beim Rehasport führten Büchele immer wieder vor Augen, wie anfällig für innere und äußere Veränderungen ältere Menschen waren. Selbst er bemerkte an sich selbst eine kontinuierliche Abneigung von zu viel Neuem. In seinem Alter war das Schritthalten ein ewiger Prozess, den es zu überwinden galt.

Er musste an die Basis der Tatsachen zurück, um so zu verstehen, was den Täter zu seinen schrecklichen Gräueltaten bewog. Im Büro angekommen, winkte Franz sofort Max an den Tisch heran. Ohne Umschweife kam er auf den Punkt, nachdem er auf seine Uhr gesehen hatte.

»Wir könnten in die Stadt fahren. Trinken wir einen Kaffee und genießen ein Stück Kuchen. Was hältst du davon? Oder hast du im Moment zu viel an der Backe?«

Dies war nicht eine Aktion ohne Überlegung. Nein, Franz hoffte einen alten Freund zu sehen, dem er zumindest so viel erzählen würde, wie er durfte. Denn dieser Freund könnte ihm vielleicht einige Ratschläge mit auf dem Heimweg geben. Zumal er eine objektive Betrachtungsweise stets vorzog.

Max war überrascht. Er war zwar mit der Sprunghaftigkeit seines Freundes vertraut, aber solche Aktionen kamen kaum vor. Noch vor Jahren waren sie Tagesgeschäft, aber mit der Zeit wurden sie immer weniger.

»Gib mir kurz Zeit. Muss nur noch telefonieren, dann kann es losgehen.«

Max streckte den Daumen nach oben.

Es war genau die richtige Zeit. Die Beamten starteten ihre Exkursion punkt Drei Uhr. »Nein, kein Dienstwagen«, betonte Büchele, als sie das Gebäude verließen. Mit dem Finger zeigte er auf die gegenüberliegende Straßenseite.

»Wir nehmen die Stadtbahn. Sind eh nur wenige Stationen. Am Rathausplatz steigen wir aus.«

Max stimmte zu. Sie hatten Glück, die Bahn kam fast pünktlich nach Fahrplan und sie war wider Erwarten fast leer. Franz nahm seinen Hut vom Haupt und wischte sich den Schweiß von der Stirn. Max schien neugierig zu sein.

»Gibt es was Spezielles was ich wissen muss?«

Franz schüttelte mit dem Kopf.

»Eigentlich nicht. Ich versuch nur einen klaren Gedanken zu fassen.«

»Und deshalb fahren wir in die Stadt? Dazu hättest du auch in den Keller gehen können.«

»Jetzt werde nicht blöd. Du weißt was ich meine. Wir kommen keinen Millimeter voran. Uns fehlt eine objektive Meinung. Wir müssen den Blickwinkel ändern.«

»Und wie bitteschön soll dies gehen?«

»Ich denke wir müssen uns auf unsere Instinkte verlassen und anderen, nicht involvierten Personen zuhören.«

»Und wer soll dies sein?«

»Max, wenn wir Glück haben treffen wir jemanden den wir kennen, hier in einem Heilbronner Café.«

Franz zog eine Visitenkarte, die er einst vom Heidinger erhalten hatte aus der Hose und übergab sie ihm. Max schien überrascht zu sein.

»Heidinger? Du möchtest hier in der Stadt, den Buchautor Horst Heidinger treffen?«

»Wenn wir Glück haben schon. Ansonsten war es ein schöner Nachmittag.«

Beide bogen auf die Sülmerstraße ein. Franz suchte die Straßenzeile mit seinen Blicken ab. Dort vorn, wo noch einige Plätze frei waren, war sein Lieblingscafé. Aber von Heidinger keine Spur.

»Verdammt. Ich hatte gehofft ihn zu sehen. Na ok, macht nichts. Wir setzen uns und trinken eine Tasse Kaffee und essen einen Obstkuchen. Oder was meinst du? Ich lade dich ein!«

Max grinste. Solch Tage wünschte er sich öfters. Jetzt wurde er schnippisch.

»Klar doch, Franz. Vielleicht kommt er noch!«

»Max, jetzt wirsch bleed. Der kommt net. Etweder ischer do, oder er isch net do. Will moine, wer net do isch, der fehlt!«

Wieder nickte Max, wie ein kleines Kind, mit einem breiten Grinsen im Gesicht. Minuten später, legte jemand von hinten kommend, mit Spitzbart, Schal und Hut, sein Laptop vor die beiden Beamten auf den Tisch.

»Darf ich mich setzen?«

Franz schien erfreut zu sein. Sprang auf und umarmte

den Buchautor. Max hatte das Gefühl, als würden sich die beiden schon ewig kennen.

»Horst, freut mich so, dass du hier bist.«

»Du siehst mich doch alle 14 Tage beim Sport. Reicht das nicht?«

Franz sah ihn an.

»Na ja, ich brauche deine Autorenmeinung.«

Heidinger sah ihn fragend an.

»Du weißt schon, dass Autoren fiktive Orte und Charaktere einsetzen?«

»Schon, aber ich brauche eine unvoreingenommene, objektive Meinung und Sichtweise. Klar kann ich dir nicht alles erzählen, aber zumindest grob umreißen.«

»Dann leg los! Aber lass uns erst bestellen. Ok?«

Kaum bestellt, berichtete Büchele über sein Dilemma. Auch Max steuerte den einen oder anderen Beitrag dazu bei. Horst machte sich Notizen. Immer wieder sah er die Ermittler an.

Schon nach wenigen Minuten bremste er die vagen Andeutungen von Franz und Max.

»Ihr umschreibt mir den Fall zu wage. Ich kann mit diesen Rahmeninformationen wenig anfangen.«

Scheinbar wurde Horst in der Lautstärke jetzt etwas lauter.

»Geht es ein kleines bisschen genauer? Ist ja so, wie wenn du sagen möchtest, hier haben wir Leichen und keinen Mörder?«

Zwei Frauen vom Nebentisch schüttelten mit ihren Köpfen. Unterdessen Franz, mit den Händen immer wieder waagrecht nach unten wies. Horst beugte sich ein Stückweit über den Tisch und fuhr etwas gedämpfter weiter fort.

»Was nun?«

»Was nun, was meinst du damit?«, kam es fragend von Franz.

Bevor Heidinger seinen Hut wieder aufsetzte, fuhr er sich mit den Handflächen über sein glattes, schütteres Haupthaar.

»Franz, werde bitte zumindest ein bisschen genauer. Ich kann nicht viel damit anfangen, um dir einen Rat oder Hinweis zu geben.«

Max sah Franz an.

»Ein klein wenig mehr wäre schon hilfreich.«

»Du weißt schon, dass wir nichts Genaues über den Fall sagen dürfen?«

»Dann nehmen wir einfach, wie in den Krimis, fiktive Personen.«

Dies leuchtete Franz ein. Obgleich, wenn einer nicht ganz einen an der Waffel hatte, wie er sich ausdrückte, eins und eins zusammenzählen konnte. Es beruhigte aber die beiden anwesenden Beamten. Somit war die Form gewahrt. Büchele fing nochmals an und schmückte das Szenario, die Personen und Orte mit Namen aus.

Wiederholt notierte sich Horst einzelnes davon.

Die Zeit verging wie im Flug. Max hatte sich zwischenzeitlich kurz verabschiedet und einen Rund-gang durch die Sülmercity absolviert. Er kam gerade zurück, als Franz seinen letzten Satz, wild gestikulierend beendete. Kopfschüttelnd setzte er sich wieder zu dem Duo. Unwillkürlich sah Max auf seine Uhr im Handy.

»Franz, bisch jetzt fertig?«

Horst sah Max an. Er wollte ihn nicht zurechtweisen, aber eine kleine Rüge konnte er sich dennoch nicht verkneifen.

»Max, siehe es so. Fachleute unterhalten sich über einen tiefsinnigen Intellekt, den mancher nicht versteht. Die einen reden darüber, die anderen machen einen Stadtbummel. Zu welchem gehörst du?«

Max fühlte sich unwohl nach Heidingers Satz. Er versuchte zu kontern.

»Ich kenne die Fakten auch so zu genüge. Vielleicht bin ich bei euch Beiden ja zu primitiv für so einen Scheiß und bin für euch eine Persona non grata?«

Horst horchte auf.

»Nein, nein. Du bist der beste Freund und Partner, du bist das Beste was Franz im Arbeitsleben hat.«

Franz hörte zu. Man bemerkte wie er nachdachte. Er hob seinen Hut kurz an und senkte ihn wieder. In dem Moment beschwichtigte Franz seinerseits Max.

»Du bisch doch koi Persona non grata!«

»Franz, weisch du üwerhaupt, was bittschee eine Persona non grata bedeutet?«

Franz atmete durch um sich eine entsprechende Antwort zurechtzulegen. Horst erkannte, dass dies ein unglücklicher und missverstandener Disput zwischen Freunden werden könnte und lenkte etwas übertrieben spaßig ein.

»Franz meinte, er hat dich lieb.«

»So ein Hutsimpel. Er hat mich lieb. Was soll das nun wieder bedeuten?«

Franz sah Max in die Augen, als der eben ein Stück Kuchen auf die Gabel vor sich hievte.

»Ich könnte es dir jetzt bis zum Ad absurdum erklären mein Freund. Aber du bist der zuverlässigste Freund, den ich habe. Von Brigitte und ein paar anderen Persönlichkeiten einmal abgesehen. Do ko mr hald nix macha, s'isch wis isch.«

Dabei zwinkerte er ihm freundschaftlich zu und schlug ihm dabei so stark auf den Rücken, dass dessen Kuchenstück von der Gabel fiel und auf seiner Hose landete.

»Wenn dr Baur nedd schwemma ko, isch hald sei Badhos schuld.«

»Franz, jetzt isch abr gnug. Lass dei Litanei ab und ich hör eich boide zu.«

Horst versuchte es mit Schadensbegrenzung.

»Ich gebe euch jetzt eine kurze Übersicht, wie und was ich machen würde, ok? Oder besser gesagt, ich lege euch die Vorgehensweise vor, die ich als Außenstehender anwenden würde. Vielleicht ist ja was dabei, wo ihr selbst sagt, ja darüber haben wir so noch nicht nachgedacht. Soll ja nur eine kleine Hilfestellung sein. Was ihr fachlich, oder sachlich daraus bastelt, ist den Örtlichkeiten und der rechtlichen Grundlagen geschuldet. Es verändert aber vielleicht euren eingefahrenen Blickwinkel. Nehmt euch eine kleine Auszeit. Geht spazieren. Ich mach zum Ideen sammeln meine Runde auf dem Friedhof und am See. Genießt die Stille, egal wo. Kommt zu euch zurück. Betrachtet es nicht stur aus einer Ermittlerperspektive. Stellt euch vor, ihr seid ein unbeteiligter Beobachter. Ihr werdet feststellen, eure Sichtweise wird eine andere sein.«

Franz bemerkte so nebenbei: »Ist zumindest mal ein Anfang. Stellen wir sozusagen, die Uhren auf Anfang zurück!«

Max, der noch immer damit beschäftigt war, seine Hose mit einer Serviette zu reinigen, nickte, ohne dass er den kompletten Inhalt mitbekommen hatte.

Keine Stunde später saßen die Ermittler wieder in der Stadtbahn, die in Richtung ihres Arbeitsplatzes fuhr. Franz schien in sich gekehrt zu sein, währenddessen er unentwegt aus dem Fenster sah. Nicht mal Max traute sich, ihm eine Frage zu stellen.

Noch beim Verlassen der Bahn versuchte Max nochmals den Blickwinkel, auf das Gespräch mit Horst Heidinger zu lenken, aber Franz wiegelte unentwegt ab. Er sah die kurze Zusammenkunft positiv.

»Horst hat Recht. Wir verrennen uns in den starren Ermittlungsstrukturen. Was wir jahrelang so gehandhabt hatten, muss nicht unbedingt in jedem Fall stimmen. Klar, ermittlungstechnisch haben wir alles korrekt durchleuchtet. Aber beim Tatmotiv tappen wir im Dunkeln. Die globale Sichtweise ist wichtiger! Gehen wir es doch so an. Wir stellen uns vor, wir wären nur Zeugen ….«

»Wir sind keine Zeugen. Wir sind Ermittler.«

»Jetzt vermiese mir doch nicht die ganze Sache. Lass uns am Rand anfangen.«

»An welchem Rand?«

»An dem Rand, an dem wir aufgehört haben zu ermitteln.«

»Franz, geht es dir gut? Ich glaub du musst zum Polizei-Seelenklempner, wenn dies so weitergeht.«

»Jetzt bleib doch ernst. Was haben wir nicht beachtet?«

»Wir haben jeden durchleuchtet. Zumindest jeden, der vom Ablauf her infrage kommt.«
Franz wandte sich Max zu, der neben ihm lief.«

»Genau. Ich glaube mei Muli briemelt. Alle Fingerabdrücke waren vorhanden. Aber wir konnten keine fremden Abdrücke sehen, weil es keine gibt!«

»Die Krankenhäuser und Altenheime haben doch ihre eigene Datenbank. Die haben wir nicht abgeglichen.«

»Max, du bist nicht auf dem Laufenden. Die hat Lilly schon geprüft. Zumindest nehme ich dies an.«

»Franz, ich habe eine Idee. Wenn der Täter bei allen Opfern war, befanden sich alle Fingerabdrücke von einem Täter bei jedem Opfer.«

»Hypothetisch, rein hypothetisch Max. Es könnten ja auch noch Spuren vom Vortag, sowie von anderen Pflegekräften vorhanden sein. Die würden sich überlappen und wir stehen erneut am gleichen Punkt. Aber diejenigen, die frei hatten, die fallen aus unserem Raster. Ein Fall für Rainer und Lilly. Oder nicht?«
An ihrem Arbeitsplatz angekommen, informierte Max die Truppe. Nur Franz schien mit seinen Gedanken noch immer im Überlegungsmodus zu sein. Er

konzentrierte sich.

»Bringt mir bitte mal jemand die Unterlagen vom Herrn Eckesberger?«

Kurze Zeit später schob Rainer die Aktenordner auf den Tisch. Franz, der kein Freund des Internets war, begann jetzt doch, dort nach Namen zu suchen.

»Franz du googelst?«, kam es überraschend von Rainer.

Mit einer kleinen Bewegung seines Kopfes sah der angesprochene Beamte, ihn mit zusammengekniffenen Augen an.

»Ist das verboten?«, brummelte er vor sich hin. Während er ihn kurz durch seine Lesebrille ansah.

»Nö, aber du googelst sonst nie. Du magst das Internet doch nicht. Hatte ich zumindest immer angenommen.«

»Grünschnabel …«, begann Büchele.

»… zwischen Wissen und Annahme liegen Welten. Und wenn es hilfreich ist, warum nicht?«

Franz wandte sich wieder der Tastatur und dem Bildschirm zu. Krampfhaft tippte er mit den Zeigefingern auf die Tastatur und wandte dabei sein übliches „Zweifingeradlersuchsystem" an. Vom Schreiben mit zehn Fingern hatte er zwar gehört, aber es nie erlernt.

»Kann ich helfen?«

»Geht scho. Kümmere dich lieber mit Lilly um die Aufgaben, die Max euch angegeben hat. Danke.«

Franz gab weiter alle Namen der Verdächtigen ein. Er war bestrebt, so mehr über deren Umfeld zu erfahren. So verbrachte er den restlichen Nachmittag mit dieser

Recherche. Dabei notierte er sich ständig Informationen auf seinem kleinen Block. Sein erster Kontakt mit Instagram, Facebook, Twitter und Co. war eher mäßig als übermäßig erfolgreich. Aber immerhin vielversprechend.

»Fertig!«

Max trat von hinten an ihn heran.

»Was fertig?«

»Meine Internetrecherche. Ich mach morgen Mittag einen Ausflug und du kommst mit. Sofern nichts anderes anliegt.«

»Wohin? Und brauchen wir Vesper? Oder sollten wir einen Urlaubszettel ausfüllen?«

»Quatsch, Partner. Wir gehen dahin wo es ruhig ist, wie Heidinger es formulierte. Aber erst brauchen wir Lillys Datenerhebungen.«

»Datenerhebung? Seit wann redest du so geschwollen?«

Franz blinzelte ihn an.

Auch Lilly, die eben am Tisch auftauchte, war verwundert. In dem Moment überreichte sie ihm ein einziges Blatt Papier.

»Hier die Daten. Wer Urlaub hatte, krank war, oder solches Zeug. Wofür benötigst du das?«

Franz überflog das Blatt, ohne auf ihre Frage einzugehen. Faltete es, und steckte es in seine Hosentasche.

»Danke Lilly. Könntest du mir bis, sagen wir mal morgen um Elf, die Kontobewegungen aller Heimbewohner, sowie aller Mitarbeiter, Hilfskräfte und auch des Hausmeisters ausdrucken?«

Mit spielerischer Leichtigkeit wirbelte er mit seinen Händen in der Luft herum.

»Ist für dich und Rainer ja nur ein Klacks. Ich meine die wenigen Klicks, oder so. Danke.«

Lilly sah ihn an, aber sie verkniff sich jeglichen Kommentar dazu und verschwand wieder.

Zufrieden begab sich Franz zum Kaffeeautomaten. Schnappte sich seine Tasse und trällerte ein kleines Lied.

Lilly sah Max an.

»Müssen wir uns um ihn Sorgen machen?«

»Ich denke nicht. Ich glaube er meint, er habe die Lösung des Falls greifbar nahe. Aber wie sagt man so schön? Du sollst den Tag nicht vor einem schwäbischen Nachmittag loben. Ich bin gespannt was er für morgen geplant hat.«

Franz hatte sich soeben erhoben. Mit beschwingtem Schritt lief er vom Kaffeeautomaten zurück. Dabei zwinkerte er den beiden im Vorbeigehen zu und steuerte Rainers Arbeitsplatz an. Ohne Hemmungen platzierte er seine Kaffeetasse auf dessen Schreibtisch.

Rainer hielt kurz die Luft an. Wenn sein Chef stets bei ihm aufkreuzte, bedeutete es meistens Stress. Aber Büchele blieb gelassen. Beinahe väterlich, in einem eher leisen Ton, sprach er ihn an.

»Rainer, du bist einer meiner besten Computerfreaks. Könntest du, sofern es deine Zeit erlaubt, mir eine Liste anfertigen, die auf Lillys ausgearbeiteten Erkenntnissen aufbaut?«

»Welche Erkenntnisse?«

»Nun, sie arbeitet bis morgen etwas für mich aus. Aber das soll sie dir selbst sagen. Ich möchte von den Namen dieser Liste, sofern Lilly sie dir übergibt, alle lebenden oder toten Angehörigen haben. Gehe dabei bitte zehn Jahre zurück. Die Verwandtschaftsverhältnisse, sofern es welche geben sollte, sind mir dabei äußerst wichtig.«

Franz holte nochmals tief Luft und führte weiter aus.

»Nimm bitte auch die Namen der Mordopfer mit auf. Wenn es dir möglich ist, kannst du ja noch eine Generation zurückgehen. Du musst vielleicht etwas beim Erfassungsamt, Standesamt oder den jeweiligen Kirchen oder Behörden die Daten abfragen. Aber ist ja für so einen fähigen Mitarbeiter wie dich, sicherlich keine große Sache. Oder liege ich da falsch? Ist es dir vielleicht zu viel?«

Jetzt klopfte er ihm auf die Schulter. So, als gäbe es für ihn nichts anderes. Rainer, so gerne er Lob seines Chefs hörte, wurde dies ihm suspekt. Ein Widerspruch hätte Büchele wohl kaum angenommen. Was blieb Kaufmann da anders übrig als ein: »Geht klar Chef«, von sich zu geben?

»Reicht es bis Mittag? Ist schließlich auch ein wenig Genealogie dabei.«

Franz tätschelte ihm auf die Wange.

»Na klar. Kein Problem. Bis Mittag«, wiederholte er Rainers Frage. Rainer wurde unruhig und sah zu Max, der noch immer mit Lilly am anderen Ende des Raumes stand und Bücheles Prozedere von dort beobachtete. Als Franz aus seiner Tasse einige Schlucke genommen hatte, verabschiedete er sich und ging zu seinem Schreibtisch zurück.

Zum Feierabend entbrannte zwischen Lilly und Rainer eine Debatte, ob die geforderten Wünsche ihres Vorgesetzten, in dieser kurzen Zeit, überhaupt zu erreichen waren.

»Dann mach ich eben Überstunden«, kam es von Rainer.

Lilly sah ihn an.

»Du Hirnie, denke nach. Du kannst ohne meine Daten, die ich im Übrigen erst morgen früh abfragen wollte, nicht arbeiten. Somit muss ich auch dableiben. So ein Sch ….«

Lilly war erbost über die manipulative Vorgehensweise ihres Chefs und griff zum Telefon.

Es kam wie vorgesehen. Rainer und Lilly schoben bis morgens um drei Uhr Überstunden. Aber auch für Franz wurde es kein ruhiger Abend. Vermutlich durch ein Telefonat mobilisierte Lilly ihre Kanäle.

Vom taktischen Kalkül ihres Untermieters Franz Büchele, war Gisela, sowie Brigitte nicht im Geringsten begeistert. Sie kochte ihm diesen Abend nur eine Flädlesuppe und Brigitte hatte rein zufällig ihren Termin mit Franz abgesagt, da sie sich anscheinend unwohl fühlte. Franz sah die Zusammenhänge nicht und schmollte den ganzen Abend.

Nur der sporadische Anruf seines Partners, der sich danach erkundigte, wer morgen früh mit wem fährt, munterte ihn auf.

Franz ließ sich Stunden zuvor von der Fahrbereit-schaft, zurück zur Weinvilla fahren.

Sein Audi stand ungenutzt auf dem Hof. Somit schien diese Anfrage überflüssig zu sein. Aber Max fragte trotzdem höflicherweise nach.

»Muss ich dich abholen?«

»Mein Audi läuft. Ne, denke nicht.«

»Ich muss aber trotzdem vorbeisehen. Babsi, hatte den Mixer von Gisela ausgeliehen und die braucht das Ding morgen früh. Vielleicht sehen wir uns ja. Ansonsten im Büro. Franz, dir noch einen schönen Abend.«

»Dir auch Max. Bis morgen.«

Franz schnappte sich einen Beutel Flips und begab sich in die Wohnstube. Gisela strafte ihn mit Missachtung und hatte bereits auf dem Sofa platz-genommen. Ihm blieb da nur noch der Sessel. Er wusste, einen größeren Streit mit seiner Hauswirtin Gisela Kreuzer galt es mit allen Mitteln zu vermeiden. Die Tatortserie, die eben im Fernsehen lief, trug etwas zur Beruhigung bei. Franz gingen immer noch die Fakten des Falles durch den Kopf. Vielleicht war es ja ein Zwist zwischen Freunden? Jedenfalls, so seine Vermutung, war einer der Täter scheinbar nicht immer mit den Vorgehensweisen des anderen einverstanden. Franz untermauerte seine Annahme mit weiteren hypothetischen Fakten.

Wenn Eckesberger wirklich einer der Drahtzieher war, wieso kam der offensichtlich platzierte Hinweis „Mord ist seine Antwort", so oft vor? Dieser Hinweis lag schließlich auf dem Nachttisch von Frau Kressmann. Er war ja auch auf den Kissen, der anderen ermordeten Damen vorhanden. Was ist passiert, damit jemand so etwas tut?

Noch wichtiger schien es Büchele zu sein, herauszubekommen, weshalb Eckesberger, als Verräter im Text betitelt wurde. Was war passiert? Wie stark waren die Hinweise auf jemanden, den Franz noch nicht kannte? Franz stellte sich auch schon tagelang die Frage, wieso und weshalb überweist jemand Geld auf das Konto eines Toten? Und was bedeuten die Sudoku Spiele? Nur Chaos, oder spielt jemand den Beamten etwas zu? Wenn nicht, spielte dann jemand mit der Polizei ein eklatantes Katz- und Mausspiel?

Es war kurz nach Mitternacht, als Gisela sich von Franz verabschiedete und sich in ihr Schlafgemach zurückzog. Franz hatte dies nur unterschwellig wahrgenommen. Er war total übermüdet und schlief sofort wieder im Wohnzimmer, auf seinem Sessel ein.

Franz wurde plötzlich durch ein dumpfes, lautes Geräusch um 3:25 Uhr geweckt.

Ruckartig schreckte er aus seinem Schlaf auf und sah sich um. Es brannte das Flurlicht, die Fernsehbeleuchtung und nur eine kleine Kerze auf dem Beistelltisch, die hatte wohl Gisela angezündet. Aber Gisela war verschwunden. Er lauschte.

Das Ticken der Standuhr im Flur übertönte gespenstisch die Stille.

War etwas umgefallen?

Jetzt bemerkte er einen kleinen Windzug, der die Kerze zum Flackern brachte. Franz stand auf und betätigte den Lichtschalter. Nichts Außergewöhnliches, so seine Annahme. In diesem Moment quietschte etwas im Flur. Franz bewegte sich leise von dem Geräusch weg, auf das Wohnzimmerbord zu. Er griff nach einem Knauf der obersten Schublade und zog sie leise auf. Seine Dienstpistole lag gesichert vor ihm. Vorsichtig nahm er sie heraus und ging in den Flur.

»Verdammt!«, zischte er. Die Haustüre stand offen. Hatte Gisela nicht richtig abgeschlossen? Wie konnte es sein, dass ihr Schlüssel im Schließzylinder steckte, aber die Türe gut einen halben Meter aufstand? Vor dem Türeingang lag ein Knäuel nasser Küchentücher, die jemand gegen die Eingangstüre geworfen hatte. Das Knäuel verursachte wohl beim Auftreffen den dumpfen Knall. Er ging nach draußen. Nichts Auffälliges war zu sehen. Nichts, was auf ihn wie ein Einbruch wirkte. Sein Audi stand unberührt da. Die Fahrräder am gleichen Ort wie immer, nur ….

Franz stoppte seine erste Vermutung und sah zum Hühnerstall. Die äußere Tür des Geheges stand offen. Nein, ein Marder oder Fuchs konnte sie nicht öffnen. Aber Menschen und Hühnerdiebe im Speziellen schon. Franz ging geduckt, mit gezogener Dienstwaffe über den Hof. Niemand war zu sehen. Er schloss die Tür, gähnte kurz und lief zum Hauseingang zurück. Eventuell hatte er etwas im ersten Moment übersehen.

Franz machte sich weder über das Geräusch, noch über den offenen Hühnerstall Gedanken. Er wollte nur noch ins Bett. Aber wie zum Teufel kamen die nassen Küchentücher hierher? Er hob sie auf und erschrak. Unter dem Knäuel Küchentücher lag ein übergroßes Smiley. Er hob es auf, drehte es um und ihm schoss das schlimmste Worst Case durch den Kopf. Jemand musste im Haus sein. Aber wie und wann kam er herein? Langsam schloss er die Eingangstür hinter sich und durchsuchte mit seiner Dienstwaffe im Anschlag und einer Taschenlampe, die er im Flur fand, leise jeden Raum. Niemand war zu sehen.

Franz schien jedes mögliche Szenario durch den Kopf zu gehen. War jemand nachdem er zum Hühnerstall ging hereingeschlichen und hatte das Smiley platziert? Franz las wiederholt die auf der Rückseite aufgeklebten Wörter. Et Nos Ludere, stand da geschrieben. Doch sein Lateinisch aus dem Gymnasium, reichte nicht für eine schlüssige Übersetzung. Er begann zu witzeln.

»Was für ein Luder?«

Kopfschüttelnd ging Franz zurück ins Haus.

»Darüber mache ich mir später einen Kopf«, brummelte er vor sich hin und ging nach oben ins Bett.

Pünktlich um sieben Uhr kreuzte Max mit dem Dienstwagen auf.

Mit verschränkten Armen stand Franz abfahrbereit draußen auf dem Hof.

Mit einem Mixer in der Hand und einem: »Guten Morgen Franz«, auf den Lippen, lief Max ungeachtet an ihm vorbei ins Haus zu Gisela. Von ihr zurück, sah er Franz an.

»Kumpel, fehlt dir was, oder weshalb stehst du so angewurzelt da?«

Franz zog das Smiley aus der Hose und übergab ihn Max.

»Kannsch lese?«

Max wendete das Smiley.

»Wow. Gehört es dir? Wenn ja, dann hat es jemand auf dich abgesehen.«

»Auf mich abgesehen, wieso?«

»Da steht Et Nos Ludere.«

»Weiß ich, kann ja auch etwas lesen.«

»Dann weißt du ja was es bedeutet.«

Max wollte sich eben rumdrehen, während Franz ihn am Ärmel ergriff. Mit der flachen Hand schlug er seinem Freund leicht auf den Hinterkopf.

»Max, am Arsch senn Bolla. Jetzt ziere dich nicht wie eine besserwisserische Ballerina. Mein Latein ist etwas eingerostet. Einzelne Wörter ja. Aber was für ein Luder meint derjenige. Doch nicht Brigitte oder Gisela?«

Max winkte ab.

»Nix Luder. Et Nos Ludere bedeutet so viel wie, Lass uns spielen. Und wenn dies keine Aufforderung ist, dann kann ich nur sagen, die Person, die diese Worte gewählt hat, kennt den Empfänger. Somit dich und deine Gepflogenheiten sehr genau. Wo kommt es her?«

»Lange Geschichte. Ich erzähle sie dir auf der Fahrt ins Büro. Lass uns fahren!«

Max runzelte die Stirn.

»Da bin ich aber gespannt.«

Franz berichtete seinem Kollegen was in der Nacht vorgefallen war. Und was ihm als sehr wichtig erschien, er vergatterte ihn zu Stillschweigen. Niemand durfte dies erfahren.

»Auch Gisela gegenüber?«

Franz nickte.

»Stelle dir vor, jemand war im Haus! Wenn Gisela des erfährt, geht des Weib doch ohne oin Leibwächter niemals mehr roi. Vergiss es und verspreche es einfach.«

Max versprach es.

Turbolenzen waren im Anmarsch. Lilly und Rainer hatten fast die ganze Nacht an Bücheles Listen gearbeitet. Als Max die Türe öffnete und auf den gemeinschaftlichen Schreibtisch zulief, konnte er nicht anders. Die Arbeitsfläche war buchstäblich mit Listen gepflastert. Jeder Millimeter war belegt und mit Textmarker an irgendwelchen Stellen markiert worden.

»Wow, die haben sich mächtig ins Zeug gelegt!«

Selbst Franz schien beeindruckt, als er sich auf den Stuhl fallen ließ.

»Wirklich beeindruckend. Aber die Sache hat wohl einen Haken!«

Franz wies mit dem Finger auf eine blaue Notiz an seinem Bildschirm, die er abriss und vorlas.

»Franz, wir haben bis um drei Uhr Listen erstellt. Wir kommen etwas später. Schau dir die Notizen und markierten Felder an. Wir haben es dir so einfach wie möglich gemacht. Dabei sind auch die Arbeitszeiten, die Freizeiten und sonstige Tage, die wir ausgewertet haben. Auch die vorhandenen Sterbedaten und Verwandtschaftsverhältnisse haben wir aufgegliedert. Nur neun Personen kommen in unseren Pool der Verdächtigen. Sie waren anwesend oder in Bereitschaft, hatten in summa ein mehr oder weniger starkes Alibi oder Tatmotiv. Auch die Fotos liegen bei. Aber egal wie wir es wenden, keines ist unserer Meinung nach stark genug, um vier Morde zu begehen. Sieh dir auch das oberste Blatt bitte an. Hier stehen die Fälle, die es mit ähnlichem Tatverlauf in der BRD gab. Nur diese Täter hat man alle gefasst. Somit könnte es ein Nachahmungstäter sein. Aber die familiäre Klassifizierung ist auch ein starkes Motiv. Zu Eckesberger besteht kein verwandtschaftliches, nur ein freundschaftliches Verhältnis. Aber Freundschaft bedeutet nicht unbedingt Mittäterschaft. Hier kann aber der Täter auch nur eine Freundschaft für seine Zwecke benutzt haben. Doch noch eins ist zu überlegen. Wie hattest du es vor Tagen treffend erwähnt? Keiner überweist einem Toten Geld und hebt es nicht ab. Vielleicht setzen wir den Hebel dort an. Bis später Lilly und Rainer.«

Franz schnaufte durch. Auch Max war im Wesentlichen mit den Aussagen seiner jungen Kollegen einverstanden. Aber das Smiley aus der Weinvilla Fischer bereitete ihm da mehr Kopfzerbrechen. Wie weit würde der Täter gehen, um den Fall und deren Ermittlungen zu stoppen? Würde er Hauptkommissar Büchele bedrängen oder gar verletzen? Hatte er ein Attentat auf seinen Freund schon geplant?

Franz legte die Blätter auf einem großen Haufen zurecht.

»Franz, wie gehen wir vor?«

»Ich versuche mich einzulesen und mit dem Ausflug wird es frühestens am Nachmittag etwas. Kannst du im Seniorenstift bei Carina vorbeisehen?«

»Wieso?«

»Ich mache mir Sorgen um sie.«

Büchele reichte ihm das Blatt, auf dem Lilly neun Namen notiert hatte.

»Kopiere es dir und klappere die Namen im Seniorenstift Neckarwasser ab. Frage bitte unauffällig nach, ob sie noch am Arbeitsplatz sind, oder wann die Tagschicht beendet ist, oder so. Ok? Bis nach der Mittagspause bist du ja hoffentlich wieder hier, oder nicht?«

Max verstand und griff sich das Blatt Papier, um sich eine Kopie anzufertigen. Zurückgekommen, legte er das Original auf Bücheles Tisch.

»Bis später. Wenn es mir nicht reicht, schreib eine WhatsApp wo du zu finden bist. Ach so, dachte ich es mir doch, dass du Handys nicht magst. Dann leg eben einfach einen Zettel auf den Tisch. Bis bald.«

»Ok, mach ich. Bis später, Max.«

Büchele griff soeben nach seiner Lesebrille, als sich unbemerkt die Tür öffnete und Staatsanwalt Jürgen Krümmbusch plötzlich vor Bücheles Schreibtisch stand.

Krümmbusch räusperte sich, um sich die nötige Aufmerksamkeit seines sitzenden Gegenübers zu sichern.

Büchele sah über den Rand seiner Brille nach oben.

»Ah, Herr Krümmbusch. Was verschafft mir das Vergnügen ihrer Anwesenheit? Sind Sie schon für den Posten als Bundesstaatsanwalt nominiert, oder wieso sind sie hier?«

Krümmbusch blieb ruhig.

»Erstens Herr Büchele, bitte ab sofort, nur noch Herr Doktor Krümmbusch. Und zweitens habe ich mich noch nicht für den Posten als Bundesstaatsanwalt beworben. Und drittens wollte ich mich nach den Fortschritten im Fall des Seniorenstifts Neckarwasser erkundigen. Sie wissen ja, die Medien und auch die Angehörigen der Verstorbenen sitzen mir im Nacken.«

Büchele tat überrascht.

»Sie sind jetzt Doktor? Wieso tragen Sie dann keine weiße Kutte?«

Krümmbusch verneinte dies mit einem kurzen Kopfschütteln.

»Ist ein akademischer Doktortitel!«

»Soso, ein akademischer Doktor also. Wissen Sie, Herr Krümmbusch, ich möchte es mal schwäbisch ausdrücken. Nur weil Sie in den akademischen Katakomben aufgestiegen sind, bedeutet es für mich noch immer Sie sind gleichgeblieben.«

»Gleichgeblieben?«

»Ja, gleichgeblieben. Sie sind wie ich, oder Otto Normalbürger. Sie verdienen zwar jetzt mehr, aber essen, saufen und kacken, tun Sie ebbeso wie vorher. Verstehsch me Bürschle?«

Krümmbusch schien die Konversation etwas unangebracht und er verabschiedete sich schneller, als er gekommen war. Die Tür fiel hinter ihm laut ins Schloss.

»Dachte ich es mir doch. Sie sind en Fußsoldat, wie wir älle vorm Ogsicht des Herrn.«

Franz widmete sich jetzt wieder seinen ursprünglichen Aufgaben. Griff sich einen fetten Rotstift und ging die Listen von seinen Mitarbeitern durch. Dabei ging ihm der Satz Et Nos Ludere, nicht aus dem Sinn. Er arbeitete unermüdlich die Mittagspause hindurch. Es wurde Nachmittag. Vergleichen, ausradieren, hinzusetzen. Büchele hatte einen Verdacht und versuchte jede Variation, bis es ihm wie Schuppen von den Augen fiel. Ein Verdacht kam in ihm auf, den es zu untermauern galt. War der tote Herr Eckesberger aus dem Pub, ein Freund von Georgy Götz? Lag ein Kalkül hinter diesem ganzen Irrsinn? Zufall oder Absicht?

Angestrengt griff er sich einzelne Notizen. Er sah sich um. Keiner war da. So etwas kam selten vor. Hektisch schrieb er einen kurzen Satz auf eine Notizecke, die er auf den Bildschirm von Max klebte.

»Du möchtest spielen? Da kann ich dir nur beipflichten mein Unbekannter. Incipe ergo ludi votivi.«

Büchele griff zum Hörer und führte ein kurzes Telefonat mit dem Heilbronner Friedhofsamt. Ehe er sich seine Jacke griff, seinen Hut überstülpte und seine unterste Schreibtischschublade aufzog. Handy oder Dienstwaffe? Er griff sich beides, ohne nachzudenken und verschwand aus dem Büro.

Auf dem Westfriedhof angekommen, frischte der Wind leicht auf. Das Rascheln der Blätter hatte was Mystisches. Herbstliches Laub lag überall herum, gleich so, als hätte ein Maler es als Kulisse angerichtet. Franz ging zielstrebig auf den alten Teil des Friedhofes zu. Uralte Bäume, Eichen, Pappeln und Eschen gaben diesem Friedhofsteil ein Gefühl der Ruhe. Hier waren schon einige alte Gräber abgeräumt und eingeebnet. Der Teil wurde wohl immer häufiger als Park genutzt. Immer wieder verglich Franz seine Zahlen, die er vom Friedhofsamt erhalten hatte, mit den kleinen, silbernen Schildchen, die an die Ecken jedes Gräberfeldes, in den Boden gerammt waren. Büchele schien richtig zu sein. Nach kurzem Zickzack, war er in der richtigen Reihe angekommen. Eine ältere Dame mit einer kleinen Erdhacke in Händen, sah ihn entgeistert an, als er vier Gräber weiter über einen Schriftzug strich. Hierher kamen nicht mehr viele Menschen um ihre Verstorbenen zu besuchen. Viele Grabstellen waren zu gewuchert oder bedurften mehr Pflege. Büchele wischte den ganzen, unbehauenen Grabstein, der die Form eines Hügels nachahmte, ab. Franz atmete tief durch.

»Habe ich dich gefunden!«

Seine Aktion blieb nicht unbemerkt.

»Kannten Sie den Verstorbenen? Ich moin kannde

Sies Dietmarle? Sind Sie Verwandtschaft zu Herr Irka? Ich hann Sie noch nie hier gesehen. Hier kommt jo nur elle Jubeljahre zu Weihnachten ein komischer Herr hoch. Aber der Kerle bsuchd jede Woch dienschdichs sei Mutter dort unde. Obwohl sie schon übr 20 Jahre tot isch. Letztes Johr hat er ihr en neie Grabstoi setze lasse. War doch ne noble Gescht. Vielleicht treffen Sie ihn ja. Denn heute isch Dienschdag, wenn ih ned ganz verkalkt bin und es richtig eiordne mag.«

Dabei wies sie auf ein Gräberfeld etwas unterhalb des Hanges, das hinter einer schmalen, aber mannshohen L-förmigen Ligusterhecke lag.

»Aber egal, nach hier oben verirrt sich kaum noch einer. Und die Verstorbenen sin scho lang von uns ganga. Wie au mein Fritz.«

Die Dame begann zu schluchzen. Büchele ging auf sie zu, nahm die Dame kurz in seinen Arm und suchte nach tröstenden Worten.

»Einen geliebten Menschen zu verlieren ist schlimm. Aber so ist der Kreislauf des Lebens.«

Tröstende Gesten waren für Hauptkommissar das Eine, aber die alte Dame hatte wohl ungewollt dem Ermittler eine wichtige Information geliefert. Er zog sein Handy hervor, knipste zwei Bilder und schickte sie zu Max. Das Grab von Dietmar Irka hatte er gefunden. Wohl aber nicht den Hinweis, den er sich erhoffte. Ein altes Grablicht, ein Gestrüpp, welches wohl einem ehemaligen Adventskranz glich und schon lange ver- blühte Blumen. Mehr nicht. Franz ging die Sache mit der verstorbenen Mutter nicht aus dem Kopf. Er wandte sich an die Dame, die jetzt mit ihrer kleinen Hacke das Grab vor sich von Unkraut befreite.

»Dort unten liegt seine Mutter? Könne Sie mir de Weg zoige?«

Die Dame bemerkte jetzt, dass Franz auch schwäbisch sprach und lächelte ihm zu.

»Scho, laff zu Bub. I zoig dir de Weg durchs dirigiera mit mainr Hand.«

Büchele lief los. Immer mit Blickkontakt zu der alten Dame. Angekommen schrie sie ihm etwas zu.

»Oi Roih weidr nondr ond noh des zwoide Grab rechds.«

Büchele winkte ihr zu.

»Dankschee, Omale.«

Hier fand Franz eine Grabstelle, die nichts an Wünschen offen ließ. Gepflegt mit zeitlich korrektem Grabschmuck, Marmorumrandung und eingearbeitetem Grablicht. Frische Blumen und ….

Auf dem Grabstein stand der Name, den er nicht auf seinem Schirm hatte. Melissa Georgy. Sie war schon über 18 Jahre tot. Und jemand machte sich die Mühe, sie jede Woche zu besuchen? War es ein Onkel oder Bruder, der ihr stets immer frische Blumen auf das Grab stellte, oder ein Fremder?

Franz überlegte kurz, als er in die Knie ging und den unteren Teil einer verblassten Inschrift las. Der Tod beendet dein Leben, aber nicht unsere Beziehung. G. Franz stutzte und ging nach oben zurück. Bei der alten Frau angekommen, brannte ihm eine Frage auf den Lippen.

»Kannten Sie die Dame, die dort unten liegt?«
Sie nickte. Versuchte aber seinen Blicken auszu-
weichen. Weshalb? Franz kramte nach seinem Dienstausweis und hielt ihn der Dame vors Gesicht.

»Gnädige Frau, ich bin Hauptkommissar Franz
Büchele von der Kriminalpolizei Heilbronn und ich
bin ganz Ohr. Raus mit der Sproch, was wissen Sie?«
Die alte Dame gab sich beunruhigt und drückte den
Arm, in dem Franz den Ausweis hielt zur Seite. Wortlos schob er ihn wieder ein. Für Sekunden wurde kein
Ton gesprochen. Nur der Wind, der durch die Blätter
der Bäume strich verursachte ein leises Rascheln. Franz
sah sich um. Die Dame hatte Recht. Höchstens vier,
oder fünf ältere Herrschaften waren verstreut auf
diesem oberen Areal zu sehen. Gespenstische Ruhe
trat urplötzlich ein. Der Wind hatte aufgehört, die
Blätter der mächtigen Bäume zu streicheln. Hecktisch
sah Franz sich um. Er hatte das Gefühl, als würde ihn
eine Kältewelle erfassen. Was aber bei diesen warmen
Nachmittagstemperaturen unmöglich war. Fantasierte
er?
Sein Verstand gewann wieder die Oberhand. Franz
verlagerte sein Gewicht von einem Bein aufs andere.
Machte einen Schritt vor und sah der Dame in die
Augen.

»Zuerschd mol zu Brodokoll. Wie isch ihr Name?
Jedzd ned schwindeln odr Lüga. I möchd älles wissa.
Abr wenn's gohd uf hochdeidsch bidde. Sonschd
inderbrediere i no ebbes falsches in ihre Aussag. Abr
biddeschee vo vorn.«

In diesem Moment vibrierte Bücheles Handy in seiner Jackentasche. Büchele ignorierte es und kurze Zeit später verstummte es wieder. Etwas traurig sah die Dame den Beamten an. Dennoch schien sie, so Bücheles Instinkt, etwas zu wissen.

»Ich bin die Erna, Herr Hauptkommissar. Erna Künzel aus Erlenbach. Ich, ich meine wir, mein Fritz und ich hatten vor über 25 Jahren in Heilbronn gelebt. Deshalb ist seine Grabstätte auch auf dem Heilbronner Westfriedhof. Verstehen Sie mich?«

Franz nickte.

»Und weiter.«

»Na ja. Fritz arbeitete bei einer Baufirma und ist 1998 nach einem Arbeitsunfall am Killesberg verstorben. Es war eine schlimme Zeit für mich. Wir hatten uns zwei Jahre zuvor ein kleines Häuschen gekauft. Ich musste alleine die Kinder großziehen, ging nebenbei meinem Beruf als Schuhverkäuferin nach usw.«

Erna Künzel machte eine eher abfällige Handbewegung.

»Alles Geschichte, Schnee von gestern.«

Büchele hakte vorsichtig nach.

»Und was können Sie mir zu der Grabstelle dieser Frau Melissa Georgy berichten? Ich weiß, ist schon eine Ewigkeit her, aber vielleicht fällt Ihnen doch etwas dazu ein.«

Ernas Augen begannen zu leuchten.

»Sicherlich, sowas vergisst man nicht so schnell.«

»Was vergisst man nicht so schnell?«

»Die Dame dessen Grab Sie eben genannt haben, ist

mir persönlich nicht bekannt. Dennoch bin ich nur einmal, ich schwöre Herr Kommissar, einmal nur runtergegangen. Ich möchte mit diesen bösen Geschichten nichts zu schaffen haben. Verstehen Sie mich? Schon deshalb gehe ich nicht in die Nähe dieser Gräber. Sie sind verflucht.«

Erna wurde aufgewühlt, bekreuzigte sich und schien den Tränen nah zu sein.

»Diese Gräber? Sie reden von mehreren Gräbern, beziehungsweise von mehreren Personen? Ist das richtig?«

Erna kullerten kleine Tränen über ihre rosa Bäckchen, als sie Büchele beipflichtete.

»Wieso? Gibt es dazu eine Geschichte?«

»Die stand doch in jeder Zeitung!«

»Entschuldigen Sie, Frau Künzel. Ich war damals, bevor ich vor 12 Jahren nach Heilbronn gekommen bin, bei der Stuttgarter Mordkommission. Aber mir ist kein Fall bekannt, den ich mit Zeitungen und Mord in Verbindung bringen kann. Ok, mein Gedächtnis lässt auch schon nach. Aber nein, ich wüsste davon.«

Erna, die mit Büchele an der Grabstelle ihres Mannes stand, zeigte nach unten auf das Grab hinter der Hecke.

»Frau Melissa Georgy, die Frau dort unten im Grab, verstarb 1999 ein Jahr nach meinem Mann. Sie war noch sehr jung. Ich glaube sie war so 24 oder 25 Jahre jung. Scheinbar stammte sie aus einem reichen Haus in Russland. Ihre Eltern sind schon vor ihr verstorben. Sie lebte ohne Ehemann in Deutschland, somit alleinstehend. Es war eine Tragödie. Wie die Medien berichteten, hatte sie ihren zweijährigen Sohn, ein Jahr zuvor zur Adoption freigegeben. Wieso auch immer. Sie ist für mich eher keine gute Mutter gewesen. Der Junge soll, so munkelte man, ein unehelicher Bastard von einem Freund gewesen sein. Sie hatte, was man erst später erfuhr testamentarisch viel, viel Geld für gute Zwecke gespendet.«

»Lassen Sie mich raten. Für Tiere?«

»Woher wissen Sie es?«

»Ist nur eine Vermutung.«

Büchele unterbrach die Dame und zog einige von Lillys Aufzeichnungen aus der Jackentasche. Er suchte nach einem Geburtsdatum. Was er letztendlich auch fand.

Erna Künzel unterbrach seine Handlung und erzählte weiter.

»Egal, Herr Kommissar, die Geschichte, was ja alles vom Hörensagen herkommt, geht noch weiter.«

»Ich bin gespannt.«

Das Gespräch wurde unterbrochen, als jemand in der Nähe nach dem Friedhofspersonal rief. Büchele drehte sich um. Keine 100 Meter weiter unterhielten sich zwei Frauen. Jede beanspruchte die gleiche, grüne Gießkanne für sich, obwohl keine zehn Schritte entfernt, einige an der Wasserstelle standen. Büchele schüttelte den Kopf.

»Weibsleut!«

Im Augenwinkel sah er einen fremden Mann mit Kapuze auf das Areal zulaufen, der einen Schubkarren schob.

»Sorry, Frau Künzel, ich hatte Sie unterbrochen.«
Nickend gab sie ihm Recht.

»Also, die Kripo ist im Jahr 1999 jeden Monat hier aufgetaucht und hat Leute befragt.«

»Wieso?«, wollte Büchele wissen.

»Bin ich von der Polizei, oder Sie? Woher soll ich das wissen?«

»Hätte ja sein können«, mutmaßte er weiter.

»Aber die Sache, was auch immer es gewesen ist, beruhigte sich wieder. Alles hier ging seinen geregelten Gang. Sie wissen schon.«
Büchele tat allwissend.

»Genau. Friedhof. Ruhe und so.«

»Richtig, Herr Kommissar. Aber 2003 änderte sich alles, wie in einem Krimi.«

»Inwiefern änderte sich alles?«
Erna wies zu dem Grab, keine zwanzig Schritte entfernt, an dem Büchele bei seinem Eintreffen gestanden hatte.

»Dietmar Irka?«
Erna Künzel atmete laut und tief ein.

»Niemand kam zu seinem Grab. Er ist scheinbar als guter Schwimmer in einem See ertrunken. Das war im Sommer 2003. Aber Herr Kommissar, ….«
Erna Künzel rückte etwas näher an Büchele heran.

»… und mir nichts dir nichts, ist ab 2015, wenn ich rechnen kann, also 12 Jahre später, jeden Dienstag ein Herr vorbeigekommen und hat die Grabpflege übernommen. Zufall?«

»Womöglich ein Verwandter.«

»Kann sein. Aber weshalb hat er das Grab von Dietmar Irka nicht gepflegt? Liegt ja nicht so weit weg, oder? Nein, der gleiche Herr kommt nur zu Weihnachten hoch und zündet eine Kerze an. Schon komisch, wenn Sie mich fragen.«

»Sie haben Recht. Aber wieso sollte er eines von beiden Gräbern überhaupt pflegen? Kannte er Melissa Georgy? Und wer war Herr Irka?«

Aber Büchele beschäftigte eine Frage jetzt viel mehr. Wer war der zur Adoption freigegebene Junge. Büchele setze seine eigene Schlussfolgerung um. War es …?

Frau Künzel drückte die Lippen zusammen und hob die Schultern an.

Zeitgleich schlug die Turmuhr von der Kilianskirche fünfmal. Büchele sah auf die Uhr, während in der Nähe Sirenen ertönten.

Frau Künzel sah ihn an, als sie sich scheinbar für ihr lückenhaftes Erinnerungsvermögen entschuldigen wollte.

»Das war was ich noch in meinen Erinnerungen habe. Ich muss jetzt nach Hause. Mein Sohn kommt bald von der Arbeit zurück und das Abendessen steht noch nicht auf dem Tisch. Ihnen noch einen schönen Abend, Herr Kommissar.«

Ohne eine weitere Regung drehte sie sich um und verschwand. Büchele hatte sehr viel Input erhalten, was es zu sortieren gab. Franz musste dem auf den Grund gehen. Zügig begab er sich nach unten zu Melissas Grabstelle. An Eichen vorbei, um die

Ligusterhecke herum und da war es. Das Grab worüber Franz nachdenken musste. Hatte jemand einen weiteren Hinweis hinterlassen? Ohne Zweifel hatte der Täter die fast identischen Worte benutzt. Aber weswegen?

Franz ging in die Hocke und sah sich das eingesetzte Pflanzengut, sowie die aufgestellten kleinen Habseligkeiten genauer an. Ein kleines Pferd, ein Engel und noch viele, mehrere kleine Dinge befanden sich unter dem wuchernden Efeu. Weswegen hatte der sonst so penible Grabpfleger nicht alle Figuren, die vom Efeu überwucherten, befreit? Scham? Reue? Oder nur Vergesslichkeit? Oder Absicht?

Die Sonne verschwand langsam am Horizont. Zeit um aufzubrechen. Franz wunderte sich, wieso sich niemand im Präsidium um ihn gesorgt hatte. Jetzt fiel es ihm wieder ein. Er hatte ja eine Notizecke hinterlassen. Somit für die Beamten kein Grund zur Sorge. Jetzt fiel es ihm ein. Das Handy hatte ja vibriert. Er zog es aus der Tasche und las den Text. Bin unterwegs, Max. Grinsend schob er es zurück.

Der Fremde mit der Schubkarre steuerte auf ihn zu.

Büchele wunderte sich noch, wieso der Mann die Karre einfach fallen ließ. Nichtsahnend konzentrierte er sich wieder auf die Schrift, die nachträglich auf Melissa Georgys Grab angebracht wurde. Da Bücheles Beine schmerzten, ließ er sich auf die Knie fallen.

Jetzt hörte er Schritte und sah kurz hoch. Der Fremde in Jeans und Kapuzenjacke, hatte die Hände in den vorne angebrachten Taschen versteckt. Für Büchele war es kein Wunder, denn die Temperaturen fielen zu dieser Zeit rapide schnell. Und hier draußen fühlte es sich noch kälter an. Aber die Sonne hatte noch nicht ganz aufgegeben und schien noch über die Wipfel am Horizont. Büchele musste gegen die Sonne sehen, als der Fremde neben ihm ihn ansprach.

»Sind Sie gefallen? Kann ich Ihnen helfen?«

Noch immer auf den Knien, verneinte Büchele die nette Geste des Fremden, ihm auf die Beine zu helfen. Langsam rappelte er sich eigenständig nach oben in die Senkrechte.

Noch immer stand der Fremde breitbeinig, die Hände in den Taschen, die Kapuze über den Kopf gezogen, vor ihm und lächelte. Büchele schien es ein gezwungenes Lächeln zu sein.

Unter seinem linken Ärmel entdeckte Büchele, an der Innenseite seines Unterarms, einen Teil eines Schriftzuges, den er kannte. Wenn seine Vermutung, und es war nicht mehr als eine Vermutung, sich bewahrheitete, stand ein Frage-Antwort-Spiel auf seiner Agenda ganz oben, das der Fremde nicht bemerken durfte.

»Nein, nein. Ich sehe mir nur den Grabschmuck an. Nach Jahren habe ich hier eine gute Bekannte von früher wiedergefunden.«

Der Fremde schien irritiert.

»Hier an diesem Grab! Sie kennen die Frau?«

»Nur beiläufig.«

Büchele versuchte einen Bogen zu schlagen.

»Melissa war eine gute Freundin meiner verstorbenen

Tochter«, log er jetzt, um seine Anwesenheit zu verschleiern. Wenn Büchele dies tat, viel seinem Gegenüber wohl nicht auf, weswegen er sich eigentlich hier aufhielt. Aber der Ermittler hatte noch mehr Glück.

»Ihre Tochter kannte meine Mutter?«

Büchele glaubte er habe sich verhört. Sagte der Fremde eben Mutter? Er wiederholte den Passus.

»Wenn Melissa Georgy ihre Mutter war, vermutlich schon. Aber dies ist schon lange her. Gehört schon in die Vergangenheit.«

Mit einer Handbewegung tat er es als lapidar ab.

»Wie war sie so? Ich meine, meine Mutter?«

»Ich habe sie nie gesehen, meine Tochter ist früh ausgezogen, aber sie hatte von Treffen mit ihr berichtet. Mehr nicht«, log Büchele erneut.

»Ich kann mich nicht mehr an sie erinnern. Ich weiß nur, dass sie mich zur Adoption weggab. Für mich hatte sie nichts übrig. Alles hat sie den Tieren vermacht und vermutlich starb sie auch deshalb.«

»Wie weggegeben? Wie starb sie?«

»Genau kann ich es nicht sagen. Mir wurde später nur berichtet, er hätte sie umgebracht.«

»Wer er?«

Jetzt zeigte er mit dem Finger nach oben, in Richtung Dietmar Irkas Grabstelle. In dem Moment sah er unter seiner Kapuze Büchele ins Gesicht. Büchele wusste jetzt, wer der Sohn von Melissa Georgy war. Sein Gesicht hatte er schon gesehen. Und nicht erst zum ersten Mal. Aber er hielt sich zurück. Mehr als nur

Vermutungen waren von Nöten.

Büchele tat ahnungslos.

»Kannten Sie denjenigen, der dort oben liegt?«

Der fremde Mann nickte langsam.

»Ich …«, stotterte er herum.

»Ich denke er war mein biologischer Vater und Mörder meiner Mutter.«

»Sie denken? Und wieso Mörder?«

»Keine Ahnung. Ist eben auch nur ein Instinkt.«

»Kein DNA-Test gemacht?«

»Der ist doch schon lange tot. Was würde es bringen zu wissen, dass mein Vater meine Mutter umgebracht hat. Sie war keine gute Mutter.«

Irgendwoher kamen leise Stimmen und es raschelte. Was sollte Kommissar Büchele tun? Einen Verdacht für einen Tötungsdelikt gab es hier nicht. Aber ….

Büchele bückte sich, um das kleine Holzpferd aufzuheben. In diesem Moment verrutschte sein Hemd und sein Waffenhalfter kam zum Vorschein. Der junge Mann sah dies, schien aber nicht in Panik zu verfallen. Jetzt wusste er, wo er Büchele gesehen hatte. Im Seniorenstift.

Auch der Beamte vermochte jetzt erst die Tatsache zu realisieren, dass er ihn erkannt hatte, blieb dennoch ruhig. Beide sahen sich sekundenlang stumm in die Augen.

Büchele ergriff die Initiative. Er versuchte langsam, noch währenddessen er sprach, die Hand an seinen Holster zu legen.

»Junge ich kenne dich!«, kam es von dem Beamten.

Der Fremde zog blitzschnell eine Waffe mit Schalldämpfer aus seiner Gesäßtasche, entsicherte sie und fuchtelte damit vor Bücheles Nase herum.

»Ach wirklich, Herr Büchele? Hat ja lange genug gedauert, bis sie meine Brotkrumen aufgesammelt haben. Zumal ich auch bei Ihnen im Dezernat, eine Stelle als Putzkraft in meiner Freizeit bekleide. Haben Sie mich nie, nach ihrer Nachtschicht, mit dem Schrubber gesehen? Dachte mir nur, je offensichtlicher, umso besser. Und an ihrer Pinnwand hängen viele nützliche Details. So war ich Ihnen immer einige Schritte voraus.«

»Verraten Sie mir, wieso Sie solange damit durchgekommen sind. Erzählen Sie mir Ihre Geschichte.«

»Da gibt es nichts zu erzählen!«
Büchele wollte mehr aus ihm herausbekommen und das Tatmotiv verstehen. Wenn er derjenige war, welcher die Damen vom Seniorenstift Neckarwasser ins Jenseits befördert hatte.

»Sie sind doch Georgy Götz, richtig?«, dabei machte er einen Schritt nach vorn.
Nickend bestätigte der Fremde Bücheles Annahme.

»Was ich nicht verstehe ist das Spiel mit ihrem Namen. Ihr Vorname, ist eigentlich der Nachname Ihrer verstorben Mutter. Wie haben Sie das gedeichselt?«
Götz lachte laut.

»Ist die Bürokratie in unserem Staat. Irgendein Sesselfurzer dachte bei der Adoption, Götz wäre mein

Nachname, mehr nicht. Und schon war ich Götz. Aber um Sie zu beruhigen, es hat lange gedauert, bis ich selbst darauf kam und so dann, auch das Grab meiner Mutter gefunden hatte.«

Fuchtelnd und sichtlich gereizt, hüpfte Götz jetzt auf und ab, ehe er mit dem Rücken zur mannshohen Hecke stand. Immer wieder wackelte er mit dem Kopf, ehe er sich die Kapuze vom Kopf zog.

»Kannten Sie Herrn Eckesberger persönlich?«

Hysterisch fuchtelte Götz noch immer mit der Waffe umher, ehe er anfing zu heulen.

»Luis war mein bester Freund. Er war der leibliche Sohn meiner Pflegefamilie. Verdammt nochmal, jetzt reicht die scheiß Fragerei!«

»Und wieso ist er ermordet worden? Waren Sie das?«

Götz schien außer Kontrolle zu geraten und hüpfte wieder vor Büchele hin und her.

»Der Arsch wollte uns auffliegen lassen. Der war ein verdammter Verräter. Dabei hatte er die Idee mit den Testamenten der Alten. Aber als letztes Jahr Frau Kressmann mitbekommen hatte was wir vorhaben ….
Sagen wir mal so, da war es ein glücklicher Umstand, dass sie auf normalem Weg verstarb. Klappe zu, Affe tot. Verstehen Sie?«

Büchele verstand nichts. Im Gegenteil. Jetzt schrie er Götz unvorsichtigerweise an.

»Da besteht ein Irrtum. Frau Zapfenmann hat auch was gehört. Die haben wir schon als Zeugin vernommen. Und dann bringst du Arsch noch vier alte Menschen um? Vier in einer Nacht? So ein Scheiß glaubst du wohl selbst nicht!«

»Die alten Frauen wollten alles einer irrsinnigen Stiftung und irgendwelchen Gurus vermachen.«

Götz begann hämisch zu grinsen.

»Wieso nicht? Meine Mutter tat es auch und hinterließ mir nichts. Deren Kinder hätten nichts bekommen, keinen müden Cent. Wieso da nicht absahnen? Der Stromausfall kam uns da zugute. Nur bei der Überweisung auf die Fidschiinseln gab es Transaktionsprobleme, somit haben wir es über schwarze Kanäle, auf das noch existierende Konto, meines einstigen Erzeugers umgeleitet. Hier hätten wir es ohne Probleme, Jahre später abgeholt!«

»Denkst du es geht so einfach? Die Polizei hätte euch früher oder später gekriegt.«

»Bullshit!«

Büchele versuchte sich zu drehen und sah zwei Menschen genüsslich auf das Areal zugehen. Er erkannte schemenhaft Lilly und Rainer. Er konnte sie nicht der Gefahr aussetzen, um getötet zu werden. Er überlegte.

»Niemand wird Sie retten, Herr Büchele, niemand! Sehen Sie sich um. Es wird dunkel.«

Mit einem wuchtigen Schlag traf der Knauf der Waffe Büchele am Kopf. Der Beamte torkelte zur Seite und viel auf den Boden. Georgy selbst überrascht, von so viel Schneid und Dreistigkeit, Büchele war schließlich einen ganzen Kopf größer als er, ging einen Schritt rückwärts. Keine zehn Zentimeter mit dem Rücken von der Ligusterhecke entfernt schnaufte er durch.

Büchele lag nun vor ihm. Was sollte er tun? Ihn beseitigen?

In dem Augenblick schob sich mit unsichtbarer Hand geführt, eine Pistole aus der Hecke. Gefolgt von einem Klicken, berührte ihr Pistolenlauf zwei Sekunden später den Hinterkopf von Georgy Götz. Georgy erstarrte und begann hektisch zu atmen. Fantasierte er? Fliehen? Es zu riskieren, sich umzudrehen, war in dieser Situation keine gute Option. Er musste nachdenken. Zu spät.

»Hier ist die Polizei!«, kam es aus der Hecke.

»Rühr dich keinen Millimeter, sonst drücke ich ab! Lass die Waffe fallen und nicht umdrehen, verstanden!«

Büchele kam wieder zu sich und sah nach oben. Blut lief aus einer kleinen Wunde über sein linkes Auge. Nichts Tragisches, aber vor ihm stand der Täter mit erhobenen Händen. Träumte er? Niemand war zu sehen. Wollte er sich Büchele freiwillig ergeben?

Franz griff nach seiner Dienstwaffe. Jetzt hörte er jemand hinter der Hecke reden, den er nicht sah.

»Los, lege dem Arsch Handschellen an!«, kam es hinter der Hecke hervor, während noch immer ein Pistolenlauf an Georgys Hinterkopf verweilte.

Verunsichert nickte Franz, der jetzt erst die Stimme erkannte.

»Ok ok mach ich.«

Mit gekonnter Routine legte er Götz die Handschellen an, bevor der unbekannte Mann, dessen Waffe an Götzes Kopf verweilte, hinter der Hecke vorkam.

»Partner, mit mir, oder besser gesagt, mit uns hast du nicht gerechnet.«

»Max, ich wusste du siehst meinen Zettel. Aber wer ist noch dabei?«

»Ich habe da noch mehr in petto«, unterbrach ihn Max.

»Ich sah den Typen ja nicht, aber hatte ihn gehört. Wir haben auch ein Geständnis, denn ich habe euer Gespräch mit dem Handy aufgenommen.«

In diesem Moment rannten Rainer und Lilly, vom Rand der Friedhofsparzelle, auf Büchele zu.

»Geht es dir gut Franz? Wir durften ja nicht nahe ran. Max hatte es verboten.«

»Verboten? Es ging hier um mein Leben!«

Jetzt mischte sich Max ein, der neben ihm stand.

»Jetzt mach aber mal halblang Franz. Wie oft muss ich dir noch den Arsch retten? Und was tust du für mich?«

Franz nahm seinen Freund in den Arm und flüsterte ihm ins Ohr: »Der nächste Rostbraten geht auf mich.«

Rainer und Lilly übernahmen Georgy Götz, der in Handschellen vor ihnen kniete. Lasen ihm seine Rechte vor und führten ihn ab.

Drei Wochen später, kurz vor der Urteilsverkündigung, fand die Journalistin Brigitte Kohlmarx einen kleinen Zettel auf ihrem Tisch. Niemand wusste, woher er kam, aber er sagte wohl mehr aus als alles andere.

Vertrauen Sie Franz, er ist mit Ecken und Kanten der

beste Ermittler und Freund, den ich kenne. Sein Gespür und seine vielfältige Art, ist in unserer Gesellschaft viel zu selten geworden.

Horst Heidinger Buchautor

Brigitte griff den Satz in ihrer Berichterstattung auf, natürlich ohne Horst Heidinger, namentlich zu erwähnen.

Tage danach, keiner hatte damit gerechnet, bekam sie eine Einladung zur Talkshow SWR Ländlelive um ZWÖLF.

Neben Persönlichkeiten aus Stadt und Land, wurden auch Franz Büchele, Max Krüger und Sonja Pfeiffer zu dieser Runde geladen.

Nur einer hatte das Nachsehen. Staatsanwalt Dr. Krümmbusch, der letztendlich die Anklage in den Mordfällen vertrat. Eine bittere Pille, die für Büchele noch ein Nachspiel haben sollte.

Keine drei Tage später wurde Georgy Götz zu einer lebenslangen Haftstrafe verurteilt, mit anschließender Sicherheitsverwahrung. Niemals mehr, sollte so etwas nochmals geschehen.

Als das Urteil für rechtskräftig erklärt wurde und die Talkshow beendet und endlich Ruhe eingekehrt war, wurden Krüger und Büchele, am darauffolgenden Tag, zu seinem Vorgesetzten Dirk Kastfeld zitiert.

Auf dem Flur alberten die Beamten noch herum, ehe sie an die Tür von Polizeichef Kastfeld klopften.

Kastfeld bat die Beamten herein und bot ihnen Sitzplätze an. Stumm verneinten Krüger und Büchele kopfschüttelnd das Angebot, als sie sahen wer noch anwesend war. Staatsanwalt Dr. Krümmbusch.

Ihr Chef eröffnete ihnen, dass der Staatsanwalt offiziell Beschwerde, gegen Bücheles schwäbische, undisziplinierte, herabwürdigende Aussage, über seinen akademischen Doktortitel, einlegen würde. Auf den wörtlichen Dialekt wollte sich dieser aber nicht festlegen.

Sekunden später verschwand Krümmbusch.

Kastfeld atmete durch. Freundschaftlich schlug er den Beamten auf die Schulter.

»Ich mag ihn auch nicht. Aber Franz, ich kann seine Einwände nicht ignorieren. Ich kann ein Disziplinarverfahren hinauszögern, vielleicht auch umgehen, wenn ....«

»Wenn was?«, kam es blitzschnell von Max, ohne dass Franz die Chance bekam ebenfalls den Vorschlag zu hinterfragen.

In diesem Moment klopfte es an der Tür und unaufgefordert betrat die Journalistin Kohlmarx von Ländle TV das Zimmer. Franz hielt sich sofort den Zeigfinger vor den Mund und forderte Brigitte auf still zu sein. Diese nickte nur. Hatte sie doch schon das Gerücht einer Disziplinarstrafe auf dem Flur vernommen. Wütend schnaubte sie, ohne zu reden.

Krümmbusch ging zu seinem Schreibtisch und zog eine Schublade auf. Er fischte die Personalakten der Beamten hervor und einen Zettel, den er wohl vorbereitet hatte.

»Wie ich sehe habt ihr nie über die Stränge

geschlagen. Aber laut eurer Akte geht es euch gesundheitlich nicht gut.«

Franz wollte protestieren, aber Max hielt ihn zurück.

»Lass den Chef ausreden!«

»Genau. Hier ist ein Vorschlag zur Güte. Ihr lasst euch die nächsten Wochen krankschreiben. Und danach macht ihr Urlaub. Vielleicht mit Frau Kohlmarx? Oder besucht doch euren ehemaligen Kursleiter. Der hat zum Klassentreffen aufgerufen. Wenn nicht, wird Krümmbuschs Beschwerde weitergereicht, verstanden? So kann ich sagen, ihr seid im Krankenstand. Urlaubstage habt ihr noch genug. Geht auf eine Insel, oder an den Strand. Macht eine Städtereise oder fliegt ins Ausland. Aber bitte verschwindet.«

Karstfeld musste zweimal auf die Akte sehen.

»34 Urlaubstage? Und du Max 29 Urlaubstage? Wollt ihr, dass die Tage verfallen?«

Franz und Max zuckten mit den Schultern.

Brigitte mischte sich ein.

»Ich kümmere mich darum, Herr Kastfeld. Danke für Ihr Verständnis. Los Männer wir gehen!«

Witterte sie doch so die Chance, mehr Zeit mit Franz verbringen zu können. Sie griff den Beamten unter die Arme, hakte sich ein und lächelte den Polizeichef an.

Aber was würde geschehen? Würde dort ein neuer Fall auf sie warten?

EPILOG

**Nicht immer, aber immer öfters lernen Menschen
aus ihrer eigenen Geschichte.**

Ich bin froh, dass ich in unserer Welt immer wieder
Augenblicke erhaschen darf, die ideal für einen Krimi
sind. Begegnungen, Situationen oder einfache Dinge
des Alltags. Jede Möglichkeit wird von fast jedem
lebenden Schriftsteller und Buchautor dankend
angenommen. Natur, Träume oder nur das, was das
scheinbar langweilige Leben spiegelt. All dies findet
sich oftmals in allen Fassetten, in meinen Büchern
wieder.
Ich danke allen Menschen, die mich in meiner Arbeit,
im Umgang mit Kommissar Büchele unterstützen.
Den besonderen Dank möchte ich **Kirstin Wenzel**
aussprechen, die vermutlich viel zu oft meine Texte
nachkorrigieren musste.

Doch den ganz besonderen Dank, möchte ich meiner
Ehefrau und besten Kritikerin **Sonja** aussprechen. Sie
hat mir oftmals und sinnbildlich das ganze Büchele-
Manuskript, buchstäblich um die Ohren geschlagen.
Verzeih, ich bin eben nur ein Schreiberling. Ich
schreibe wie ich denke und das ist oftmals
rechtschreibtechnisch, oder grammatisch, eher
ungenügend.

Aber auch dem Fotografen **Cuneyt Arktas** gilt mein

Lob, der mir unzählige Vorschläge vorgelegt hat. Auch wenn letztendlich, ein scheinbar lapidares Handyfoto von **Sonja** auf der Titelseite landete. „Cuneyt du bist beim nächsten Büchele wieder dabei. Und eines darf ich jetzt schon verraten. Dein Foto wird das nächste Coverfoto".

Es freut sich auf ein wiederlesen mit euch.

Euer Johannes Heidrich

Zum Schluss…

Kurz bevor ich diesen Krimi fertig hatte, genauer gesagt zwei Tage zuvor, ereilte mich, ich nenne es: „Die Wirklichkeit des Lebens." Ich landete in der Notaufnahme, am Klinikum Gesundbrunnen. Und da liebe Leser, gibt es Menschen, die ich wirklich schätze. Die täglichen, meist ungenannten Helden. Pfleger, Schwestern und der Kardiologe **Dr. Karn Goyal** mein persönlicher Superheld auf M6. Ein Arzt der seinesgleichen sucht. Er hat für jeden ein offenes Ohr, suchte den Kontakt und was wichtig ist… Er nimmt sich Zeit. Ein Diamant unter den Ärzten. Ich danke euch allen für eure Fürsorglichkeit. Vielleicht kann ich mal was für euch tun? Eine Patientenlesung vielleicht?

An alle Leser:

Sucht mich doch einfach auf Instagram und schreibt mich an. Diskutiert mit mir über den Kommissar Büchele aus dem Schwabenländle. Oder vereinbart einen Termin für eine Lesung.